Színek és évek

Kaffka Margit

Színek és évek
Copyright © JiaHu Books 2016
Published in Great Britain in 2016 by JiaHu Books – part of
Richardson-Prachai Solutions Ltd, 434 Whaddon Way, Bletchley,
MK3 7LB
ISBN: 978-1-78435-206-6
Visit us at: jiahubooks.co.uk

1

Szép, nagy csendesség van körülöttem jó ideje már. Messzire tőlem csak megy tovább az élet, baj, osztozás, iparkodások, és ha néha kicsit felé nézek, elcsudálkozom, hogy az életet *most élő* emberek milyen gyerekesen kíváncsiak rá, hogy mi fog velük történni holnap vagy holnapután. És furcsa elgondolni, hogy a mostani dolgok a fiatalok számára éppolyan újak és érdekesek, mint nekem a harminc évvel ezelőttiek. Az én mostani látásommal nézve már világos, hogy a sokféle emberi hajszában és változásban nagyon sok a játékos szándék. Ahogy a gyerek azt mondja: boltocskát játszom vagy papát vagy tengeri vihart - úgy játssza belé magát a felnőtt ember is a célratörő, a szorgos, a léha, a szenvedélyes vagy a gyűlölködő szerepébe. Valamivel ki kell töltenie az időt; el kell hitetni magunkkal egy s más dologról egy időre, hogy az fontos. Mert különben egybekulcsolt kezekkel ülnénk az útszélen, és talán ez volna a természetes - minden egyéb csak magahitető fontoskodás.

Az ember jól-rosszul mégiscsak végigjátssza a maga vállalta szerepeket mind sorjában. Csakhogy nem, mint a színpadi, csinált történetekben, egy fő személy szándéka után igazodik a többieké; a valóságban mindenki külön fő személy önmagának, és senki sem vállal mellékes szerepet; magáért magának játszik. Ebből támad a sokféle és véletlen bonyolódás, ami mindnyájunkat végtelen érdekel, amíg benne vagyunk. Ki kit szeret, kit vesz el, mire neveli a gyereket, milyen helyért verekszik a világban, és hogy dől ki. Mikor aztán végigcsinálta az ember, ami tőle telt, s amit az életével általában csinálni lehetett, akkor megnyugodhat, ha van még egy kis ráérő pár esztendeje.

Hírt adhatok a fiataloknak, akik borzadva félnek tőle: az öregség nem olyan szörnyűséges és határozott *rossz*, mint ahogy messziről látszik. Egy állapotot nem érez az ember erősebben a másiknál, s nem érzi híját olyan dolgoknak, amikre való hajlandóság kimúlt belőle. Ha tűrhető egészsége van, nem érzi az öregséget a maga testében; kezét, lábát mozgatni tudja - jó kis meleg kávé, takaros szoba, jóízű alvás nagyon jól tud esni; és ezekért az örömekért az ember nem fizet olyan nagy árat, nem kockáztat semmit, ezeket nem kell annyira megszenvedni. Öregasszony vagyok, tavaszkor múltam ötvenesztendős; öreg és magános; de ha visszagondolok, a mostani csendes dolgomnál sok rosszabbat is megértem már, és csak kevés igazán jót; az is csak úgy tűnik, mint az álom. Nem érzem magam sokkal rosszabbul, mint bármikor azelőtt; s ebből remélem, hogy a halál sem lesz közelről olyan rémséges, noha ebben a percben még annak tűnik előttem.

Az öregséget inkább a kívüle való, idegen dolgokban érzi meg az ember. Hogy lassanként lemarad mindenről, és ez nem nyugtalanítja többé, mert az ember nem engedi magát mellőzni, ameddig nagyon nem akarja. A komédia kinn újra kezdődik - ugyanaz a darab, csak más szereposztással, más külső elrendezéssel -, beharangoznak, mennek; és mi nem vagyunk rá többet kíváncsiak. Néha szeretnénk odaszólni: „Hagyjátok abba! Mit változtat, hogy valami így fordul vagy amúgy? Minden egyre megy!" Pedig nincs igazunk, csakhogy ez már az ő színjátékuk. Mi a magunk partnereivel nagyjából ilyenformán játsztuk.

Az embernek nincsenek ilyenkor már kimutatott céljai, szándékai; de ez nem olyan nagy baj, mint a fiatalok hiszik. Ők csak a saját lelkiállapotuk szerint tudják elképzelni az öregkort; pedig már az életben elváltozunk, nem csak a halálban - és én nem felelhetek ma annak a valakinek a tetteiről, akit húsz esztendővel ezelőtt az én nevemen hívtak. Néha egészen úgy tudok rá gondolni, mint egy idegenre. Például az ember liheg és viaskodik a gyerekekért, s azt hiszi, ez mindfogytig így lesz: és valóban, legtöbb öreg a gyerekein át kapcsolódik, úgy-ahogy, az életbe; csakhogy akkor ez még egy kis játszókedv, egy szerepvállalás. Valójában nagyon is messzire mennek az embertől a gyerekei; érdeklődése a sorsuk iránt csak szándék, magáltatás; ilyenkor már semmi sors, semmi változás nem nagyon új és fontos nekünk. Lehet, más ezzel másképpen van egy kicsit; én nagyon is magamra maradtam.

Egészen bizonyos, hogy panasztalanul mondom ezt; a magányt úgy, mint a céltalanságot. Én, aki valaha úgy szerettem az emberek sokadalmát, aki mindig törekedtem valami után. Most itt ülök csendesen ebben a meleg, pici kertben, vagy nézem a zsalu mögül az akácfalombos utcát, alig járok ki, és hetek is telnek, míg valaki ajtót nyit rám. Szinte korán is van még - gondolom néha -, hogy a világ így leszokjék rólam. De, úgy látszik, erősen elfáradtam.

Tudok sokáig ülni egy helyt, ölembe kulcsolt kézzel; ki hitte volna ezt? Ennek a kis lakásomnak külön kerti ajtaja van egy szűk utcácskára; azon át szoktam templomba járni; a háziakat - módos, öreg svábok - látnom sem kell, ha nem akarom. Segítségre pedig közel vannak és jámbor népek, így ülök néha a tornácban; délutáni, csendes harangszó bong felém a nyári, kék-fehér levegőégen át, és meleg szagú, kis vénasszony-virágaim illatoznak felém a tenyérnyi helyen. Szemben, a szomszéd tűzfala mellett csűsibolya nyílik, errébb egy rezeda- meg egy vaníliaágy, sarkantyúvirág, bazsali, jézusszíve, kakastaréj egy csomóban - a tornác aljában a szegény kis portulák közt néhány piros mályvabokor és három kád virágzó leanderfa. Ezek hajtásait én törtem, más, régi leanderek ágáról, amelyek mind a családomban virultak és nevelődtek. És benn, az egyszoba-konyhányi lakásomban, ami kis limlom ócska bútor: mind az első kelengyémmel kaptam, most harminckét esztendeje. Ez is csudálatos! Hogy sok mindent szétdobáltam, elvetettem magamtól az életben, és most - ha biztatnak is a gyerekeim -, ezekért a megszokott, öreg léhendékekért[1] nem fogom soha már elhagyni ezt a kis várost, ezt a zugot. Itt folyt le az életem, mindenki ismer, tud felőlem: nem kell senkinek elölről magyarázni, hogy ki vagyok, és mi jusson élek. A fiatalok és jövevények érdeklődve néznek rám, az a néhány pedig, aki még itt maradt az én régi embereimből - akik szerettek, vagy irigyeltek, vagy bántalmaztak -, most mind megenyhültek irántam szép lassan. Minden úgy összemosódik. Néha olyan elcsodálkozva örvendünk egymásnak, ha a Templom utcán találkozunk, mint messze idegenben egymásra lelő földiek.

Nem mondhatnám, hogy nem hozott nekem nagyon is sok újat ez a néhány esztendő, mióta gond és hajszolódás nélkül élek. Sok mindenre csak most érek rá. Idáig nagyon keveset olvastam, és nagyon kapkodva, most sokkal többhöz hozzájutok a nagy csendességben, és jobban el tudok merülni benne. De tudományos könyvet, újféle írásokat hasztalan próbálnak küldeni a leányaim; ebben nagyon érzem a változást, elidegenedést, habár a nyelvet megértem is. Én már nem fogok újféleképp gondolkozni bizonyos dolgokról, az élet berendezéséről. De költők kitalálásait, jó regényt és effélét csak most szeretem igazán, és csak legutóbb tudom megismerni a jó írást a haszontalantól. Azután még gondolkozni sem szoktam azelőtt három éven se annyit, mint most egyen.

Csak úgy - gondolkozni; és mindig arról: mi hogy volt, és hogyan lehetett volna. Mennyit eltűnődtem így, valósággal visszafelé élek. Mások fiatal éveikben álmodoznak; én mindig nagyon tevékeny voltam, most pótolom ki. Így megváltozik a természet! De ez a mostani mivoltom azért valahogy rejtőzködve mindig élt, lappangott bennem.

---

[1] ingóság (tájszó)

Így tudom megérteni, hogy az igazi, nagy dolgoktól, elhatározásoktól mindig visszatartott valami különös gyávaság. Tudom, hogy egypárszor nagyot lendíthettem volna a sorsomon, egészen másfelé... De most már úgyis mindegy volna! Azért így is sok és sokféle jutott ki nekem jóból-rosszból, van min eltöprengeni holtig. Mint valami idegen, tarka képeskönyvet, úgy forgatom, lapozgatom néha a múltamat; s csak egyszer-egyszer jut eszembe: hiszen én voltam ez. Ilyenkor megállok, és azt gondolom: jól van; ami volt, megvolt - de én semmit belőle újra nem kezdeném.

Ahogy így újra meg újra végigélem, végigcsinálom gondolatban a rég elmúlt dolgokat, néha össze is fut a szemem előtt sok összefüggés. Mindennek, ami történik, oly sokféle oka van; nem tudom, mindig a legigazabbat találom-e meg, ha *egy* okot keresek - és nem tudom, minden apróság éppen *úgy* történt-e, vagy csak sokszor gondoltam és mondtam *úgy* el azóta, és már magam is hiszem. Hallottam egyszer, hogyha az ember hegyes vidéken jár - néha csak egypár lépést megy odább, és egészen megváltozik szeme előtt a tájkép; völgyek és ormok elhelyezkedése egymáshoz. Minden pihenőhelyről nézve egészen más a panoráma. Így van ez az eseményekkel is talán; és meglehet, hogy amit ma az élettörténetemnek gondolok, az csak mostani gondolkodásom szerint formált kép az életemről. De akkor annál inkább az *enyém* - és érdekesebb, tarkább, becsesebb játékszert ennél el sem gondolhatok magamnak. Ilyen harangszós, meleg, magános délutánokon.

2

Ezek a virágok nyíltak a régi Zimán-ház kertjében is, ahol gyermekkoromat töltöttem: piros mályva, papsajt, jézusszíve, bazsali, rezeda meg kisasszonycipő. Csakhogy az nagy, igen nagy kert volt - a Zimánok városi telke -, hajdanában elnyúlt a Hétsastoll utcáig s a Hajdúvárosig; később, hogy a Megye utca jobban kiépült, két-három házhelyet is adott el belőle jó nagy pénzeken, a mi grószink - Zimán nagymama. De azért még mikor mi játszódtunk benne, jó messzit lehetett szaladni az ólaktól s a régi aszaló romjától a bodzafás sarokban a „hűs lócá"-ig; a veteményeságyakon túl az elhagyott méhes félszeréig. Igen-igen téresek, sok mindent befogadók tudnak lenni az ilyen gyerekkori kertek. Tavaly, mikor végleg bontották azt az öreg házat (most új gőzfürdő van a helyén), arra jártam egyszer, és benéztem a kerítésen. Most jóval kisebbnek tetszett, és egészen közönséges, elhanyagolt teleknek.

Hárman futkostunk, uralkodtunk, veszekedtünk, hancúroztunk ott a két öcsémmel nagyon pici korunk, az édesapánk halála óta vadócon, magunkra hagyva és - azt hiszem - boldogan. Kár, hogy a gyerekkor gazdagságából olyan keveset őriz meg az emlékezet: jeleneteket, apró eseteket, s azt is elváltozott formában, ahogyan *azóta* gondoltunk rá, életünkben néha emlegettük. Most, mikor tudom a későbbi sorsukat, visszaemlékszem rá, hogy Sándorka mindig szelídebb, elgondolkodóbb gyerek volt; lányos és ártatlan kisfiú. Vele, ha csak ketten voltunk együtt, egészen furcsa és fantasztikus játékot eszeltünk ki, és folytattuk - azaz továbbéltük minden alkalommal. Azt mondtuk, hogy mi valóságban mind a ketten a föld alatt lakunk titkos és sötét utak és folyosók közt, amiket kék és lila lámpák világítanak. Az én nevem Vulpaverga királyné s az övé Rombertáró király. Mi csak álruhában járkálunk itt a földön, s a grószi házában csak véletlen élünk; igazában nagyon fontos dolgaink vannak - ő tartja rendben a fák és virágok gyökerét odalenn, és igazgatja, hogy mikor essék az eső vagy a hó - nekem pedig ezer bajom, gondom van a virágok szagosításával, a sok rest és kényeskedő tündérkével, akik mindig elfelejtik idejében kinyitni a bimbókat, lesúrolni reggelre a leveleket - s egyéb rendetlenséget csinálnak. Most úgy rémlik, valami német képeskönyv meséjéből eredt kezdetben ez a bolondság, de későbben mindjobban beleéltük magunkat, órák hosszat Vulpaverga-Rombertáró-nyelven beszéltünk, és olyan apróra kiépítettük ezt az álomvilágot, hogy a végén már nyomasztónak éreztem, kényelmetlennek. „No, most légy megint Sándor és én Magda!" - mondtam kelletlenül, de ő nem tágított; nehezen tudott szabadulni ettől, és tovább is „felség"-nek szólított. Rendesen erővel kellett elmenekülnöm tőle.

Ilyenkor mindig Csabával álltam össze nagyobb, cinkos barátságra, és napokig szándékosan csúfoltam, lenéztem szegény Rombertáró királyt, noha a titkunkat egyszer sem árultam el. Tudtam, hogy majd megint visszatérek hozzá, de nekem kellett ez a megfrissülés. Csaba, aki „kunszt"-okat vezényelt a méhesnek támasztott lajtorján; akrobatásdit játsztunk akkor, ahogy a piaci komédiásbódéban láttuk a cédulaház mögött. Majd dobni tanított verébre gumipuskából, vagy átmászott velem lopva a Hajdúsikátor felőli kőfalon. A megyeház régi bástyaoldala szögellt oda, és a mi

9

kertfalunk orma darabon egymustrájú volt azzal. Tulajdon egy kőmíves rakhatta valamelyik Zimán főispán idején.

Itt, szemben egy bolthajtásos kapu nyílott a szűk és penészes szagú tömlöcfolyosóra, aminek végében a porkoláb lakott. Ennek a feleségét ismertük: kofálkodott, és a mi szőlőnkből vette meg fáján a meggyet, barackot. - Csak a rostélyos, alacsony ablakok nyíltak erre, és mi néha végigszaladtunk előttük - egy darabon és vissza -, kirémlett valami szürke árnyék, hosszú rabing és ijesztő ónszínű arc. A szívem kegyetlenül vert, borzasztóan féltem, de *kellett* hogy megtegyem. Egyszer hallottuk, hogy egy Oláh Gergő nevű haramia van ott, akit fel fognak akasztani. Akkor velünk volt Kallós Pali is, a szomszédunk fia; és tudom, hogy én biztattam fel őket, nézzük meg Oláh Gergőt. Este volt már, és a Hajdúközben egy lélek se járt. Hanem mikor a sikátorba értünk, és nem bírtam tovább menni a rémülettől; a kőfalnak estem, de a két fiút küldtem: „Csak előre! A harmadik ablak az övé!" Megindultak - lábujjhegyen mentek a homályban, és a rézsútos keskeny ablakok közt a késői szürkületben rémes, elnyúlt árnyékok estek rájuk. Egyszer csak úgy tűnt fel, hogy két embertelen nagyságú, hosszú, átlátszó kísértet halad nesztelen egy véget nem érő, örökös folyosón - és mindenütt csend... Most eltűntek a párkány megett!... Mintha nagyon, mélységesen messzi... Egy borzasztót sikoltottam ott, és félig aléltan estem le a küszöbkőre: de azért hallottam a fiúk dobogó szaladását - egy ablakból valami csúnyát kiáltottak rájuk, aztán a porkolábné jött, és felemelt. Otthon nagy veszedelem lett ebből, és egy óráig térdepeltünk kukoricán a gróizi szobájában. Tízesztendős lehettem akkor. És egész életemen át sokszor tért vissza álmomban így ez a szörnyű, félelmes, homályló folyosó; mindig olyan rémületesnek, idegennek, mint akkor; noha később, déli napfényben, felnőtten és közömbösen, néha elmentem mellette. Most már évek óta nincs meg; modern börtönök épültek helyette az új szárnyban.

Odáig otthon tanultunk egy házitanítóval; akkoriban vitt el engem Klári anya a Wagner Zsófi tánt[2] iskolájába. Kisvárosi zugintézet volt, egy Németországból ideszakadt asszonyság, volt guvernánt[3] tartotta, s a két felnőtt lánya is tanított benne. Ezeken kívül egy paptanár jött át hetenként egyszer a piaristáktól - valami keveset magyarázott erről-arról; emlékszem, egyszer felakasztott egy

---

[2] tante: nagynéni, néni (német)
[3] gouvernante: nevelőnő (francia)

spárgára valami ólomgombot, hogy az: az inga. De hogy mi volt tovább az ingával, én egyebekre nemigen emlékszem. A lányaim most nevetnek ezen néha; amit tudok ilyesmikből, azóta verődött rám inkább hallomás, újságolvasás útján. Kicsit rendszertelenül bizony.

Wagner tánt iskolájában a tandíj egyforma volt ugyan szegénynek, gazdagnak - de a kis „polgárlányok", az iparosok és boltosok gyerekei *„gné-é-édige frá"*-nak[4] szólították őt, mi pedig *„tanté"*-nak. A német beszéd kötelezőnek volt hirdetve, és a tánt szigorúan feddette a parancs ellen vétőt. „De hogyha nem tudunk?" - szabadkoztak a Magyar utcai csizmadiák lánykái. „Akkor meg kell kérdezni, hogy mondják ezt vagy azt!" - „Hogy kell kérdezni?" - így: *„Wie sagt man das deutsch?"* Ebből az lett, hogy a kérdést lassanként megszoktuk elébe tenni, beleszúrni minden mondanivalóba; egész történeteket meséltünk el így: „Osztán, vizakmandaszdájcs, amúgy..." És ez elég volt mentségnek, ha megintettek a magyar beszédért. Csak a sváb lányok, néhány módosabb parasztnak a gyerekei beszélték szabadon a maguk vontatott, csúnya szójárását. Néhányunknak, szerencsére, a családunkban hagyományos volt kicsit a német szó - s egy-két szepességi cselédleány. Most sokszor olvasok német könyvet. - Egyebekben azért törődött a nevelésünkkel is Sophie tánt; egyszer én nagyon összepajtáskodtam egy Nagy Marissal, akinek kötélverő volt az apja; a tanítónő akkor külön behívott magához, és megmagyarázta, hogy ezt abba kell hagynom - nincs jövője, egy Pórtelky kisasszony, kilépve a világba, úgysem folytathatná az ilyen barátságot, és ebből kölcsönös fájdalom és sértődés származna, ha később szakítnók meg. Ma mindenki helytelenítené az ilyen felfogást, de én hiszem, hogy az akkori idők szerint igaza is volt. Okos nő volt, és ismerte a viszonyokat itt, Klári anya egyszer-kétszer gardírozta a lányait bálokon és felváltva a többi szereplő asszonyok is. Ezzel nagyon lekötelezték.

Akkor már a papok gimnáziumába járt a két fiú is, de otthon, a kertben s az ólak körül, zavartalan éltük világunkat gyermeki módon egy ideig még. Mindig fiúk közt voltam - a két miénkkel meg a szomszédnéival; s a bábuimmal nem is igen szerettem játszani. Csak varrtam nekik nagy, cifra kalapokat és divatos báli ruhát, amilyet Klári mama hozatott Bécsből akkoriban. Felöltöztettem - de aztán otthagytam őket, és mentem a fiúkkal.

---

4 gnedige Frau: nagyságos asszony (német)

11

Később egyszer egy estére megint nagyon élénken emlékszem.

3

A kertre szolgáló régi konyhaházban aludtunk mind a hárman akkor még, egy kedves, öreg szobában, ahol minden régi időkre, a nagymama fiatalságára emlékeztetett. Ez a külön épületrész - mondták - már háromszáz éves is lehetett; vastag falú, alacsony ház, szemöldökös ablakokkal és feketült, vastag fenyőgerendákkal az alkóv mennyezetén. Balra a konyha nyílott, s a pitvarban volt egy régi tűzhely, szabad kéménnyel. Milyen világosan emlékszem a mi szobánkra! Ide hordtak az utcai felső házból minden kimustrált darabot - itt állt a grószi üveges almáriuma a belülről kiragasztott, tüllfodros kotillionordókkal[5], régi híres bálok emlékeivel. Itt lógtak a fakult, aranyrámás, krinolinos pasztellek s az ócska, piros brokátfüggönyök egy hajdani falusi vendégszobából. Öblös hátú, nagy ágyaink voltak, amikben néha kopogott a szú; és horpadt, rézveretű, hasas fiókú szekrények meg egy keresztlábú, ormótlan tölgyfa asztal, amit megmozdítani se bírtunk. Ezt tartották legrégibb darabnak a családban.

Már akkor eltűnődtem néha ezeken, és szerettem végigképzelni, hány régi, régi asszony keze érinthette a terítők rozsdavörösre fakult bársonyát; kik ültek a magos cifrájú székeken és a keshedt, vén ottománon. Ez a szoba pedig minden időben a Zimán-féle gyerekek otthona volt, és vagy húsz évvel mielőttünk Klári mama éppígy aludt itt a három testvérével, éppúgy rosszalkodtak, és ő is térdepelt kukoricán, mikor egyszer szurkot tapasztott a Marika húga varkocsa alá, mert doktorozást játsztak, és ő sokszor látta, hogy grószi piócát rak fel a beteg parasztoknak. Így, régi holmik, emlékek, adomák, hogy összetapasztják a családot - mennyire megéreztetik, hogy csak folytatói vagyunk az előttünk élt életeknek; és mindez valami nagy biztosságot jelent: ahogy ők, mi is csak megleszünk!... Most megint az én három leányomra gondolok. Azok lába alól kihúzódott ez már; valahogy nagyon is hirtelen változott meg most a világ.

Vajon Klári mama is érzett tizennégy éves korában ilyen megzavaró, idegenszerű nyughatatlanságokat? - gondoltam akkor. - Sőt grószi is, a szigorú és komoly nagyasszony, ő is elpirult-e a

---

[5] táncrend. Cotillon: füzértánc, eredetileg népi párostánc (francia). Ordo: rend (latin)

halántékáig egy-egy furcsa gondolatra, és szégyellte magát néha a sötétben? Előrehajolva ültem akkor az ágyban, a vánkosaimra könyökölve, és néztem, hogy önti el a kert holdfénye kékes derengéssel az alvó szobát. Odakinn a Hajdúsarkon tizenegy órát jelzett az éjjeliőr dallamos, rezgő sípszava.

A felső házban most zongora szól, csárdást táncolnak a nagy vizitszobában, s az anyám, gyönyörű, viruló asszonyanyám ott ragyogtatja nagy, teli szépségét. Nincs is más asszonynép körülte, csak Ilka néni s a két sovány, jókedvű Reviczky unokahúg; hanem férfi vendégek, négy-öt fiatalember is minden este, és mind mamát veszi körül, és lesi, kívánja; neki beszélnek és felé fordulnak minden mozdulatukkal. Milyen kedves ő mindegyikhez erőlködés nélküli, biztos, egyszerű módján. Hisz még mindig hét vármegye híres, legszebb asszonya! De vajon eljött-e ma Széchy, akit szeret? Utánanyúl-e a kezének békéltető, hanyag, nembánom-mozdulattal - megszokott biztos, gúnyos vagy alattomos vággyal - a zongora sarkán át, vagy az albumos asztalka felett; ahogy meglestem egyszer? És félrevonul-e vele mama a sarokdíványon, izgatott, heves, haragos suttogásra fojtott szemrehányással, türelmetlen szerelemmel?... Lám, ott a felnőttek külön, előttünk titkolt, igazi élete folyik; a szerelem, ez a legfontosabb dolog, mert erről beszél mindenki, felélénkülő arccal, mohón vagy kíváncsian. „Minket, gyerekeket kizárnak, és mellőznek mindenből a nagyok!" gondoltam lázadozva, és minden átmenet nélkül a dobostorta jutott eszembe s a málnafagylalt, amit ott körülhordanak, és mi abból se kapunk. Félig gyerek voltam még és félig leány.

- Sándorka! - szóltam át hirtelen a szemközti ágy felé, csak mert tele voltam belső zavarral, és szólnom kellett valakihez. - Sándorka, alszol?

- Nem! - hangzott váratlanul rögtön.

- Miért nem?

- Csak!

- Ne mafláskodj! Miért?

- Mikor imádkoztam este, ott, ahol ezt mondjuk: „Ott ül a mindenható Atyaúristen jobbja felől", hát nagyon elfáradtam a térdeplésben, leereszkedtem, és sarkomon guggoltam. Most mindig arra kell gondolni, hogy ez az imádság érvénytelen.

- Ó, te buta! - mondtam hirtelen támadt, érthetetlen haraggal. Hogy lehet egy tizenkét éves fiú olyan ostoba!

- És nem csak ezért! - akadozott az öcsém félénken tovább. - De... szeretnék korán felébredni reggel. Mikor Zsuzsi a cipőkért jön.

13

- Mit akarsz?

- Magduska, ne mondd senkinek! Csabáék egy varjút fogtak ma Kallós Janival, ott van a borító alatt a színben, és annak holnap ki akarják szúrni a szemét. Én szeretném kiereszteni.

Megdöbbentem egy kicsit, és elgondolkoztam. A Csaba mély horkolása hallatszott.

- Jól van - mondtam később -, én felkeltelek korán, és segítek neked, de te meg vigyél fel engem a szénapadlásra, ahol a titkos szobátok van.

- Milyen szobánk?

- Ne tedd magad, te sunyi! Te is tudod, hol őrzitek a kulcsát. Ott van a mama ócska zongoratokja, abban rendeztétek be a szobátokat, és oda nem akartok lányt beengedni. Csak meg ne mondjam anyának, mit csináltok ott.

- Én nem pipáztam; nekem nem is adnak.

- Ugye, ugye, most elárultad. Dohánylevelet szívtok. Csak ne legyek én ott holnap, mindent megmondok!

- Jaj, ne! Magduska! Hisz én beengedlek.

- Hohó, nem addig a'! - ordított fel Csaba egy emberevő üvöltésével. - Áruló, cudarok, zsiványok. Te lyány! Te kíváncsi liba, szégyelld magad!

Nem ijedtem meg tőle. Kitört belőlem a rejtező feszültség: perc alatt végig elborított a düh forrósága.

- Csak neked álljon feljebb, te himpellér! Hallgatódzó, alvást tettető! Te híres gavallér; majd áthívom Kallós Ágnest, nézze, hogy páholják az úrfit.

- Páholnak ám téged, kisasszony, ha megmondom, amit tudok. Hogy miket beszélsz te Kallós Palival a méhesben, és hogy egyszer, mikor a tátott nyakú ujjas volt rajtad, kikapcsolta neked eggyel tovább, és te hagytad.

- Nem igaz! Csak azt mondta, hogy a meghalt nénjének rákja volt és... Te szemtelen, hazug! Kutya! Elhallgass!

- Pityereghetsz, áspiskígyó! - vigyorgott Csaba diadalmasan. - Phi!...

Nem tudtam, mit csinálok. Egy vas gyertyatartó akadt kezembe az asztalon, azt vágtam felé a homályban. A másik percben már megbántam, szerettem volna kérlelni, de éktelen, bömbölő sírásra tátotta a száját. Percek teltek, és szakadatlanul, bősz átengedéssel, megújuló erővel ordított tovább. A cseléd már felneszelt a szomszédos konyhán; valaki zörgette a kerti ház ajtaját.

- Nyissad, hé! Zsuzsi! Hisz azok ölik ott egymást!

Az anyánk volt. Szinte örültem már, hogy jön, s kikapok, és aztán rend lesz megint.

- Mit csináltatok? Mi baja ennek? Hisz véres!

Halálra ijedtem - szerettem volna odaszaladni, sírni, ezerszer megcsókolni; de tudtam, most már úgyis gonosz vagyok, és egy szó sem jött a torkomra.

- A gyertyatartót dobta rám, a vasat. Eltört a vállam - csupa vér!

- Ne bőgj! Hadd nézzem! Jaj, te istentelen, megállj csak! Te!

- Ő kezdte! - kiáltottam végre, sírásra fakadtam, reszketve. - Csúfolt, szidott. Mert egy madarat zárt be a színbe, és holnap ki akarja szúrni a szemeit. És mindennap szivaroznak a zongoratokban.

- Jézus Mária! Istentelenek! Gyújtogatók!

- Igen, és ő meg Palival bujkál a méhesben, és kikapcsolja a réklit a nyakán.

- Jaj, te alávaló! Mit csináljak veled, te? Hogy megvert engem az Isten! Na várj, hol az a sodrófa?...

Végigfutott a szobán, a küszöbig, ahol Zsuzsi támasztotta az ajtófélfát. Ott szótlanul állta az útját grószi. Éjjeli lámpás volt a kezében, de a fekete selyem paletó[6] rékli végig begombolva rajta; halántékába simított fényes haján gondosan ült a gyöngyös csipke fejék. Felemelte a lámpát, és végignézett a szobán.

- Ilyen szerencsétlen vagyok! - kapkodott a fejéhez anyám. - Vérbe fagyva teszik egymást! Agyonverem ezt!

Fejvesztetten felém rohant, de grószi megfogta a kezét, és a székre ültette. - Jaj istenem! - mondta mama tehetetlenül, és a kezébe takarta arcát.

Grószi letette a lámpát a Csaba ágyára, aki elnémultan tűrte, hogy az ingét félrehúzza.

- Csak karcolás! - mondta akkor nyugodtan, és hideg vizet kért Zsuzsitól. - Hanem a fejét is beverhette volna!

A Sándorka ágyához ment, aki összegémberedve reszketett és szipogott egész idő alatt. Megsimogatta a fejét csendesen, alig észrevehetően.

- Mit csináljak ezzel? - kérdezte mama később rám mutatva, rezignáltan és keservesen.

- Hadd csak most! - mondta szigorúan grószi, gondosan átkötve a Csaba fájós karját. Aztán odajött a lámpással, és dúlt arcomba világított.

---

6 paletot: hosszú, bő felsőkabát (francia)

- Nagy kamasz ez már! - mondta lassan, elgondolkozva, és elfordult. - Ez már nagyleány! - tette hozzá később még egyszer. Nem kaptam verést...

És ahogy lassan elcsendesült az éjszaka, elcsitulásból, pihegő szenderedésből felneszelve, még mindig ott láttam derengeni a sötét alkóvból a grószi lámpája sárga, enyhe világát a nagy tölgyfa asztalon. Együtt ültek még; anyám felkönyökölt, s a virágos, habos batisztruha bő ujja visszagyüremlett rózsafehér, gödrös csuklójáról, szép, telt karjáról a kígyós, régi arany karkötővel. A grószi egyenes, szikár alakja mereven feszült a székfának, barna árnyékok nyúltak el körülötte, mint valami olajos, régi képen, mely mécsvilágú jelenetet ábrázol.

- Harmincegy esztendős vagy, fiam! - mondta halkan, de keményen a csendbe, valami előbbi mondásra érvül.

Mama mozdulatlan arccal nézett a fénybe.

- Az ilyen huzavonás szerelemnek - folytatta kíméletlenül - nincs vége-hossza. Jó ideig azt hittem, csak lesz már valami, de így, ebből már elég volt. Négy éve idestova.

- De anyám - ez mégis az én...

- Jó, jó! A te dolgod volt mostanáig; én nem is szóltam bele, Klári. Nézd, fiam! Idestova tíz esztendeje vagytok itthon, sose kérdeztem tőled az effélét. Eleinte hagytam: éld ki a világod te is, elég rossz sorod volt az uraddal. Gyerekfővel özvegyen jöttél haza, negyedmagaddal.

- Ki volt az oka? - vont vállat anyám félig dacos, félig reszketeg mozdulattal.

- Senki se láthat a jövőbe, Klári. Tudod, két testvéred nőtt sorba utánad, korán kértek, hát adtalak. Tizenhat éves voltál, az urad harmincöt akkor, igaz; de egészséges volt, módos. Első fiskális[7] volt, négy segéddel dolgozott. Pórteleken is akkor osztoztak Ábrissal. Akkori zavaros világban az ügyvédség volt a legjobb. Ki látta előre, hogy a szerzésben, kapkodó éjszakai munkában italra kap. Jó, hogy addig vitte el az a tüdőgyulladás szegényt, míg minden utána nem ment.

Én jól láttam mama megvilágított arcát a fülkeszoba sötétéből; de grószi nem vehette észre, hogy kedvetlen rángás fut végig rajta.

- Hát igen - folytatta enyhébben -, olyan nagyon szép voltál, magam se bántam, éld világodat, mulass! A két leányt férjhez adtam akkorra, apád is elhalt, az öcséd diák volt még. Elfértetek

---

[7] ügyvéd (latin)

16

itt. Nem volt gondod házra, gyerekre, magamra vettem. Én árva leány voltam, nekem a küzdés dukált ki apád mellett fogytig; nem panaszlom fel, rátermettem. Egy életen át megdupláztuk azt a keveset, amink volt, és éltünk, gyereket neveltünk becsülettel. A mama mozdulata szinte türelmetlen volt most már.

- Hát sose szóltam a dolgodba, Klári, éveken át. Járt az emberek szája, de én itt voltam, beültem a vendégeid közé néha, őriztem a dekórumot.[8] Az én házam ellen senki se mert nyelvet öltögetni. Válassz kedved szerint, gondoltam. Ott volt először Bojér. Sokáig ugrattad, végül is azt mondtad: öreg. Özvegy volt, igaz, de első földesúr a megyében. Jött a Gebey fiú, abból se lett semmi. Kendyvel okoskodtál, házasemberrel; igaz, mozogni se bírt a szélütött felesége, de ma is él a tolószékben. Most itt van ez a Széchy. Hol van, hol nincs. Tegnapelőtt, hallom, a színésznőt kucsíroztatta...[9]

- De sok mindent tudnak! - ütött ingerülten az asztalra anyám.

Kiegyenesedett, a szeme haragosan megcsillant. Grószi rendíthetetlenül, szinte közömbösen nézte.

- Hát jó - mondta -, ne beszéljünk róla. Mást akarok mondani. Te tudod, hogy nekem egy fiúgyermekem van.

Klári mama csodálkozva fordult felé.

- Nézd! István ma helyettes közjegyző. De két évre biztosan penzióba megy[10] a vén Bélteky; ő kerül helyébe. Szép dolog, ilyen fiatal fejjel. Na, igen! Hát ha István megházasodik, ők itt fognak lakni.

- Aha! - mondta akkor mama valami kis fanyarsággal.

- Igen. A menyemre én fogok vigyázni!

- Hát igaz volna, hogy anyám a kis Kallós leányt...

- Erre még ne legyen gondod!... Hanem még valamit, Klári. Én titeket, ugye, férjhez adtalak rendesen; mind a hármat. Azt is tudod, hogy a berei földeket azóta tisztáztam ki, mióta apád elhalt. Vele csak megvettük fél adósságra. Amit az árendás fizet, arra ment azóta. Most már csak azon iparkodok, hogy ti hármatokat kielégítselek. Mert Bere a fiamé lesz; ezt előre megmondom.

Hirtelen csendesség támadt... Úgy hiszem, anyámnak nem volt váratlan ez.

- Tízezer forint volt az özvegyi jussod... nem tudom, mennyi van

---

[8] tisztesség, méltóság (latin)
[9] kocsiztat, Kutsche: kocsi (német)
[10] nyugdíjba megy (latin)

még belőle. Itt csak ruhára költöttél; igaz, hogy eleget!... Én tizenötezret adok minden leánynak. A gyerekeidnek van nyolc-nyolcezer.

- Miért beszéli, mama? - kérdezte anyám érzékenykedőn. - Én máshol is lakhatom, külön is.

- Ez hiábavaló beszéd, tudod, hogy lehetetlen. Itt én vigyáztam rád... mindenképp... Azt akarom, hogy férjhez menj, Klári.

- Ilyen siserahaddal? - intett felénk mama durcásan és leverten.

- Semmi! Nagyon szép vagy!... A fiúk kikerülnek, tanulni mennek. A leány... Az pedig már nagyleány. Egy-két év alatt...

- Csinos lesz vajon?...

- Furcsa lesz! Most fogja kinőni magát... Elmúlt tizennégy. Jövő télen bálba viheted. Úgy nézem, nem soká lesz terhedre ez a macska.

Felállt, és halkan végigment a szobán - benézett az alkóv függönyén túlra. Csendesen, mélyen lélegzettünk mindnyájan. - Alusznak! - mondta.

Megállt egy percre az ágyam fejénél.

- Ez holnaptól fogva fenn fog aludni a te szobádban, Klári!...

Ott maradt egy percig, és éreztem komoly nézésű, nagy szeme sugarát, ahogy lecsukott szempillámra tűz. Majd megfordult, csendesen vette a lámpát, bólintott, és kiment.

Magas, jegenyetartású, szép alakját mintha most is látnám. Egész ember volt ő, igazságos, osztó szeretetével, kérlelhetetlen, mértékes, okos akaratával - igazi monárkatermészet.[11] Egy ideálja volt: a család emelése; és tudott ezért dolgozni, küzdeni nyugodtan, fensőbbségesen, józanul egy életen át; és maga mindig biztos lenni a tetteiben és szándékaiban. Ahogy ellenségekkel, barátokkal, ügyfelekkel vagy alantasokkal vagy mivelünk elbánt; sohasem láttam szavát megmásolni, valamit kétszer, kétféle mód gondolni, elvetni vagy újrakezdeni!

Anyám ott ült még egy ideig maga elé nézve a homályban. Tűnődő, de nyugodt volt arca, láttam, egy lázadó vagy ellenes gondolat sincs benne azzal szemben, amit hallott. Grószinak igaza van! - gondoltam én is, nyugodt, egyszerű meggyőződéssel.

Mi akkor még - anya, nagyanya és gyermek - olyan természetesen, híven, bizakodón tudtuk megérteni egymást. Tán nem is alázatosabbak vagy jobbak voltunk a maiaknál - csak egymással egyformábbak valahogyan.

---

[11] monarcha: fejedelmi, uralkodói (görög-latin)

4

Kis, régi pípes,[12] magos sarkú cipőim, szalagos bebékalapom,[13] fűzős, tünikes[14] első nagylányruhám; istenem, hova lesznek a régi ruhák rongyai, volt énünk tevés-vevése, elszállt, időközi napok, jeltelen órák nyoma! Milyen jó volna mindent visszakeresni; ifjúságunk tarka perceit, szavaink dallamát, ruhánk, hajunk régi színét s az akkori napsugárét, mely szökdelt és fényesedett rajtunk! És minden velünk történtnek elfeledett, nem is tudott okait, melyek ott rejtőznek bizton e kiveszett vagy begubózott napok szürke mélyén, a lelkünk valami titkos redője mögött. Jó volna most - mert minden dolog közül e nagyvilágon magamnak mégis én vagyok a legérdekesebb -, ha itt egyszer színét hagyja minden, és elszürkül körülöttünk a tájék; csak azokat a napokat vesztettük el igazán, amelyekre nem emlékszünk...

Hegyes orrú, fényes cipőkben, szalagosan és tünikesen; a karomon bársonyneszesszer; a varróiskola felé tipegtem így, végig a Megye utca hosszán; s a félig hunyt zsaluk mögül utánam tűzött már loppal a figyelésbe élesedett asszonyszemek gáncsa, ítélete, jóslata vagy kedvezése: „Ni, a kis Pórtelky Magda!" - adták hírül csendes, harangszós deleken az öreg, rokon házak hunyorgó ablakszemei. Már számba vettek, már felavattak azok közé, akikkel foglalkozni lehet, aki beszéd tárgya lesz így vagy amúgy; lassan, óvakodva feljebb húzódott mögöttem egy-egy zöld redőnysor, és éreztem, hogy kapcsolódnak a sarkamba, derekam hajlása, szoknyám ráncai fölött, hogy tapogatnak végig e tekintetek, mint óvatos, kutató tűk horgai.

Ez ablakzugok homályából évtizedeken át így mérték fel a rejtező szempárok az idő forgását, értékeket, várható kapcsolatokat, új alakok színre lépését; az életet. Itt, a Megye utca hosszában kellett előbb elfogadtatni, megszoktatni magát újonnjöttnek vagy gyereksorból kinőttnek, valamit szándékolónak ebben a világban, a Hajdúvárostól a Várkert útjáig végig. Ez volt, ennyi az én világom, és tán belsőmben még most is ennek a színei és törvényei élnek még; de ma már tudom, hogy senkinek az ő világa nem tágasabb ennél. Csak más.

- Formás fruska, csepp lábú, táncos fajta! - pislogta utánam

---

[12] díszes (tájszó)
[13] valószínűleg a francia bébe (= baba) szó átvétele
[14] tunique: csípőnél lejjebb érő női blúz (francia)

jóindulatúan a kedves Bélteky tánt ablaka az ormós, furcsa kőeresz alól. - Kis lyánykeble formája anyjáé; csak gömbölyödjék kicsit, töltött galamb legyen az a kis csirkenyak!

- Az orrocskája tövén ott a Pórtelky-göb - tűnődött a Reviczky mama, és felrándult féloldalt, mint egy megvonaglott váll -, bizony, a szája se kicsiny, de van benne valami furcsa. Mint egy hófehér képű cigánylyány, olyan! A szeme teszi...

- Bánik is vele máris! - feleselt ravaszul felhúzott, hegyes szemöldökjeivel a Zimán Ilka vén, megsüllyedt sarokháza, és mintha titkos malíciával integetett volna utánam a két sunyi ablak vagy asszonyuk óvatos szemei. - Na, ügyeske máris, csak azt mondom, jó vér, eleven - nem hamvába holt -, igazgatja utána sebten, hogy dicséretképp is fordíthassa, ha netán besúgnák grószinak valahogyan.

Mert őtőle tartott mindenki itt, félték és tisztelték, s mi, az övéi tudva és hálásan éltünk e jóval, amit - tekintélyt, jelentőséget - ő árasztott ki ránk, az élete, esze, gőgje, vagyona vagy okos viselkedése. Hamar eszméltem én rá az élet ilyen apró összefüggéseire, amik közt majd boldogulnom kell. Erős, uralmon álló, semmit nem érzelgő fajtából nőttem ki, és életre, elevenkedésre való volt minden tehetségem. Gyerekkortól hallott rokoni kapcsolatok, nemzedékes, családi haragok vagy lekötelezettségek szövedéke a kisujjamban volt szinte, és ösztönszerűen rezgett benne a köszönésem hangjában, kimérte a fejbólintásom mélységét.

- Jó napot! - mondtam kifogástalan nyájassággal, de hivatalszerű éllel nyújtva meg a szót, mikor a fiatal Vodicska szokás szerint mélyen és lendítve emelte gömbölyű, városias kalapját; de látnia kellett, hogy épp akkor elmosolyodva, félrehajtott fejjel, könnyed bizalmasan intek át a túlsó oldalra valamelyik „megyei fiú" köszöntésére. „Jó napot!" zengett vissza bensőmben saját hangom, míg bíráltam, helyesen volt-e; és egyszerre eszembe tűnt az ő „Kezét csókolom!"-jának furcsa, becéző, mókás, kedveskedő vagy gonoszkodó, bizalmas árnyalata. „Na nézze meg az ember!" - lobbant arcomba hirtelen kislányméreggel a vér. „Ez a jöttment-fajzat!"

Ez már a Megye utcán túlról, külső, szomszédos világból való volt. A Várkerten, a rengeteg uradalmi parkon túl vannak az újmódi, cifra, kőtornyos tisztiházak, ahol a gróf emberei laktak; intéző, tiszttartó, ispán, egyéb. Idegenes nevű, ki tudja, honnét szedődött, ismeretlen múltú famíliák; némelyikről úgy tudtuk, a szépapját kályhafűtőből, lovászból, miből emelte fel a kegyúri szeszély. Ennek a Vodicskának az apja még, az öreg inzsellér,[15] olyas játszótársféle volt, mondják, a grófok mellett; az úrfiakat az ő szorgalmával ösztökélték tanulásra. Együtt járt velük azután külső országokban is, és máig okosan megtartotta ezt a félbaráti kapcsot. Tudtam, hogy a maga körében sokra tartják ezt a vén rókaképűt, az inspektor[16] maga is kedvére jár - és az uradalom mindenféle földosztó, vadvizes tereket lefoglaló huncutságait csak az ő agyafúrtsága tudja keresztülhajtani. Majd folytatja, lám, a fia; ügyvédi vizsgáról jött haza, és már az uradalom ügyésze. És most végigmutogatja a Megye utcán új divatú keménykalapját, fényesre kent finom cipőjét, selyem nyakkendőjét. Nekem ugyan... Nézze meg az ember!

A közülünk való férfiak azért is bőrkamásnit húznak, bokros nyakravalót viselnek és puha, könnyű kalapot; és szegletes, gyors dobással kapják le hirtelen, frissen, atyafiságos játszópajtási örvendezéssel: „Csókolom a kiskezed, Magduci!"

A fajtámat - az én erős, magát felszínen tartó, tekintélyes, szép famíliámnak minden vonását, erejét én büszkén éreztem frissnek, töretlennek önmagamban még. Éppen csak hogy én öntudattal tudtam már, felszámoltam magamban sok olyat, amit anyáim csak sejtve találtak el még. Az asszonytudományt legfőképp. Tükör előtt állva néha sokáig lestem, ámulva figyeltem az arcom egy-egy új vonalát, magától jött, beszédes kifejezést, egy szép fejmozdulatot; de aztán megjegyeztem és felhasználtam - számon tartva, mint hasznos fegyvereket. Néztem az anyám nagy, teljes, fokozhatatlan és egyszerű szépségét, és nem hangolt le. „Én megint másféle leszek!" - gondoltam. A lényem egészben elevenebb volt, mozgósabb, összetettebb, nyughatatlanabb. Mintha egyszer, utolszor, bennem virágzott volna ki még a mi ősi asszonyosságunk - elevenkedésre, örömre; de már zavarokra is és változások elé. Elnéztem mozgékony szájam szokatlan vonalát, orrom vékony, lihegő cimpáit, ahogy elvékonyult, megfinomult felettük az apáim sasos, kemény horga; a rakoncátlan, ördöngös, sötét hajak göndören repdestek körül a fejem, és tudtam: a szememmel azt tudok, amit akarok. Éreztem, hogy énrám sokáig lehet nézni unalom nélkül, hogy ritkán vagyok kétszer egyforma, és hogy sok-sokféle szó kellene, hogy valaki leírjon engem.

---

[15] ingénieur: mérnök (német, francia)
[16] uradalmi intéző (latin)

Az anyám élete előttem folyt - szerettem, és büszke voltam rá. Éreztem benne a bátor fitymálást; a szép, erős, lesett és irigyelt - titokban gáncsolt szabadosságot. Nekünk lehet! Híres Zimán Klára végigkocsikázhat vasárnap, parfümös mise előtt, a vén nábob, Bojér négylovas batárján; nyílt jelüzenetekkel kötődhet az ablakából úgy tréfaképp a fiatal megyei jegyzők szemközti hivatala felé. Tavaly fényes délben hordta neki, a Széchy félbolond versifikátor[17] inasa, naponta a drága kaméliákat - leste, tárgyalta a fél város. És most, hogy annak vége - senki se láthatott rajta bánatot, csak gőgös, hetyke haragja van, nagy fennszós jókedve, könnyedén kerít minden ujjára újat. Soha olyan legényjárás nem volt a házunkban eladó lány idején se! - mondogatta néha grószi komolyan, de ellenvetés nélkül. A külországi iskolákból hazakerült Telekdy fiú, ez a borotvált képű fiatal fantaszta szokott oda legutóbb nagyon. Egy reggel, fényes nyári délelőtt, valami mulatásból jövet, egyszer csak beállított a Bankó teljes bandájával az udvarunkra, s a konyhaház eresze alá állította fel a cigányokat. „Húzzátok, a gyönyörűségit, megérdemli az ilyen világszép asszony, mikor rántást kever a patyolat kezével!" Úgy látom ezt! Piros meg sárga rózsák feseltek épp, a nagy virágágy üveggolyós karói izzón tüzelték vissza tarka színeikkel a déli nap hevét, a kertkapu felől malacok sivítoztak éhesen az ólban, és szállt az érett málna erjedt aromája, s a szemétdomb fülleteg, meleg párái reszkettek enyhe hullámokban a forró levegővel. A banda húzta a fagyalbokrok előtt; Telekdy az ajtófélfát támasztva fordult mámoros, csúnya, kellemes arcával, mohó szemeivel egyre az anyám léptei után, aki könyökig tűrt fehér karját csillogtatva, zsörtölődve, kacagva, kipirultan sütötte a pogácsát. „Ma erről fog beszélni mindenki!" - gondoltam izgatott örömmel. A Megye utca szeme rajtunk! De így jó - minekünk szabad! Virulni, páváskodni, elfogadni a hódolatot, kiélni fiatalon, kényünkre, táncosan, módosan minden szépet. Szépen a szerelmet!

Mert én ismertem azóta sokféle, más vidékről való embert, de úgy hiszem, sehol a föld kerekén nem tudják olyan szép megjátszással, lendülőn, búsan, szilajon és parádésan élni a szerelmet, mint erre mifelénk tudták hajdanában. Az azóta való emberek többet tanultak, tudnak minden tudományból, de eldurvultak ebben. Kertelő szavaikon mindjárt átüt a nyers és kíméletlen, egyszerű kívánás - a színháziasságuk meg esetlen szavaló póz -,

---

[17] versfaragó, fűzfapoéta (latin)

büszkételen, csúnya macskaepekedés, vagy a nőmegvetés nyegle és hazug, szégyenlős időtlensége. Egy szép, finom kultúra veszett ki az idővel - mondanák modernül -, az asszonnyal bánás művészetét nem érnek rá megtanulni manapság! És elfeledték, mennyire felér a szerelemcsata sok gyönyörű, tomboló, dacos és keserves virtusa azzal a „cél"-lal, mely magában közönséges és kiábrándító.

 Sehol annyi színe-illata nincs a szónak, nincs annyi hátmegette, ha kurtán és jelentőséggel ezer fojtott érzésből kipattan; sehol nem rejtezik olyan szép gőgbe a bánat, sehol az emberek úgy egy életet áldozni, egy-egy percnyi felülmaradásért nem tudnak, mint itt akkor, az ősi lápvidék, a megbolygatatlan nádak-erek kerítette tájon. Láttam egyszer esti félsötétben az anyám arcát, szája gőgös összerándulását, mikor a fiatal Telekdy karja alá fűzte tüntetően kezét valami séta vagy uzsonna után hazajövet; mert Széchy akkor, hogy hónapok óta nem lépte át a küszöbünk, csak úgy, hirtelen szándékkal egyszer megint haza akarta kísérni. „Igen - gondoltam lobbanó felindulással -, egy ilyen pillanat sok mindenért megfizet!"

- A férfiak majd mindig visszajönnek - mondta akkoriban grószi. - Megpróbálják; nem nyughatnak bele, hogy az asszony is felejthetett azóta. De az ilyen újrakezdésben soha sincs köszönet!

 Értett ő az ilyenekhez, okos fejében egyre forgatta az élet e furcsa játékait, melyek legfő értelme és magyarázata tán. De foglalkozott itt a szerelmesek dolgaival mindenki. Ők a nap alatt jártak, szem előtt, ügyük közös ügy volt, megbeszélt, nótába fogott; részvét volt a megszólásban is, tisztelet és szimpátia a részvétben irántuk, mintha színpadon játszanának, félig tán a figyelő szemek kedvéért. Volt valami parasztos ebben; de az egész úri módi, úri beszéd is mai napig közel áll itten a parasztéhoz, csak még tarkább, virágosabb. Nekem néha most is nehezen esik a könyvek módján fűzni a szót, pedig a könyvek nyelve is - mondják - e tájról került. Sok dali parasztlegényt láttam itt életemben olyan-olyan jó kiállásút, betyáros tempójút, lobbanó szeműt, magatudót, csak ruhát kellett volna cserélnie valamelyik fiatal szolgabíróval. Tudom, e vidéken termett mindig a legtöbb nóta: és sehonnét annyi igric, verselő, literátus, híres ember nem került, mint a mi vármegyénkből minden időn. Így olvastam is ezt valahol. És mostanában sokszor elnéztem a nagy homlokú, elborult szemű, félvak poéta lecsüggesztett fejjel búsuló kőszobrát, ahogy pár éve üldögél ott ráccsal körülvetten a nagypiac akácos, lombos sarkában. Idevaló volt az is, és nekünk közel vérrokonunk.

Hogy elkalandoztam, lám, öregasszonyos módra... Eszembe jut most, hogy akkoriban réges-régi, gyerekleány voltommal tudtam így eltűnődni, ábrándozásba felejtkezni, mint most, az életem csendes, őszi napjain. Csakhogy akkor még a jövendő életen, mint most az elmúltakon; tán akaratlan éppúgy kiszínesítve hittel és képzelettel. A közbeeső időben benne voltam az életben, nem néztem jobbra-balra, csak mentem át a dolgokon, mint valami zavaros áradattal birkózva - vagy fennlibegve egy ideig ficánkodó jólétben a napos szinten. De mintha akkor, legkezdetben, igazabb és belsőbb életet éltem volna.

Le-leszabadultam még néha a régi gyerekszobánkba, a nagy, szuvas gerendák, százéves bútorok, a krinolinos képek s a furcsa kotillionfigurák közé. Oly különös volt itt néha a csend! A két fiút megkávéztattam már, iskolába zavartam basáskodó jóakarattal. Hogy kinőttem közülük! „Áspis!" - sziszegte még felém Csaba néha dühösen; de az iskolapajtásai közt már hencegett velem, mert a gimnáziumi paptanárok előre köszöntek nekem a templom sarkán, miséről jövet. A zongoratokbeli „szobát" sem háborgattam többet, és néha le-lecsentem a vendégek asztaláról egy-két igazi cigarettát neki. „Nesze, te gézengúz!" - ütöttem hátba, hogy megbéküljön. És Sándorkának szóltam: ha elmennek, hagyja kinn nekem a könyveit.

Furcsa gyönyörűség volt így pihenni, és éhes leányésszel belelopakodni néha ezekbe, portörülgetés helyett. Titkos, idegen jegyű ábrákra leltem és ismeretlen számjelekre; és elgondoltam: kellett élni valaha embereknek, bizonyosan most is vannak messze valahol, akik ennek szentelték az életüket, ilyesmik kitalálásának. Milyen messze, idegen célok és sorsok lehetnek a távol, nagy világon, aminek mi hírét sem hallhatjuk soha itt!... majd latin fordításszövegekre akadtam, és felvágtam azokat a lapokat, amiket békén hagytak a diákok ceruzái és mocskos ujja nyoma. Régi hajós népről szóltak a versek, csatás világról, városok lerontott vagy megépített falairól. „Ha fiú volnék jutott eszembe egyszer -, tán el, messzire mennék innen?"... Ez a gondolat, a földi távolságok álma oly meseszerű volt itt, oly idegen mindattól, ami körülvett. Nálunk, a nagy, drága bőség közepett búzás szekerek és telt bödönök, oldalszalonnák rendei, tömött libák; névesték és torok világában - valami hihetetlen hóbortnak, őrült pénzpocsékolásnak tetszett a kényszertelen utazás. Nem is igen jutott eszébe senkinek; a vén, gonosz Telekdyt eleget szólták megyeszerte, amiért messze idegenbe üldözte ki tanulás ürügyén az egyetlen fiát, mikor elanyátlanodott. Ő tudta, miért teszi! „Emberséges embernek maga fészkébe' van legtöbb becsületi!" - mondta Pórtelky Ábris, az apai nagybátyám, aki életében, pedig idestova hatvanéves, soha által nem ment a vármegye határán. A láp megetti, eldugott, ősi falut, Pórtelket is csak megyegyűlés vagy családi sokadalmak idején hagyta el, vasúton, úgy mondták, nem ült még soha.

Messzi, idegen világok, ismeretlen utak! - gondolkodtam el akkortájt néha mégis. - Ha elvinne egyszer valaki engem! Férfi vinne!... És összekulcsoltam a kezem tétlen, leejtve a portörlőt, és elnéztem a gyümölcsfák rezgő leveleit, a hallgatag, nap elfeküdte kertet. Olyan csudálatos megfakadások vannak a nővé levés ez első, félszeg és ámult idején. A gyerekleány sok nyeglesége, frivol és malackodó érdeklődései milyen hirtelen tűnnek el a szűziség gyorsan megérett öntudatában. Szégyenes bosszúsággal gondoltam Kallós Palira, és apró, helytelenkedő beszédeinkre, és egészen más, tisztább és komolyabb színben éreztem meg egy-egy percre az asszony és férfi dolgát egymással. Vajon, ha zárdanevelésbe küldenek vagy efféle, nem válhatott volna-e belőlem is ez időben hallgatag és befelé élő nő, amilyen Kallós Ágnes, a grószi keresztlánya lett, az ő házias szigorúságuk közepett?... „Ha meglátna és megszeretne engem valaki - gondoltam e ritka, magános percek álmodozásaiban -, nagyon messzire való, más életbeli valaki, és ismeretlenségek felé vinne!" Mert mint kisgyermek koromban a tömlöcfolyosói félelmes kalandokat, ezt is és mindent csak így más által - egy férfi által tudtam elképzelni. „Ha egyszer megpillantana valami igen nagy úr - Lajos gróf, a fiatalabbik Szinyéry talán -, ha végignézné a megyebálat majd, ha engem először visznek..." Felütöttem a fejem hirtelen, elszégyenkezve és vállvonítva, és kicsúfoltam magam ugyanabban a percben. Egy Szinyéry gróf! Ki az? Ábris nagybátyám fanyar gőgű bizonykodásai jutottak eszembe a mi régebb és igazibb uraságunk felől, a véletlen és hamisság szerzette uradalmak gazdáival szemben.

Királyi cseléd, nyakát hajlító labanc úr, idegenek talpát nyaló udvaronc sohasem akadt a Pórtelkyek köznemesül maradt ágában; a másikat meg, a báróságba felzüllött unokavér-nemzetséget, akiknek apja nem átallt kormánybiztosságba ülni negyvennyolc után: kinézte és elátkozta a névadó, ősi, zsombékos föld s itthon maradt, haragos-szürke fundáció. „Ő - gondoltam pirosra vált arccal hirtelen -, kicsoda minékünk a Szinyéry gróf?" - Törülgetni, kisasszony, sietni! - tört rám sebbel-lobbal anyám. - A szobalány nyakfodrokat vasal neked. Máma rád vár a vizitszoba!

Felriadva és magamhoz térten mentem letörülni odafenn a bőrbe kötött albumokat, az ezüst névjegytálat s a porcelán gyufatartót a két aranyfarkú pávával; meg a nagy zongora ragyogó, fekete lábait. Kiráztam a portörlőt a Megye utcára, és kiszóródott belőlem az oktalan homokszemek szerével minden tétlen, álmatag, szavakba nem köthető gondolat. Tán csak most, elcsendesült napjaim alkonyatán rajzanak vissza, gyűlnek szürkéllő fejemre megint...

Kicsaptam a portörlőt, és utánahajoltam egy percre, hátrakötött piros kendőm alól előreráztam a sok bodros, fekete hajtincset, és feltámasztottam a felzsalu szárnyát. Mosolyogva hajoltam előre; lopakodón és visszanézegetve, mintha szigorú anya tekintete lesne. Ösztönből való álság volt ez, hisz tudtam, anyám nem bánja, és már grószi se szól ellene. Bólintottam a fiatal főispáni titkárnak, aki legjobb táncos hírében volt akkor; oldalt hajtott fejjel, fél karral az ablakfának dőlve, mozdulatlanul néztem vissza a tekintetét. Kellemesen meglepve fordította oldalt az arcát, visszanézett, majd hirtelen megállt, és átsietett az utca másik oldaláról. „Sikerült!" - ujjongtam fel titkon, és sebten könyököltem ki pár mosolygós szóra, gyors, játszós kérdésre. Jól láttam, hogy Vodicska Jenő fordul be épp a sarkon-fényes cipővel, szép, új, szürke ruhában.

5

Elküldték Pestről a Gách-féle selyemruhákat, s a vizitszoba földjén reszkető örömmel térdeltük körül a nagy, barna skatulyát. Az anyámé fűzöld lengeség volt eperpiros, piciny rózsák girlandjával, az enyim a kötelező fehér. Az aranyporos, hegyes topánok is ott voltak s a virágos hajékek.

Hanika szedte ki őket karcsú és szeplős, halovány ujjaival; vörös hajú, rút kis varróleányunk, aki hetek során ott kattogtatta a gépét az üveges szaletli[18] sarkában. Milyen áldott jó, szegény kis lélek volt ez a póznahosszú, horpadt mellű teremtés. Csak most gondolok vissza, milyen nehéz dolog hallgatagon és békén nézni közelből a mások jó dolgát! De ő velünk érzett, néhány jó

---

[18] kerti lugas, üveges veranda (olasz - német)

szavunkért átolvadt hűségbe és szeretetbe. Mennyi áhítat és bensőség volt abban, hogy kiemelte a ruhákat, idegen mesterek remekét, ahogy két helyen csippentve fogta, és magasra emelte, míg zöldes, apró két szeme alatt foltok pirultak a lelkes izgalomtól. „Ó, be pompás! Nincs ezen egy öltéshiba! Jaj!" mondogatta, míg ránk segítette, és végighúzta keskeny, borsószáraz tenyerét a fátylas tüllredők fölött, csípőnk és kebleink büszke vonalán.

Mi elébb izgatottan és ámultan lestük, hogy kiszedje, aztán tapsoltunk, és összeölelkeztünk anyámmal kacagva és hemperegve a szoba földjén. És amikor rajtunk volt mind e pompa és mesteri szépség, hogy álltunk meg némán és kiegyenesedve, tágult, fényes szemekkel, izgalomtól fehéren, a földig érő tükör előtt! Anyám összefogta a zizzenő, lenge uszály zöld hullámait, fordult és hajladozott, felvonult, majd meg leült hirtelen. Ezt még tanulnom kellett, szépen, könnyű gráciával kezelni, karra vetni vagy kígyós vonalban folyatni magunk után. Milyen könnyen válhattak komikussá a mozgások ebben az öltözetformában; de épp azért volt finom és nemes művészet szépen bánni vele a tánc heves fordulataiban, szállva, kavarogva, vagy helyben rezegve soha egészen el nem felejtkezni önmagunkról, a külsőnknek, minden különbvoltunknak való tartozásról.

Összefogództunk, és körüllebegtünk keringőzve, hajlós derékkal, simán suhanva a nagy ebédlőt. Hanika dúdolt nekünk csukló, színtelen kis cérnahangján, és sietve tologatta el utunkból a székeket. „Legszebbek - ezen a világon nincs párjuk!" -, sóhajtozta hevesen és rajongva. Grószi ránk nyitott; bólingatva, figyelmesen állt az ajtóban.

- Ötszáz forint a kettő... azért lehet is szép! - mondogatta félig magának. - Hát pompásak, no - tette hozzá élénkebben. - Mintha ráöntötték volna a derekatokra!...

Megfordult csakhamar, visszament a nagy udvari szobájába. Újabb időben jóval kevesebbet törődött velünk. Az ablakfülke emelvényén ült, mint valami trónuson, és fogadta audienciára az ő ügyes-bajosait; azokat, akik jó kamatra kicsi pénzeket kaptak tőle, akik bérletre ajánlkoztak, vagy olcsó telket közvetítettek; ügyvédet, árust, egyezkedőt - Lipit legtöbbször, a mindenre jó, fürge és okos zsidónkat, aki üzletfele és ilyenben bizalmasa volt. Már minden erejét lefoglalta az életeszmény: a család emelkedése az egyetlen fiú örökös révén. István csakugyan harmincéves volt és helyettes közjegyző; a szomszédban simára fésülten, fehér muszlinruhában, észrevétlen nőtt templomos, szelíd leánnyá

Ágnes, a grószi kedvence; két évvel idősebb volt nálam és olyan igen másforma. „Ezek itt most már hadd csinálják egykettőre, ahogy legjobban tudják!" - ez a gondolat látszott az egész velünkbánásán. Megérezte, hogy a mi módunk és minden eszközünk erre mennyire más, és nem zavarta anyámat a drága ruhák miatt. Tudta, fegyverzetünk az, melyben győzni, hódítni, komoly életcsatát nyerni kell. Ha Lipi kijött tőle, jókedvűn köszönt be a csukott teraszra hozzám, „Így megnőtt, Magda kisasszony! Szépen nőtt! Remek diófa bútort csinál egy új fábrika most Kolozsváron. Én fogom beszerezni majd, amennyiért nekem adnák!" Jött Trézsi, az ócskás cigányasszony, és megcsodált. „Drágalátos! Jaj, tulipánt! Hogy húzza majd az én öcsém a lakodalmán!" A vén Spach Náni hátikosárban hozta a pénzes erdélyi katrincákat, hímzett, fehér gyolcs alsószoknyát, keszkenőt; ő is letehette bugyrát a verandán, ha jókedvbe lelte anyámat, pillés kávécskát kapott, és regélt a damasztabroszokról, háromesztendős szőttesekről az akkori jó kendertermő évből, amiket jövő őszre visznek debreceni vásárba a lőcsei kereskedők. „Épp jó időben!" - mondta, és végigsimogatott rajtam hízelkedő, öreg szemével.

Így voltam most már szem előtt; mindenki figyelt rám, és tudomásul vett. Kötelességem lett, hogy hamarosan vizet zavarjak kissé e kis világban, hogy valami történjék velem, ami egykettőre eligazítja a sorsomat.

És mégis, tudom, sok volt a véletlenség az első fellépésem s ezzel az egész bálozó leányéletem sikerültében. Hogy grószi akkortájt jó ösztönnel elsimított minden apró neheztelést a vidéki, Pórtelky-féle atyafihaddal, akik legényfiai bejönnek és hangadók a farsangos alkalmakon. Az ablakom előtt eljáró ifjak egyik-másika kezdhette tán először emlegetni: „Isten úgyse, Pórtelky Magdi lesz a legelső kislány az idén!" Anyám néhány vacsorát adott a tél elején, a kedvességével olyanokat is kitüntetett és meghatott, akikre maga kedvéért rá se hederített azelőtt. Nagyon bájos volt ebben az új, gondos és aggodalmas anyai szerepben! Akkor vagy kétszer az uradalmi hadból is hivatalos volt hozzánk néhány „legkülönb". Scherer, az inspektor fia kimentődzött; ezek nem békültek. Régi, nagyon szomorú történet volt emögött: szép, fiatal Ilonka lányuk tragédiás halála, akinek furcsa szeszéllyel, minden szokások ellenére, bolondosan udvarolni kezdett az idő tájt a híres Széchy Pista. Akkor volt, hogy anyám, asszonyos gonoszkodásból-e, hiúságért, vagy tán akkor már igazán fellobbant szerelemből, merészen és akarva udvarába vonzotta, magához láncolta őt; a regényes, szerelmes leány pedig sztrichnint kerített az apja állatgyógyító patikaszerei közül. Hat éve is volt már, de az ilyet nehéz felejteni... De Vodicska Jenő ott volt. Emlékszem, fiskálisos dolgokat beszéltek grószival, és az jófejű embernek mondta; majd később heves rokonszenvet támasztott Telekdyben. Ez mindig is különc hírében állt, kicsit túlzott eszméivel az egyenlőségről s az ész egyedüli rangjáról; külföldies, „semmire sem használható" tudományával és filozófuskönyveivel. „Hogy kirí ebből a környezetből, milyen kellemetlen mégis ez a vegyesség benne!" - gondoltam néha, de Klári mama naivul csudálta, és láttam, hogy büszke rá. Szokatlan volt neki, hogy vele valaki ilyen dolgokról beszéljen; s az udvarlása mégis gáláns tempójú, tradíciósan szép hódolás volt.

A megyebálra vittek először, a tubarózsás, uszályos, fehér selyemruhában.

Míg Hanika fésült, elrendezte és feltűzte csigákba sodort hajam - míg anyám gyengéden felhőzte be finom rizsporával a vállaimat -, és amikor megálltam a tükröm előtt, így, ünnepien, sugár alakommal, fiatalságom méltóságával és büszke díszével: fokonként vált bennem komoly bizonyosságra a hit, hogy a legelső leszek. Tán lett volna okom félni és kételkedni: elgondolkodni, hogy ott sok-sok más, éppen így kidíszített, szép és fiatal lány közt el is homályosulhatnék! De én a szememben ennek a lendítő és ujjongó hitnek a ragyogásával léptem be a terembe, a sok lámpa fénypazarlása alá. Ez adott biztosságot és összhangot minden mozdulatomnak, ezért voltam bátor és közvetlen a szemjátékra, kezdésben és visszaadásban, és így jutottak eszembe gyors, helyénvaló, eredeti és ügyes ötletek, kedves kérdések és szellemes, friss visszavágások is, amik szájról szájra adódtak aztán. Sohase néztem méricskélő irigy vagy aggodalmas szemmel a többi leányt; úgy éreztem, itt én vagyok, egyedül én, és minden a kedvemért! Nem volt helyes talán és semmiképp sem igazságos; de bevált.

Szép, mámoros, farsangi kavargás; ünnepeltség, fény, ragyogó gondatlanság: bál, bál!... Összemosódó, kavargó emlékei egy hosszú életre sugarazzák a rózsaszín derűt, enyhítő, nyugtató, asszonyos öntudatot. Én voltam, az voltam egykor!

Boldog és szép volt ez az elillanó idő, üde ragyogású színek és súlytalan, lebbenő évek. Mintha a keringő ütemeire röpültek volna el fölöttem, mély, édes félandalodás közepett. Néha még most is lebegek és forgok így álmomban; a régi, akkori divatos valcerek dallama tér vissza - és derűs kedvvel ébredek olyankor. A hosszú, forró szupécsárdások elevensége inkább illett hozzám pedig! Közel a cigányhoz egy-egy nekem való táncossal bomolva, forogva és rezegve, csak valami szikrázó, aranyos tűzködön át éreztem, hogy fárad és csendesül el körültem mindenki a teremben, hogy alig táncol néhány pár, és az is abbahagyja végül, és köribünk gyűlve, minket, engem néznek azután; magamelvesztett összeolvadását minden mozdulatomnak, a vérem lüktetésének, a gondolatomnak is a muzsikával, a tánc babonás bolondos lelkével.

Soha gyönyörűbb részegség nem lehet ennél; és ha legmindenét adja is a szerelem, nem lehet több a mozgások és szemek és hevületek ilyen összefelejtkezésénél...

- Nagyon kacér! Mint a kéneső, olyan! Az élőfába is beleköt! - mondogatta egy-egy éles szemű asszony, de inkább csak hogy beszéljen, csak megállapításul. Mert kizárt dolog volt, hogy valaki a rosszallását, gáncsát éreztetni merje mivelünk. Párbajra kész, védő férfirokonság állt mögöttünk, szolgabíró sógor, alispán koma, közjegyző unokabátya; a grószi lekötelezettjei, az anyám udvara; s a bajban mégiscsak összefutó vidéki atyafiság. Hallgatag érezte mindenki az ilyesmit. „Anyja lánya - mondta Zimán Ilka néni, engedékenyen hunyorgatva -, de minden jól áll neki! Ha a kis széket veszi magára ruhául, ha cigánykereket hányna! Szépnek minden szabad!"

Négyest egy colonne[19]-ban táncoltunk anyámmal, és mindig ő volt a vizavím[20]. Én akartam ezt - megéreztem, hogy bájos, eredeti és jóleső látvány az ilyen. „Van-e már muttusnak táncosa?" - kérdeztem szorgoskodón az udvarlóimtól.

Vodicska Jenőt megszoktuk a farsang végéig, hogy elmaradhatatlan árnyékunk legyen. Rábíztuk a belépőt s a legyezőket; szelíd gonddal kezelte, és táncaim közben sokszor láttam, hogy az ajtóban állva, vagy egy oszlopnak támaszkodón, melegen és figyelmesen elgyönyörködve néz engem. De közben másokkal is elbeszélgetett, szolidan, kedvesen, és nem vált feltűnővé. Gondozott, túl gondozott alakja, kis gömbölydedségre hajló, szimpatikus férfiarca nem volt rossz staffázs.[21]

---

[19] oszlop, sor (francia)
[20] szemközti (francia)
[21] a festészetben mellékalakok (német)

Vacsoránál a mi asztalunknál ült, de rendesen nem énmellettem. „Mit akar ez a házitanító-fiú körülted, Magduci?" - sugdosták néha zsörtös féltékenykedően másod-unokatestvéreim, a Kehiday fiúk. Vállat vontam kacagva és kacéran. Akkor apró malíciákat mondtak ellene, hogy egyszer megemberelte magát, és mulatni próbált, de milyen rosszul állt neki, és hogy kapott gyomorbajt a negyedik pohár bor után! Meg hogy táncolni csak úgy tud, hogy otthon a komód jobb sarkától indul el bal lábbal.

Nem hallgattam rájuk, pezsgőbe mártottam a nyelvem, és belenéztem a Bankó prímás rám ragyogó, lassú tüzű szemébe. Szép szál cigánylegény volt, és nekem játszott, lehajtott fejjel, egy mosolyért is hálás, leszámolt alázattal. Lassan, meghatottan jött közelebb felém, szordínót[22] tett, és régi nehéz, tárogatós hallgatóba kezdett. Mindenki elcsendesülten nézett maga elé, messzi nemzetségek régi, fojtott bánata lebegett a korhelyes asztal fölött; titkos megértés közösségébe vonva, egymás felé ez egyfajtájú embereket. Megint ránéztem, és révedve káprázott bele a szemem gyűrűje gyémántos tüzébe. Szikrázva játszott a vonót lendítő, sovány, barna kézen; tudtam, hogy külföldön jártában egy angol királyi hercegnő küldte oda neki egyszer a hopmesterével, mert odakinn „művész úr" volt a mi kényeztetett és kedvünkre való hegedűsünk, az ócskás Trézsi testvéröccse.

Fölényes volt itt ebben a percben, egyetlen színjózan szinte a pezsgős urak között, hódoló művészetével és féken tartott indulatával; átfutó, kellemes forrósággal éreztem meg benne a férfit. „Bravó!" - mondtam nagyon halkan, bólintottam, és alig észrevehetően összevertem a tenyerem; mélyen meghajolt leeresztett vonóval, és hátrább vonult, míg a kontrás körüljárt a tányérral. Nagyobb pénzdarabok hulltak, és akaratlan Vodicska felé figyeltem; igen, jól van - tízest tett ő is! Megindulás nélkül, mámortalanul és nyugodtan nézett rám meleg, okos szemével.

Most már nem tudnám megmondani, melyik bálon volt ez, vagy majálison talán. Lehet, hogy több ilyen pillanat emléke többféle esetből keveredik most össze bennem. Olyan régen volt!

- Lássa, az emberek csak ezt tudják nálunk! - mesélte hátam mögött Telekdy anyámnak, mikor hazakísért. - Összefogódznak és ugrálnak, hogy megengedten ölelhessék egymást, vagy oktalan és értelmetlen nekibúsulással fülelnek egy túlhaladott, fejletlen és

---

[22] hangtompító (olasz)

gyerekes muzsikát, amíg mindenféle ártalmas liquidumokat[23] addig-addig töltögetnek rendszeresen magukba, míg megvadulnak, vagy barommá butulnak. Sohase lesz a magyar emberből semmi!...

„Hogy lehet most ilyeneket beszélni? - gondoltam bosszúsan és fáradtan, és előresiettem, hogy ne halljam. - Miért nem maradt ott, ahol mindenki olyan tudományos, józan és derék. Hisz ő is ivott pezsgőt, és sárgás, bajusztalan arca duzzadt volt, láttam, az ital mérgétől. Ha nem táncol, a lába kis hibája miatt van. Ő se különb!"

- Sokat összeolvasott, kicsit rendszertelenül, és most egyet-mást összezavar! - mondta mellettem lassan Vodicska Jenő. - De nemes lélek és nagy rajongó. Csalódni fog.

Felé fordultam. Lágy, meghatott volt a hangja a tavaszi csendes éjszakában, míg ilyen komoly és egyszerű, békességes szavakat mondott. Eszembe jutott, hogy most csak ő kísér haza; a többiek ma mind eláztak.

„Bárcsak már lefekhetném, egyszer jót alhatnám!" - gondoltam akkor először támadt, hirtelen kedvetlenséggel.

Hamar kihevertem ezt a jó, kényelmes párnák közt másnap délig; mert estére megint házimulatságba voltunk meghíva Béltekyékhez.

Otthon a házirend miutánunk igazodott, kései lefekvésünk, alvásaink és öltözködéseink szerint. A két fiúhoz néha berontott Zimán Pista bátyánk a konyhaházba; harsogott és rikácsolt, el is verte őket hébe-hóba; azután megint békén voltak, hónapokig. Tanulásukra, őrizetlen barangolásaikra senkinek se volt gondja. Úgy futtában sopánkodott egyszer-másszor anyám, ha eszébe jutott, hogy Csaba már megint bukott háromból; és egyszer komolyan ijedt volt és szomorú néhány napig. Valami különös eredetű nyakidegbaja támadt Sándornak, ferde állásra nyomorítva a fejet; időnként megrándult, görcsös, csukló hanggal. „Kamaszkori változás" - mondta Jakobi bácsi, az öreg doktorunk; de hosszan és tűnődve nézte a fiú vézna képét, nyugtalan szemeit.

Messze, jódos fürdőbe kellett küldeni e nyáron. Nagyon sok pénzbe került, de grószi maga is sürgette. Mindnyájunk közt Sándort kedvelte legjobban, és vele egy régi, dédelgetett terve volt: papnak menjen, legyen egyszer egy püspök, gazdag, tekintélyes, elegáns úri főpap a családban.

- Persze, pápista róka, kámzsás ördögfajzat! - dühöngött néha,

---

[23] folyadék (latin)

megsejtve a szándékát Ábris nagybátyánk, az apám testvére. A Pórtelkyek mindig reformátusok voltak, és törvény szerint ez lett volna a két fiú felekezete is. De Zimán nagymama és anyám is megbecsülték a maguk katolikus vallását minden belsőbb áhítat vagy szentesség nélkül. Érezték előkelő, hatalmas voltát, sok szépségét; és mindenestül mégis erre a világra valóságát.

- Gyönyörű felfordulás van ott, ahol asszony regnál! - harcolt és keménykedett Ábris bátyám a deres szakállát húzogatva. - Hallom már, mit főztök, ezzel a csirkével mit szándékoltok. Valami kicska... Vodicska lesz a vődurad, igaz-e?

- Ha férjhez adom, majd csak hivatalos lesz a lagzira, sógor! Maga dolga, eljön-e? - felel vissza kicsit pattogva anyám. - Most még szó sincs senkiről!

- Hát persze, persze! - nevetgélt gonoszkodva a bácsi és rám nézett élesen. - Emlékszem én még jól, fiacskám, apró diákgyerek voltam a normális iskolából. Mondták a pajtások a pedellus kapujában kijövetkor: Gyertek, fiúk, gyertek a kispiacra, verik a vén Vodicskát! - Tudod-e, kisgalambom, ki vót? Ennek a mostani, peckes vén földszabdalónak kedves nagyapja vót. Földhöztapadt jobbágy, néha be-befogta a kerülő, mert galambtojást lopott a Vadas-erdőn. Ott volt a deres a piacon!...

Végre mégis felvetette a fejét nagyanyám, és haragos-keményen, kihívóan a vendég szeme közé nézett. A kisebb jelentőségű nemescsalád, a Zimánok örök oppozíciója villant fel a tekintetében, a hatalmasabb, hetykébb haddal, veje famíliájával szemben.

- Vége szakadjon az ilyen oktalan beszédeknek, sógor! Az a fiatalember az én házam hívott vendége volt, becsületire vált. Hogy kihez menjen az unokám, ne legyen arra gondja: vagyunk itt elegen, akik megválogassuk. Olyanformát nézünk bizony, aki eltarthat egy asszonyt holtig a jég hátán is ebbe' a rossz világba. Az apjuk után nyugodjék - nemigen fürödhetnének tejbe!

Némán és elkomorult daccal hallgattam egy sarokból e sok, rég dúló, apró bosszúság epés felfakadását. Tisztában voltam mindazzal is, amit egyik fél sem említett; a rejtett rugókkal. Ábris bátyám tíz évvel ezelőtt, mindjárt, mikor anyám özvegyen maradt, feleségül kérte a szépséges sógornőt. Ő is özvegy volt egy leánygyerekkel. A váratlan kosár óta sohasem szűnt meg teljesen a gáncsoskodó ellenséges állásfoglalása; bár úgy tett később, mintha csak az elhalt öccse gyerekeiért, a család jólétéért akarta volna anyámat. Aztán meg Vodicska! Igen, az uradalmi mérnök, bírói szakértőképp, megakadályozta mostanában valami kis kétes birtokrendezési ügyeskedését.

Csakhogy azt is jól tudtam, miért kel ki grószi olyan heves-hirtelen a Vodicska fiú védelmében. Hogy a tél végén már volt valami házassági terve énvelem, s a sánta lábú Kendy Elemérrel, akire nyolcszáz hold néz. Nem sikerült, azok kevesellték az én vagyonom.

Akkor először öntött el hirtelen valami keserűség a tehetetlen voltom, lányi kiszolgáltatottságom éreztén. De nem lelt kifejezést; visszafojtódott hamarosan a családi fegyelem és szokástisztelet megnyugtató, mert sehova nem fellebbezhető rendjében. „Grószi legjobban tudja!" - gondoltam végül is megenyhülten.

6

Még csak a második farsangom volt ez; tizennyolc éves múltam. Csak nagyon lassankint, mint valami kelletlen rossz szájízzel ébredés, ért hozzám néhanapján egy kis korai és gyenge csömör.

Az idén majd szinte ugyanazok a fiatalemberek járták a táncot, de egy-kettő vőlegény lett a tél elején; hivatalnokok, igénytelen, alig észrevett lánykákat jegyeztek el csöndesen. Egy rokon fiú más megyéből hozott feleséget; a nagyobbik Reviczky lány kedvéért kilépett egy idegenes beszédű, szőke és csinos főhadnagy.

Néhány új leányt is mutattak be, és felijedve lestem: nem szebbek, ügyesebbek-e nálam? Nem, az én udvarom körülbelül együtt maradt azért. Csak mintha valahogy más színt kapott volna tavaly óta minden, fakóbb lett, megszokottabb és szegényesebb. Uralkodtam még, de már nem mentem újdonságszámba; nekem se volt már újság az egész. Még élvezni tudtam a tánc szédületét, de utána már eszembe jutott a Telekdy fanyarkodása néha: „Mire ez az együgyű ugrálás, ez a rángatódzó éjszakai robot? Cél ez?"

Az volt éppen a baj, hogy már nem önmagáért a ragyogás, szereplés, keringés öröméért volt az egész. Az öntudatlan átengedtségből fel-felérezve, hazamenet sokszor kellett arra gondolnom már: vittem-e előre ma a dolgomat, közelebb jutottam-e a köteles célhoz: férjhez, jól menni férjhez!

Az otthonunkban változott meg lassankint a levegő; ingerültséggel, feszültséggel volt tele néha. Mind ritkábban volt úgy, hogy mulatság után egymás ágyszélére ülve anyámmal élve-zettel beszéltük volna meg együtt az este emlékeit, megjegyzéseket, bókokat, apró eseményeket. Most néha konokul hallgattunk már, mintha mindegyik külön, idegenül hajszolta volna önző érdekeit. Néha rosszakarattal csúfolkodott anyám egyik-másik nevetséges báli alakon; pedig azelőtt rá sem ért észrevenni az ilyeneket. Szegény, vénülő két Tyukody kisasszony, távoli rokonaink, az ő bocskorosnemes-gőgjükkel, nevetséges, hangos parlagiságukkal! Ők lettek az élceink céltáblája: hogy nadályt ragasztottak a nyakukba a lápból, báli készületül. „Hogy sápadtak legyünk, lelkem, nem ilyen falusi színűek!" Aztán teli szájjal elmondták, mindenkinek, nehogy most már azt gondolják: „Skrofulások²⁴ vagyunk, lelkem!" S a társaságunk azon mulatott rekonneszánszokon,²⁵ hogy förmedt rá Erzsus, a hosszú, szótlan csárdásügetés közben egyszer csak a táncosra, jó ecsedies hangsúllyal: „Nie te, megvierradt!" - és milyen keservesen hívta a húgát egyszer a petrezselyemárulásból, savanyú vigaszul a narancsosbódé felé: „Gyere, gyere mán, együnk legalább egy kis jóféle citronyt!" És hangos kacagással utánozta Klári mama, milyen kihúzott pulykanyakkal, gőgös szemmel mérte végig az anyjuk Vodicska Jenőt, mikor bemutattuk; és elfordulva, fulladós torokhangon kérdezte meg: „Lelkem, nem értettem jól ezt a nevet! *Család?"*

Furcsa volt nekem és új dolog, hogy minálunk ilyen hangos hahotával teszik nevetségessé a familiáris gőgöt. Ez a Telekdy tanítása, gondoltam, és anyám mindennek olyan könnyen a hatalmába kerül!

Pedig mindebből egyéb is látszott; az, hogy valami kényszerű magukáltatással mind hozzámelegedtek már minálunk ahhoz a gondolathoz, hogy Vodicska elfogadott kérőm legyen. „Milyen butaság gondoltam néha elámultan -, hogy a jövőm, az egész sorsom ennyire a véletlenen múlik! Hogy ki van éppen kéznél? Hogy a velem együvé való, korú férfiak közt, most hirtelenében nincs itt alkalmasabb!"

Ha még várhatnék egy-két évig! De már nincs minden úgy, mint eleinte! Éreztem néha a furcsa szorongást: ha megszoknák végképp a lényem, a különösségem, ha elkopna, unottá válna, ha más foglalná el egyszer a helyem! Nekem már gyilkos szégyen volna az is, ha nem lesné mindig két-három gavallér a következő táncom. Ünnepelt, nagy hírrel érkezett leánynak nem szabadna egy évnél tovább pártában bálozni.

---

²⁴ görvély (latin)
²⁵ reconnaissance: udvariassági látogatás (francia)

Most, háromszor tíz esztendő messziségében megint csak az én lánygyerekeim sorsát látom és hasonlítgatom az akkori magaméhoz. A legkisebbik most tizennyolc éves, érettségire készül, küszködik, órákat ad, és stipendiumokat[26] kilincsel ki magának, szegény kis jószág. És mégis azt írja, és néha érzem, igaza lehet: az ő élete igazibb élet, és fiatalsága igazibb fiatalság. Még kezdet előtt van, várhat, tervelhet, örülhet a jövőnek, melyet saját kezébe érez letéve. Sejtem, vannak apró levelezései, szerelmes dolgai, de ezekkel semmi terve, semmi szándéka nincs még; csak a kis izgalmak, ünnepek és könnyek édességéért űzi. Mi, régiek, nem ismertük az ilyet...

A nyár hónapjaira az anyám falura került, fiatalabb nővéréhez küldték.

A nagy, sokszobás, összevissza épített udvarház Hiripen állandó családi portyázóhely volt akkoriban; két-három eladó lány mindig tanyázott itt a rokonságból, és mindennapos volt a vendégjárás messze a környékről. Régimódi, külső csínra, divatra nem sokat adó, nagy, kellemes kényelem uralkodott itt, és falusi bőség. A vendégeket valami bölcs, kedves, békén hagyó rendszerrel kezelték, a két vadszőlős teraszon naphosszat terítve volt az asztal, mindenki kelt, feküdt, élt, kószált kedvére, Piroska néném félnapokon se' került elő a méhesből, gyümölcsösből, kenderföldről, az ura a cséplőgép mellett tanyázott, a magtárban vagy a „dohányban", a sok apró gyerek elveszett a béresekéi közt, kazlak alatt, szárazmalom tájékán. Régies, érdekes gazdálkodás ment itt, senki se fösvénykedett, nem sajnált semmit, dúlásig volt a jóból, seregestül az evő, sok vendég, sok cseléd, nagy csapat gyerek. Fényűzésre, bútorra az esküvőjük óta se költöttek, edényt, poharat a hátas erdélyi oláh hordott, a belső tálakat is megdrótozták, ha törtek, a súrolt padlón sávos rongyszőnyegek nyújtózkodtak. De azért örökös sürgős munkában éltek a háziak mind. A baromfiudvar, a gyümölcsös, a tejgazdálkodás meg zöldséges kofákkal kereskedés minden lélegzetét lefogta és elfoglalta a nénémnek, és közben minden évben volt kicsinyje; a bácsi hajnalban kelt, talpon volt vagy lóháton napestig; káromkodott az úrdolgásokkal oláhul, magyarul, szájában az örök csibukszár, aztán megint hosszúkat hallgatott. Plajbász, papiros nemigen volt a háznál, a zsákok számát, munkások bérét, kárt, nyereményt, árakat csak úgy a fejében tartotta, vagy csak

---

[26] ösztöndíj (latin)

találomra intézte tán. Nagyjában nemigen élték fel, ami termett, ment minden egyformán, ahogy száz évvel azelőtt. Itt még öntöttek gyertyát házilag juhfaggyúból, szappant főztek, árpát daráltak, aszaltak, tarhonyát gyúrtak, zsírmécsesnél a szolgálók danolva szőttek-fontak hajnalig. Pedig már volt akkor a városi boltokban mindezekből olcsóbb, jó holmi; de ők csak dolgoztak, szokásból a híréért, mert pihenés, ábrándozás, regényolvasás csak lusta, városi dámáknak való. Ilyet, ezt a világot is ismertem én még!

De minket, vendégeket nem fogtak dologba; türelmes lenézéssel hagyták, hogy éljük a világunkat kedvünkre. A rengeteg nagy kert végében nagy, hűvös kuglizóház volt, oda mindig elvonulhatott a hőség elől egy-egy csapat vagy magános pár. Az ócska, festett faasztal lapjára dobásszámok helyett sokszor íródtak vallomások, gyöngéd kérdések a fekete krétával. Kérdés, kötődés, felelet; aztán összefirkálták ijedten, idegesen; ha még megvan valahol az a vén kerti asztal, ha valaki egyszer vigyázva, gyengéden mosogatni kezdené, egy egész nemzedéksor lányainak apró regényeit leolvashatná onnan, rétegenként egymás fölé íródva.

Akkor nyáron is voltak ott mindig sokan, környékbeli fiatalság; tudtam, hogy jórészt az én kedvemért. Kedves idő volt ez megint, soha el nem felejtem. A télről ismerős fiúk jöttek el, vagy akik családját gyermekkorom óta hallottam emlegetni. Úgy bántak velem, mint közéjük valóval, kedvéntölt pajtással, kellemes, mulatós, szép jószággal, akibe illik is így egyenként és együtt, divatból, kedves-búsan, mosolygón, szépen és hasztalanul szerelmesnek lenni. Szép, napos nyári délutánokon és muzsikás, mulatós estéken.

Sötét, öreg jegenyefák sora vezet a háztól az országút felé, ott sétáltunk végig egyszer valamennyien gyönyörű, teljes holdvilágban. A messzi szérű felett ezüstben csillámlott a búza-szagú, nyári por, nagy hallgatásban voltunk mind, a tücskök muzsikáltak; egy-egy ösztövér oláh menyecske jött néha szembe, csendesen köszönve, és lejjebb eresztette vállán a gereblyét. Jó előre mentünk a többitől Tabódy Endrével.

- Lássa - mondta akkor, csak úgy hirtelen és szokatlan hangon -, lássa, egy ilyen fehér úton örökkétig tudnék így menni, menni szépen. Maga a karomba karolna, egyszerre lépnénk, egy ringassál, mint két összekötött csónak. Menni így elfelejtkezve, megszédülve, és az útnak sose lenne vége! Egyszer csak nem gondolkozna tovább az ember!

Elhalkult a hangja, fojtott vagy meghatott suttogásba. És nagyon vigyázva, nagyon gyöngéden megfogta a csuklóm a karperec fölött. Szelíden, szépen mentünk így, puhán lépve; különös nagy könnyűséget éreztem én is. Valami lágy szédület szálldosott a fejem körül, ezüstös, fátyolos pára; csak mentünk. A fasor végén voltunk, a szérűskert sövénye eltakart. Endre akkor lassan szembefordult velem, imádságos, szomorú, mély nézéssel, kímélőn, vigyázva az arcom fölé hajolt. Ma sem tudom, hogy történt az, hogy így bódultan, fájdalmasan, de mégiscsak hátrább csüggedt fejem a karján, az ajaka elől, hátrább léptem, és lehajtott fejjel visszamentem az útra. „Igazsága van, Magda!" - mondta akkor lihegő lélegzéssel, míg a nénémet s a többieket bevártuk.

Emlékszem, mind a ketten nagyon szótlanok voltunk az este. Én először éreztem életemben ilyen furcsa elkomolyodást, de magam sem értettem tisztán. Édes elgyengültség, belső, oktalan sírhatnámság fogott el és reszketeg kíváncsiság: „Mi ez? Lesz-e ez tovább?"

Másnap reggelre elmúlt az egész. Későn délelőtt találkozott a társaság a verandán, új vendéget vártak, szomszédi családokat. Délután befogatott Endre, és útra kelt az öccsével együtt. Búcsúzóra kicsit erősebben szorította meg a kezem, és a szemembe próbált nézni. Mintha sértésnek éreztem volna azt ma, hisz tegnap már elintéződött. Egyiket sem viszonoztam.

Azon a héten még meglátogatott Vodicska Jenő. A szolgabíró hozta ki a kocsiján, és bemutatta a háziaknak; elmondták, hivatalból járnak erre, tagosítanak, hogy üdvözlést hoznak nagyanyáméktól. Nyájasan fogadta a néném, tudtam, hogy az otthoniak említették már nekik levélben a dolgot. De a bácsi mégis tartózkodón bánt vele, nagyon is udvariasan; fiatal barátomnak, barátomuramnak titulálta, de nem öcsémezte, nem tegezte le, mint a többieket. Az ebédnél csodálkozva és tűnődve nézegettem kikefélt rendes alakját, szép nyakkendőjét, ápolt körmű, fehér kezét, körülnyírt, kerek szakállát. „Hát ő volna?" - gondoltam. „De én nem leszek szerelmes úgysem. Lám, nem tudok!"

- Megörült nekem, Magduska, egy kicsit? - kérdezte, mikor magunkra hagytak délután, és végigsétáltunk a kerti úton, a köszméték között.

- Igen! Persze!

- De nem jobban, mint másnak?

- Ezt nem tudom.

- Nem tudja! Hogy lehet az?

Vállat vontam, és az volt az érzésem, hogy most mind a ketten ostobának tarthatjuk egymást, pedig nem vagyunk azok. Csak nem találta el, hogy mit kelljen mondani nekem. Mit is kellett volna? Később a lugasban egy verset mondott el, amely úgy kezdődött: *„Hová merült el szép szemed világa?"* Könyv nélkül tudta, elmagyarázta, hogy hol szép és mit jelent. Akkor hallottam legelőször ezt a verset, mintha tetszett volna is, csak valami röstelkedésformát éreztem a fellengzőssége miatt. Megkért, hogy elküldhesse nekem leírva. Tulajdonképpen nyugodtan és nem rosszul éreztem magam a közelében, de zavart egy kicsit a háziak s a többiek idegensége iránta. Hogy talán lenézik és miatta engemet is.

Mikor aztán őszre hazakerültem, nem volt okom panaszra ezért. Grószi és anyám túlontúl szívesek és majdnem bizalmasak voltak hozzá most már.

...Karácsony előtt meghalt végre az öreg Telekdy, a gőgös, pazarló, híres földesúr. „A vén gonosz!" - mondogatták megyeszerte és a temetésen is mindenki. A szegény, korán elhalt felesége idején is kikapós, préda, durva ember volt, a falu minden parasztleányát dugdosták, rejtették előle, mert akire szemet vetett, parancsszóval rendelte az udvarba, és jaj volt annak, aki ellenszegült. A tüdőbajos fiatalasszony naplójában, amit holta után meglelt a rokonság, sokszor van ez: „Mi lesz az én egyetlen fiamból, ha a szemem lehunyom?" A fiú nagyocska volt akkor már, látta az apja életét, hát messzi magától tartotta az öreg mindig. Küldözte német szóra; Kolozsvárra, Pestre jogot tanulni; pénzzel ellátta, sohasem kérdezte, vizsgázik-e? Később a tiszteletes fiával küldte idegen országba, utaztatta, csak hogy itthon ne legyen. „Tönkretette a szerencsétlent!" - mondogatta egyértelműen mindenki -, bár én sohasem értettem világosan, hogy miért és hogyan. Az öreg azalatt kártyabarlangot csinált a kúriából, őrült orgiákat rendezett, ahol a fiatal béresasszonyok, lányok szolgáltak fel. Ezekről csak suttogva beszéltek előttem, szörnyülködő képpel. Néhány évvel ezelőtt guta ütötte, elnyomorodott, megbénult minden tagja, kerekes székben tologatták csak; de a szép, rossz, öreg feje ép volt, villogó sasszeme, ártalmas nyelve, hogy átkozva tilthassa, kitagadással fenyegesse a nagy, embernyi fiát - így mesélgették nekünk -, mert hírül vette, hogy az anyám, birtoktalan, háromgyermekes özvegy után vetette magát. Most meghalt, eltemették nagy pompával. Így hát vége volna a tilalomnak!

7

Vége volna; ezt sürgette, csodálkozta, tudakolta a nagyanyám idegenkedő, hallgatag, majdnem ellenséges viselete azóta. Valami önző, indulatos, békétlen levegő volt most a családban, olyan robbanás előtti, feszült csend. Szinte ellenségnek éreztük egymást. Grószi szótalan volt, mama ideges, szeszélyes. Sokszor keserű, kíméletlen módon bírálta a férfiakkal bánásomat; azt mondta, ügyetlen vagyok, a fogásaimat kitanulták már, hogy senkit, még ezt a Vodicskát sem tudom lekötni, megtartani. Ez a két szó milyen gyakori volt hajdan az asszonyok szótárában! Vajon sohase gondoltak arra, hogy asszony is megunhat, megelégelhet, elküldhet egy férfit? De miért éreztem magam is olyan felháborítónak, mindennél sértőbbnek ezt a vádat? Tudtam pedig, hogy igazságtalan.

Így fogtunk a táncrobotba megint. Telekdy most gyászban volt, meg a dolgai után járt, amik - úgy mondták - zavarosan szakadtak a fejére az eladósodott, könnyelmű apja után. Anyám nemigen táncolt már, pedig arra, hogy önfeláldozó őrizőm és kísérőm legyen, ő csakugyan nem volt alkalmas. Én pedig szilaj és erőszakos kedvű voltam sokszor, nagy fennszóval csak azért is mulatós, és titokban féltem, talán megsokallják már, talán szájukra vesznek, megítélnek. Lehet, hogy így is volt. Egyszer hirtelen, máról holnapra jött gondolatával az anyámnak, lementünk a nagy debreceni juristabálra. Nagy esemény volt ez nekem, idegen, nagyobb város, első utazás, másféle emberek újsága. A drága, előkelő vendéglőbe, ahol megszálltunk, báró Pórtelkynének címezték a meghívót, és mi nem mondtunk ellent, hagytuk e hiedelmet, és a mágnások colonne-jában táncoltuk a négyeseket. Egy Pongrácz forgott körültem akkor, szép, előkelő, kellemes fiú. Igen, ezek az emberek mások voltak, tán különbek az otthoniaknál, halkabban beszéltek, könnyedén, kicsit nőiesen mozogtak, a kiejtésük idegenes volt, és én féltem, megérzik bennem az idegent. Néha végignéztem a hajnaltájt is hihetetlenül friss ingmelleken, a szinte rájuk öntötten jó szabású frakkokon, a nagyon finom selyemmel bélelt fecskeszárnyakkal, le a tükörfényes lakkcipőkig, amin drága voltuk látszott és hogy most először, egyszer viselték! „Ez már más, felettünk való világ!" - éreztem meg akkor felnyílt szemmel, és nem is bántam, hogy másnap visszautaztunk. Ezt a dolgot oktalan, szeles bolondériának tartotta grószi, és hevesen kifakadt érte, pedig nem volt szokása háborgatni minket. Azt mondta: az egész város rosszallja az életünket, és most már végképp magunkra szabadítottuk az emberek nyelvét.

Mama tán Telekdyt akarta féltékennyé tenni ezzel, de úgy látszott, komolyan megharagította. A legközelebbi vacsoránkra nem jött el. De Vodicska ott volt, és mellettem ült a kis sarokdíványon, ahol azelőtt, régen, anyám húzódott meg egy-egy udvarlójával; és hallgatag megegyezéssel most minket hagytak magunkra. Hát rajtam volt a sor. Néhány lány meg asszony trécselt, bolondozott, egy-két katonatiszt is volt ott, de ma minden csendesebben ment, mint egyébkor. A zongora mellett Kallós Ágneske ült, fehér ruhában, koszorúba rakott nagy hajával, az István menyasszonya. A nagybátyám gyengélkedőn járt körülte, bár a jegyességük nem volt nyilvános még; grószi az anyjával kedveskedett. Lám - gondoltam keserűen -, ezt hát megcsinálták a hátunk megett! Eszembe jutott, hogy István a napokban anyagiakról beszélt anyámmal, pipaszó mellett egy vacsora után, míg a grószi kötőtűi egyenletes, nyugodt mozgással csillogtak a lámpafényben. Én lopva felfigyeltem a számokra; hogy mennyit fogyatkozott meg a mi pénzünk nevelési költségek, utazás, bálozás címén; s az anyám özvegyként kapott része milyen kevésre zsugorodott. És hogy mennyivel fogják most már kielégíteni örökrész gyanánt őt is meg a két nővérét. Mama erőlködve, kényszeredett komolyan hallgatta, és néha kissé zavartan bólintott. Valamit alá kell írnia - mondták -, de láttam, nem érti jól. Világosabban kellene beszélniük, gondoltam gyerekésszel, arról is, hogy mennyi az összes vagyon. És először támadt az a határozott érzésem, hogy mennyire nem eszes asszony az én anyám! Igen, minket jól elintéznek, a két fiú már szemináriumban, kadétiskolában, ahogy ők akarták; és anyámmal könnyű elbánni. Ez volt bennem az első kiábrándulás a családom nagyra tartott öregjeiből.

- Miért nem akar őszintén beszélni velem? - faggatott Vodicska már néhányadszor a szalon e csendes sarkában. - Azt hiszi, nem látom jó ideje már, hogy magát bántja valami, Magduska!

Nem tudtam volna megmondani hirtelen, jólesik-e most ez, hogy meghat-e, vagy feszélyez a gyöngédsége. De nagyon szerettem volna elsírni magam.

- Nem, semmi bajom - feleltem -, tán csak fáradtnak látszom az utazástól.

- Fáradt és szomorú. Régen figyelem én már. Megmondjam, mi bántja magát, kedves, kedves kis Magda? Hát ne szégyellje a könnyes szemét! Lássa, lássa, mégis én ismerem magát a legjobban itt. Maga sokkal különb a környezeténél, értékesebbnek, jobbnak született, nem való ebbe a léha, hetvenkedő, cinikus világba. Maga körül csupa dorbézoló, tudatlan, durva férfi, csupa páváskodó, gőgös szívű asszony volt mindig: és akaratlanul, tudtán kívül is egyebet keres. Jóságnak hívják azt, munkának, élethivatásnak, Magduska, meg igazi, családi érzésnek.

Ránéztem, hirtelen felszárított, bámuló szemekkel. Hihetetlen nagy zavar volt bennem ebben a percben. „Talán igaz ez, talán igaz!" - dobbant fel valami a bensőmben. Senki, sohasem beszélt velem ilyen komolyan, atyáskodóan még... De rögtön előtört valami gúnyos szégyenkezés bennem a könnyeim, az elérzékenyülésem miatt. „Eh, nevetséges dolog így papolni, mint valami öreg professzor! - türelmetlenkedett a másik énem. - Hogy mer bíráskodni a hozzám tartozók felett? Örülhet, ha!... Ó, mintha én valami sátánfajzat lettem volna mostanig, akit most megtérít. Nem, mindezt másképpen kellett volna mondania, egyszerűbben, röviden, és nem ilyen felülről beszélve hozzám. Ki ő?"

- Nem - mondtam gyorsan, dacosan -, én sehogy sem vagyok elég jóravaló a maga ízléséhez. Miért is foglalkozik velem. Vannak lányok, akiket készen találhat, ilyen Ágnes-formák például. Én csakugyan rossz vagyok, ne törődjék velem!

- Gyerek, kisgyerek! - mondta, és csendesen ingatta a fejét. - Rosszul értett. Egyszer majd mégis be fogja látni, hogy a legigazibb barátja én voltam.

És karját nyújtotta, kissé kedvetlenül tán, hogy nem folytathatja ezt, mert mindenki felállt már, és asztalhoz kellett kísérnie.

- Mi volt ma köztetek? - kérdezte anyám, mikor mindenki elment.

- Megkért?

- Hagyjanak engem békében! - mondtam, és becsaptam az ajtót. Az elsötétült szobában a zongorámra borultam, és sírtam.

Pár nap múlva volt a Gazdaegylet estélye, ezen az ártatlan néven a farsang első nagy és leginkább zártkörű bálja. Hanika, a Lipi szenzál[27] varróleány húga megint lázasan újította, áthúzta, frissítette a pompás ruhánkat a debreceni bál után. Anyám álmomból vert fel előtte való este, mert elfeledtem citromos crème céleste[28]-tel bekenni a karjaimat s a nyakam, a hajam vuklikba[29] sodorni és ócska kesztyűt húzni éjszakára.

---

[27] ügynök (olasz - német)
[28] mennyei krém (francia)
[29] hajfürt, tincs (francia - német)

A bálon ott volt az egész vidéki társaság három vármegyéből; de a városiak közül csak mi, Kallósak, a Reviczkyek s a Zimánok. Az uradalmiaknak minden évben szokás volt a forma kedvéért meghívókat küldeni, de mint rendesen, most sem jött el senki közülük. Pedig az egyszer grószi maga szólt Vodicskának, és kijárta, kiügyeskedte a szíves fogadtatást néhány hangadó családnál. De nem jött. „Asztallábhoz kötötte a mami, nem ereszti!" - mérgelődött anyám.

Én habos, sokcsipkés kék selyemruhában voltam akkor, anyám arannyal hímzett sárga brokátban. Mikor beléptünk, megint egyszer fellobbanó szívvel éreztem, hogy még mindig az elsők közt vagyunk.

A szomszéd megyeiek egy csapatban jöttek be az első tourok[30] után; pillanat alatt megismertem köztük Tabódy Endrét. Ránéztem kényszerítő, kitartó, heves asszonyi tekintettel, kérdőn és bátorítón. Ujjongva és ámultan láttam, hogy megérzi, nyugtalan szemmel, keresve néz körül, aztán elváltozó, meglepett arccal vesz észre, és rögtön felém tart. „Mit akarok vele? - Mi van most velem?" - kérdeztem magamtól hirtelen.

Táncba fogtunk, és éreztem, hogy megint látványosság vagyok; az emberek megállnak, hogy bennünk gyönyörködjenek. Szálltam a szép, karcsú legény karján félig behunyt szemmel, és arra gondoltam, hogy a tánc öröme máig szegényes és balga játszódás volt csak - ez, így az igazi, most tudtam csak meg a jelentését. Eddig csak a testem ringott, és kábult el, a vérem káprázata szállt körültem csak csalóka mámorban; de most a lelkem legmélyén, legigazabban nyílott és pattant fel valami, és ez az eggyéolvadás olyan benső, csudálatos és tiszta, hogy nem lehetne nevet adni neki. Milyen jó vagyok én most, milyen igaz, komoly és becses; hisz ő törődik velem, nem felejtett el, már akkor is komolyan vett, a nyáron.

Szántszándékkal álmodtam vissza a jegenyéket és a holdvilágot, az ezüstszínű port s a messzi, messzi mezőt. Most valami távoli, drága mesekékség játszott ez ábrándképen, itt muzsika szólt, és ragyogva, illatosan repült, szállt minden, a fiatalság, az öröm... Egyszer, most az egyszer még!

Szédülten a fáradtságtól és mámortól értem a helyemre. Endre anyámmal váltott néhány udvarias szót. „Ó, persze, a nyíri Tabódyakból! Csak nem a Pásthy Anna fia? Lehetetlen! Kedves

---

[30] forduló (francia)

anyjával együtt voltunk a nevelésbe!"

Csárdásra zendült, és megint ő vitt el. Néhány idevaló ismerős, akik rám várva lézengtek, tréfás méltatlankodással léptek anyámhoz. - Telekdy megint mellette ült egész este, és csak a négyest engedte táncolni nagy kegyesen. Csak mikor a szupécsárdás véget ért, vett elő korholva, megütközve az anyám. „Mit csinálsz? Legyen eszed!" suttogta fojtottan és kicsit zavartan. Mintha maga sem tudná biztosan, hogy vélekedjék a dologról.

- Szeretem, szeretem, szeretem! - hajtogatta hevesen és makacsul, és magához szorította a karom. Bolond és boldog és fájó és új volt ez a szó, olyan meglepő és különös, mintha sohase hallottam volna azelőtt. „Mint két összekötött csónak" - gondoltam, amíg a karján végigsétáltam a báli termen.

- Magda - súgta fülembe a vacsoránál, mikor az első pezsgőket kitöltötték, és drága, csacsi, meghatott és ügyetlen szavainkat, viselkedésünket nem lesték végre egy percig: - Magda, egyetlenem, várjon rám! Egy ideig. Nem tudom, hogy mi lesz - magam sem képzelem el még, hogy miképpen -, de megbirkózom mindennel magáért. Várjon, amíg legalább gondolkodhatom ezen!... Azt mondják, menyasszony...

- Nem énrajtam múlik ez mind, Endre - feleltem megadóan, szomorúan. De nagyon különösen, édesen nyillalt belém ez a nagy, eleven, szent búbánat. Nem adtam volna a világon semmiért.

Anyám túlfelől suttogva beszélt Telekdyvel; rám néztek, és láttam, hogy rólam van szó. Amit azontúl mondtunk egymásnak Tabódy Endrével, bizonytalan, meghatott, szinte jóleső lemondás volt. Semmi biztosat nem tudtunk a magunk és egymás jövőjéről, de alig-alig mertünk nyúlni e kérdéshez. Éreztük, hogy nagyon is gyorsan jött mindez, tán magunk se bíztunk volna benne. „Egy szép álom!" gondoltam -, semmi több! Ennek is most kellett jönni!" Lankadt, hajnali zene, fülledt parfümök, hullatag csipkék, szép, szomorú, becses és őrizett emlékem volt egész életemen át ez a pár balgatag óra.

Háromkor - pedig javában állt még a bál - mama komolyan intett nekem, hogy hazamegyünk. Tabódy észrevette már a rosszallását. A kijáratig kísért bennünket, ott kezet csókolt, és hosszan a szemembe nézett. Tudtam, ez a búcsúzás. Eddig volt. Vége.

A kocsinkba beült Telekdy is, és ő kísért haza...

Anyám gyertyát gyújtott, és papucsban, halkan, az ágyamhoz lépett vele.

- Nem alszol? Sírsz? Magda! Kedves kislyányom, na! Gyerekem!

Hevesen elfújtam az áruló gyertyát a kezében, és hirtelen, elszánt szorítással fontam a karom a nyaka köré. Nagyon ritka perc volt miköztünk az ilyen, tudtam, ez másnap eltitkolni való, soha fel nem emlegetni; a mi ridegségbe és köznapi kedélyességbe temetett, vérséges szeretetünk. Összeborultunk a sötétben, és sírtunk.

- Kedves jószágom, kis okosom, te, nézd csak! Ez nem lehet minálunk, ilyen dolog nem lehet! Bizonytalan hosszú nóta, és annyi minden jöhet közbe. Ezek vagyonos népek, biztos, hogy nehezen engednék! És ez csak olyan beszéd, fiam; szó, felcsapó láng, ez semmi se! Egy este. Holnap hazamegy, holnapután másnak mondja, ki tudja azt a harmadik megyéből? Ilyenféle minden leánynak van, de nem komoly dolog. Gyerek, mármost vége legyen, no!

Igen, igen! Milyen okosan beszélt most. És úgy, teljesen úgy, ahogy nagyanyám mondta neki ezelőtt néhány esztendővel. És igaza van, és az anyáknak mind igazuk van, tudtam én ezt. Sokkal is okosabb voltam, semhogy valami bolondot, lehetetlent képzeljek. Mondtam is zokogva: „Hiszen tudom én, tudom én! Hagyja el!" - Csak hát kisírtam egyszer magam.

- Mink máma tisztába jöttünk egymással - mondta később csendesebben. - Én nem is mondom, hogy nekem nem tetszenék Telekdy; valamivel öregebb is vagyok nála, és eszes ember, derék is. És férjhez kell ismét menni! Ma emlegette Vodicskát. Hogy mennyi harca volt temiattad a szüleivel - azt beszélte neki -, és hogy most már belenyugodtak... Hát így van ez... Csinos, kellemetes fiú az, szép jövője van. Bolondéria máma már a névvel törődni... Mostohaapa mellett nem volna jó tán neked sem; és a lányságból is elég ennyi! Idáig első voltál, ne várd be, míg lehanyatlik a napod. Ki tudja, jön-e jobb. Az ilyen mind csak véletlen!

Így beszélt, ilyen bölcsen, anyásan, igazán sokáig.

Másnap eljött Vodicska Jenő gálában, feketében, és megkérte tőle a kezem.

A vőlegényem volt az első férfi, aki szertartásosan, gyöngéden, komolyan megcsókolta az én leányos, gőgös szájamat.

8

- Magdi, szívecském, hát megint nem kapok rá semmi pillét?
- Jaj istenem, Jenő, most már meg a pille! Hát nincs azon elég? Nincs több föle a börvelyi asszony tejének!

- Kifuttattátok, lelkem!...

Ezt már fojtottan és kicsit határozatlanul mormogja; gyűrűs, fehér kezével lassan méricskélve a fehér tejet.

Hideg ragyogású, télies, reggeli napfény játszik, és villog a gyűrűjén, a merítőkanál ezüstnyelén, a csésze porcelános ajkán. A havas világ fehér derűje elönti a tiszta szagú, új ebédlőt; a nagy vaskályhában pattog és ropog a faláng, és az ajtó kerek szeméből melegpiros villanások vetődnek, és lobogva játszanak a pohárszék fényes, politúrozott oldalán.

Az uram most kelt fel; a bajusza még kikötve, haja a zugyboló mosdástól vizesen tapad a homlokához; jó szagú vizektől és szappantól friss az egész ember. De én láttam őt az imént, ahogy a tyúkszemét metélte, szétvetett lábakkal, föcskendve állt a mosdó előtt; ahogy körülményeskedőn ráspolyozta a körmeit, borszeszes kefével a selyem nyakkendőjét tisztogatta. És most elmegy innét mindjárt rendbe hozva, megreggelizve, kielégülten, mosolygósan; én pedig összeszedem utána a lomot, megvetem az ágyat, kihordom a tegnapi szennyes ruhát, eltörülöm a kávéscsészét, és mindjárt lótva-futva hozzálátok megint a cseléddel, hogy mire visszajön délben, itt rend legyen, csín, tisztaság, ebéd, meleg, minden. „Mit szól majd az úr?..." - mondogatjuk néha egymásnak. A cseléd meg én! Istenem - bolond az élet! Esztendővel ezelőtt a báli belépőmet őrizte, és a legyezőm hordta utánam!...

Most - majd egy éve így van már, szinte egyformán mindennap. Jókor kelek, ilyenkorig már loholva és csatázva futkosom végig a kis, háromszobás lakást, a konyhát; a vendégszobában végigtörültem már a sok porcelánfigurát az apró polcokon, aztán itt a pohárszéken a csészéket, lámpát takarítottam, ezüstöt krétáztam, söpörtem és törültem és rendezkedtem. Délig megint így, szőnyeget porolok, kilincset fényesítek, zöldséget tisztítok, és hajszolom, ellenőrzöm, szidom és oktatom a főzőmindenest, az én saját külön, egyetlen cselédemet. És ez - most már így is lesz mindig. Meddig?... Amíg csak élünk!...

Jenő kiitta a kávéját, végigfutott az újságon, kabátot vett, szivarra gyújtott; akkor odajött, hogy megcsókoljon. De most elfordultam hirtelen kedvetlenséggel.

- Na, mi az?

- Semmi! - feleltem elránduló szájjal. Egy darabig nézte az arcom, aztán hirtelen átkapott, hátrakényszerítette a fejem, és erőszakos, tréfás csókkal kereste meg makrancos szájamat. Elkacagtam magam, nem voltam komédiás természetű. Akkor előráncigálta a piros kendő alul, és mókásan megrázogatta a hajam egy fürtjét, ráveregetett a csípőmre, és hirtelen, mint akinek sürgős dolog jut eszébe, elengedett.

- Majd kikapsz máskor, ha kifut a tej, boszorkám!

Már csukódott az utcaajtó utána, és én félreálltam az ablaktól, hogy ne lásson. A havas háztetőket néztem egy ideig, a Hajdúváros utca reggeli, dermedt csendjét, majd egy nyikorogva húzódó, fagyos kútgémet a szemközti sváb udvarban. Milyen egyforma minden, ma, tegnap, mindig! Olcsó és félre utcában vettünk lakást, a Jenő irodájától külön, mert takarékoskodni kellett. Nem kapott sokat velem; a kelengyevásárlás, bútor, szép ezüstnemű után alig is maradt valami. És olyan nagy egyformaság, csend és kicsike jólét volt így az életünk: mint mikor valami készen van már, megvan, nincs hova törekedni, nincs mire várni. „Most elment - gondoltam -, délig emberek közt jár, hírt hall, szót vált mégis, diktál az irodában, az inspektorhoz megy, benéz a pénzügyhöz, tárgyalása van a törvényszéken, délfelé sörözik a Szarvasban, átmegy a Megye utcán is, a grószi háza előtt, ahová az én lánykori, virágos ablakom nyílt. Délben majd hazajön a jó ebédre, kényelmes álomra; otthonos zavartalan ölelésre a tiszta, kedves szobákban, és rá se gondol tán, hogy én itt mennyit loholok, sürgetek, hajszolódom ezért addig. Ez a látszatja nélküli, mindennap újra kezdődő, apró robotmunka; a háztartás gépezete! Egy férfiért!..."

Otthon, a lánykori életemből hiányzott az apa, a basás és fontos családfő; bensőmben még mindig lázadoztam ellene néha; most a mézidők szoktató engedékenységei elmúltával tán jobban még. „A lányok - gondoltam -, az idei lányok most kezdik a farsangot, táncot, a terveket és ruhákat; apró, eleven titkokat, és nekem minden befellegzett most már. Magamra hagytak, az ő kényére. Anyám, Telekdy Péterné most már falun lakik az urával, az öcséim idegenben tanulnak, grószi csak Istvánékkal törődik, és az Ágnes pici gyereke kedvesebb unokája minálunk. Hogy odaadtak engem ennek az embernek! Az életem be van fejezve mármost! Nemsokára... talán... rút és formátlan leszek, és aztán megint és mindig, mint a többi asszonyok! De nem vagyok én rossz, amiért ilyenen háborgom? Kallós Ágnesnek eszébe se jut bizonyosan!"

Hirtelen felugorva, esztelen tűzzel fogtam dologhoz hamar. Robotnak éreztem a házimunkát, de a belsőmben hajszolt és kényszerített valami, hogy lihegést, szenvedélyt, sietős túlzást vigyek bele, és ez az akkori lelkiállapot szokásbélyeggé vált rajtam egész életemre. A kis háztartásom ragyogott, fényeskedett;

csiszolva, kenve, mosva, súrolva, kefélve volt minden elgondolható hely. A szőnyeget tartó padlószögek feje is rézpucolóval, a szeneslapát nyeles fogója is forró hamulúggal, a szekrények láthatatlan, hát megetti zugai naponta, apró kefeseprűvel. Igen, ilyenné kellett válnom. Vajon-vajon - gondolom most a nagy messzeségből néha - jó lett volna-e valami egyébre, fontosabbra is ez a vad tevésvágy bennem, ez a bolond nagy akarat, amit a pokrócporolásba öltem?... Megvolt bennem a kívánság, hogy első, kitűnő és híres legyek, és hát mi egyébbel érhettem volna el ezt? Aztán meg a túlzott, nagy tisztaság valami úri, finom, kiváltságos színt adott az életünknek, a kis lakásom hangulatának, ahol új, megkímélt volt minden, és az elrendezéshez, díszítéshez természet adta tehetségem, ízlésem sem volt mindig. Ezzel is, ki tudja, nem mehettem volna-e valamire más téren?... Ej, ilyeneket a lányaim beszélnek! Ők már nem értik az én világom, a régi világ rendjét, az életemet. Ok már másfélék!...

- Te buszurkány, kis buszurkalányom! - mondta az anyósom kedves, idegenes kiejtésével. - Hiszen omlettet lehetne keverni a szobád földjén, olyan tiszta. Túlságba fárasztod magadat! Semmi, majd engedsz belőle, gyermekem, ha az apróságok jönnek.

Mosolygott és bólingatott, ha újságolták neki, micsoda nagy gazdasszonyhíre van már a húszesztendős menyének, hogy a városban máris tőlem szeretnek cselédet fogadni az asszonyok. Délutánonként, mikor ő meglátogatott, már én is kimosdózva, szép kis pongyolákban ültem vele szemben, a vizitszoba nippjei közt, az aranyos lábú, új divatú székeken, amik támláján selyembe szőtt, kövér amorettek trombitáltak felhők között. Láttam, hogy tetszett neki ez a kép, és úgy beleillett ő is a nagy makartvázák,[31] virágkosarak, csipkés függöny, talpig tükör és kedvesen odadobott színes selyempárnák, terítők, apróságok közé. A kedves, kis francia asszony, vékony, sokgyűrűs, tubákos ujjaival, finom csipkegallérjával a suhogó fekete ruhán, gondosan hullámokba sütött szürke hajával a gyöngyös fejkötő alatt.

- Tudod-e, Jules, hiszed-e, ez a selyem még abból a végből való, amit az apám gyárából mentettünk Lyonból, a bukás idején. Ebből való volt az a ruha is, amiben először láttál Párizsban, a hotelier[32] nagybácsimnál, bizony! Kétszer is kibéleltem, egy kis csipkét

---

[31] művirágból és pálmalevélből készített hatalmas csokor - H. Makart bécsi festő nevéhez fűződő elnevezés

[32] szállodás

hozattam rá tavaly, a gyöngy is a régi mantillámról![33]

- Hát bizony, takarékoskodtunk mi mindig! - hagyta helyben az ura nem minden él nélkül, és az új pongyolámra nézett, amit igazán olcsó pénzből zseniáliskodtunk össze Hanikával itthon. Ilyenkor bántott és furdalt az igazságérzetem. Dehogy, dehogyis, akármilyen kitűnő régi moaréselyem se tarthat negyven esztendeig! Így el lehet ámítani ezt a szigorúskodó öregembert!

- A békesség - súgta a mama -, gyermekem, hát nem ez a fő, nem ez? Nem kell mindent szóvá tenni, kimagyarázni, komolyan venni! És formás kis kezét végighúzta a karomon pajtásosan, hamiskodón. A házasságban egy kis ravaszság a főtudomány. Elsiklani a dolgokon, kicsit nyájaskodni, aztán tehetsz, amit akarsz. Nem az a fő, hogy felül maradjunk a szóvitákban, hanem hogy belsőleg szabadok maradjunk, és simán éljünk. Azért férfi, hogy ámítsuk kicsit, szeretetből! Sejtik ők ezt, de kell nekik, meg is kívánhatnak tőlünk ennyi velüktörődést! Csak kedvesen, szépen mindig!

Mosolygott a kicsi dáma, és én gondoltam, igaza is van tán. De rólam lerítt a hazugság, esetlenül fordult volna ki a szájamon. Én csak az udvarlókkal, szerelmes játékban tudtam ravaszkodni kicsit, nem a mindennapos életben. Ez már sértett volna, nem is akartam! Pedig tán jó dolog az, nehéz és szükséges dolog, jóltevően, szépen, okosan hazudni. De megtanulni azt nem lehet.

- Látod, apa, milyen helyre kis menyecskénk van, milyen dolgos, rendes! - mondogatta kedves-diadalmaskodóan az asszony, mert ő volt az, aki az öreget végül is kiengesztelte a Jenő házassága iránt. „Szép, szép!" - bólintott a vénember, de a mosolyában is ott volt a rejtett, csökönyös rosszindulat. Vagy csak én hittem úgy? Mint aki kénytelenül, mások kedvéért elhallgat valami baljóslatot, mint aki csak felfüggeszti, de fel nem adja a rosszabbik meggyőződését. „Várjuk a végét!" - mintha ezt gondolta volna. Ó, a vén pöffeszkedő! Neki mindig, mindenben igazának kellett lenni, a vén konok, kövér, engesztelhetetlen rókafejével! Milyen kicsinyes hiúságból eredt az egész! Hogy az ő tiszteskedő „alászolgája!"-ira mindig kurtán, kicsit rátartós, friss, szépasszonyos „jó napot!"-okkal köszönt vissza az anyám, hogy nem mondta mély főhajtással, a kor, állás és tudomány iránti tiszteletből és nyájasan így: „Jó napot kívánok, főmérnök úr!"... Hát ennyi lehetett a személyes kifogása ellenünk. És a lakodalmunk előtt azt mondta:

---

[33] könnyű női köpeny (spanyol)

„Mintha temetésre mennék!" - és ezt ő maga, látszott, nem felejti egy percre sem; annál inkább, mert nyilvánvalóan nem volt igaza. Ó, hogy gyűlöltem!...

A Jenő születésnapja februárban volt, és akkor először hívtuk össze a közeli rokonságot mind a két részről. Az uram akarta, hogy vacsorát adjunk, és illett is efféle már. A nagy, hármas lakodalom óta nem volt még együtt így, hivatalosan a két család.

Készülődtem, sürögtem, fáradtam napokkal előbb, felélénkültem és ambícióval, mert a vizsgám volt ez, gazdasszonyhírem forgott szóban. Képíró Zsuzsannát, a híres lakodalmas főzőnét odarendeltem segítségre még hajnalban, malacpecsenye készült, levelensült, csupa ilyen nehéz, asszonyt próbáló eledel; danolva terítettem az asztalt alkonyat előtt már a legszebb lőcsei damasztabroszommal, felraktam az új, monogramos ezüstneműt s a metszett, vékony poharak rendeit. Jenő hazajött, üveg borokat cipeltetve maga után hátikasban, meggyújtotta a nagy csillár lángjait, az asztalt szemlélgette, aztán hirtelen gondolattal elsietett megint. Nagy csomó friss virággal jött vissza, primulák voltak, sárgák és lilák, cserepestül kellett megvennie, hogy leszakítsa a bámuló kertész, egyetlen a városban. De szép volt, gyönyörű! Jenő rakta szét, szálanként és csomósan, itt-ott, elszórva ezüstök és aranyszegélyű porcelánok közé. Igen, így láttam éppen a debreceni mágnásbál szupéterítékén; Jenő is Pesten láthatta valahol. De hogy eltanulta, lám, milyen ízléssel tudja! Egymásra nevettünk elégedett örömmel, és egészen egymáshoz tartoztunk ebben a percben. Megölelt hirtelen a szép, terített asztal előtt, és én jókedvvel adtam vissza. Akkor a cukrászfiú jött meg, és hozta az ünnep nagyszerű díszét, egy hatásos, tornyos, pompázó cukorszalmatortát, a „krokambus"-t. Középre tettük, és leültünk a sarokdíványra, ölbe tett kézzel, némán ábrándozva előkelőségről, fényről, finomságról.

Grósziék jöttek először hangoskodva, nagyokat kacagva az ablak alatt még. Siettünk elébük. István bátyám is itt volt Ágnessel, Ilkát hozták és a kisebbik Reviczky lányt. Később Kallós Pali jött Csabával, aki kadétruhában vakációzni volt itthon, legvégül, kicsit szertartásosan és egészen csendesen az öreg Vodicska pár.

Nehéz volt az első félóra, tán mert én magam előre féltem a kétfajta rokonság összeterelésétől. De az én kis francia anyám olyan kedves tudott lenni, idegenszerű és meglepő, sokbeszédű és mégis óvatos: láttam, hamarosan meg fogja hódítani az enyéimet. Szinte bántam már, hogy ilyen későre hagytam ezt a próbát. Lám, grószi is az öregúrral hogy kedélyeskedik, kicsit nyers, fölényes élcelődéssel, nagyasszonyos kacéran, az öregségüket emlegetik, nevetnek, apósom is tud így mókázva legyeskedni, lám! Nem is állna rosszul neki; kár, hogy mindjárt-mindjárt eszébe jut, hogy ő a köztiszteletben álló családfő, és szántszándékkal megfagy, elkomolyodik egy perc alatt.

A vacsoránál, emlékszem, gyönyörűen, simán ment a felszolgálás, Zsuzsi szépen és idejére tálalt, a fogások remekül sikerültek, tudtam már, hogy nem fognak rajtam gáncsot lelni, és egyre nyugodtabb, derültebb lettem, amint az ételsor fogyott. A kedvek is élénkültek. Az asztal másik felén, valami nagyon hamis, de szellemes kétértelműséget mondhatott Ilka, Ágnes lányosan pironkodott, a rokon fiúk harsogva kacagtak. Reviczky Tilda a láncos karkötőit csörgetve, sokat, túl élénken, kacérkodva beszélt, és aprósan, csöppenként ivott az édes borból. Az öregek dicsérték az ételeket. Jenő koccintott Istvánnal, és úgy tett, mintha ő is inna. Akkor vettem észre, hogy a második fogás óta apósom nem nyúl semmihez. Ijedten a feledékenységemért kínálkozni akartam, de Jenő gyorsan, tiltakozón intett felém. Hogy nem kell észrevenni!

- Jó ez a kappan, nászom, megehetnéd! - szólt felé akkor grószi kicsit provokálón, merészen.

- Köszönöm! Én csak egyféle húst szoktam enni vacsorára.

Jeges, kellemetlen, rossz szándékú szó volt ez megint, és engem hirtelen, hevesen futott el a harag érte. „Hát nem lehet kiengesztelni, nem hagy békén?" - gondoltam dúlva-fúlva titokban. Jenő elterelte a szót. Ilka megint kacagott, grószi Csabára figyelt, aki rákvörös volt már, és hangosan beszélt a szomszédja fülébe. Éjféltájban nagyanyám intett nekem, és komoly, háziasszonyos mozdulattal tereltem át az asszonyokat a vendégszobába.

Itt friss, füsttelen és jó szagú meleg volt, megint úrrá lett a vidám, trécselő hang. Grószi a hálóba ment titokban borogatást tenni Ágnes mellére, aki most választotta a picinyjét, és halványan, szenvedőn ült köztünk. Jenőt behívtuk kissé, mert az édesanyja előszedte az ünnepi ajándékot. Szép, nagy, fedeles ezüstserleg volt, üvegszekrénybe való, a talpán hétágú, koronás címerrel. Néztük, dicsértük.

- Honnan szedtétek - de szép! Grófi ajándék talán? - kérdezte grószi természetesen.

- Nem - mondta napám éppolyan elfogulatlanul -, ez negyvennyolcban került hozzánk. Erdőd mellett két hétig feküdt egy magyar ezred, a tiszt urak nálunk kosztoltak, nem akarták ingyen, ezzel fizettek. Ők a haza oltáráról szerezték az ilyen holmit, zsoldban, így van magyarul, ugye? Mesés szép ezüstök voltak az ezredes tanyáján egy nagy ládában... A tisztek rendesen megosztoztak maguk közt az ilyeneken...

Később előpakolt még egy kis gyöngyház virágokkal rakott ébenfa dobozt is, hogy azt meg nekem adja. Ezt még hazulról hozta, Franciaországból, lánykorában adta neki valaki. Mint egy pici koporsó, olyan volt.

Az ebédlőben már jó hangosan volt István bátyám a fiúkkal, politizált Kallóssal, aki gyereke lehetett volna. Csaba akadozó nyelvvel egyre Bankót s a cigánybandát emlegette. Nem volt szokatlan nekem a borközi élénkség, de most nem bántam volna, ha elmarad. Grószi emlegette is a készülődést. Akkor jött át közénk az apósom, aki szándékosan hallgatva ült azóta színjózanon a lármázók között. Egy darabig várt, aztán mellém telepedett a kis díványra, hogy beszélni akarna komolyan velem!

- Tessék, apa!

- Csak egy kérdést, lányom. Azt akarom, felelj meg arra, amit kérdek.

- Hogyne, szívesen! - mondtam, és ideges nevetés csiklandozott.

- El kell tűrnöd egy ilyen öregember jóakaratát, ha kéretlen is! - folytatta, és kezében tartotta a kezem tartós, kenetes, türelmenítően lassú szorítással. - Mondd meg nekem, fiam, az a torta ott az asztal közepén mennyi pénzbe került?

- Megbocsásson, apa... de...

- Ha megtagadod a feleletet, semmi jogom a többihez. Nem kényszeríthetlek, hogy meghallgass.

- Ó... hát hat forint volt, ha éppen... De...

- Jó! Most mennyit fizettetek az édes borokért? Tíz üveg volt, ha jól láttam.

- Nem is tudom!

- Másfél forint üvegje. Ne szóljunk most a háromféle pecsenyéről, csak még azt a gizgaz virágot szeretném tudni. Tél közepén...

- Ejh, hát nem tudom, apa! Mit akar ezzel?

- Hát nézd, leányom, ahogy számítom - huszonöt forint körül volt ma az egész fölösleges kiadásotok. Csak egy estére. Azért, hogy mi, közel rokonotok, pár órán együtt legyünk. Nézd, a torta szinte egészben maradt. Ki bír annyit enni? És a drága boroknak mi a haszna! És virág... Grófi házaknál is meggondolják, kipusztítsák-e az üvegházat ilyenkor. Édes leányom, hallgass egy tapasztalt öregre, amíg nem késő. Ettől féltem én mindig, látod, most már megmondhatom. Lejtő ez, a romlás felé vezet. Még fiatalok vagytok, térjetek észre, amíg nem késő, én mondom neked! Hallgattam konok, megmerevített arccal az emelt hangú, szószékies beszédet. Mit mondjak? Csak itt volna Jenő. Vajon van valami igaza? De így beszélni, ilyen utálatosan! És mikor jól tudom, hogy úgyis mindenképp ki nem állhat engem. Egyszerre, türelmem vesztve, kirántottam a kezem a tenyeréből.

- Apa, hagyja el, kérem... mi tudjuk ezt... mi jónak láttuk. Én nem bírom eltűrni a prédikációkat.

Elakadtam hirtelen, és éreztem, hogy elhalványulok. Már ki volt mondva, tudtam, hogyha száz évig él is, soha-soha meg nem bocsátja, holtáig felemlegeti. Hát mindegy! - gondoltam akkor dacosan. Láttam, hogy feláll, és int a feleségének.

- De apám, miért ilyen hirtelen? - sürgölődött Jenő. - Hisz a lovászmesterék kocsit küldenek...

- Nincs helyem a házatoknál, fiam - mondta fagyos-kegyetlenül, és röviden búcsúzott a többitől. Én ideges sírással ástam a díványvánkosba a fejem, grószinak Ilka beszélte el lihegve és megbotránkozva, mert ő fél füllel ideleskedett az imént.

- No, már megengedj, nászom, kicsit jobb időt kereshettél volna ki erre, bizonyos! - mondotta döntőn és komolyan.

- Kedvesem - szólt bele lágy asszonyhangján a napám is, amíg a lornyonját gyorsan kapkodta szeme elé -, kedvesem, Jules mégiscsak vendég. És az ura apja.

- Nem volt igaza ebben.

- De azt másképp kellett volna megmondani.

Egymásra nézett a két öregasszony, olyan idegenül, mint az egész lényük, fajtájuk, életük.

- Magda - mondta grószi anyás szigorúsággal, amiből a legnagyobb szolidaritás érzik -, ki kell kísérni!

Egyszeriben felkeltem, hogy utánuk menjek. Kinn voltak a hideg, havas tornácon, a többiek is kiléptek utánuk elnémultan és értetlenül. Apósom a befagyott kilincset rángatta már.

- Békítsd ki! - hallottam az asszony könyörgő, szinte alázatos suttogását, ahogy a fia vállát simogatta félénken. De Jenő ebben a percben vette észre, hogy én kendő nélkül mentem a hidegre. Ijedten lépett hozzám, hogy bevigyen.

Csabát, az öcsémet láttam akkor, ahogy dülöngélve, részegen botorkált a többiek előtt, egyszer csak Vodicskáék elé került, és harciasan próbálgatott megállni, szemükbe nézni.

- Mit ok-okoskodnak maguk, mi-mi-mit bugriskod...

Az öreg némán kerülte ki. Akkor a fiú botlott egyet, a kerítésnek esett, és belefogódzott. Feje lekonyult, és száján utálatos büfögő hangokkal ömlött az undokság.

- Ez, látod - mondta akkor Vodicska a fiának -, ez nálatok a rendje! Ide keveredtél!

Elmentek.

A megzavart, méltatlankodó, boros, hangos, pártomat fogó társaságban hirtelen hűvös idegenséget éreztem akkor.

Alig vártam, hogy induljanak ők is.

- Micsoda újmódi lesz ez, pocsék, piszlicsár világ! - hangzott fékezetlenül már az István háborgó hangja az utcán, az alacsony ablak alatt. - Miféle új szentenciák, amiért egy fiatal legény jót iszik.

- Hát a házisült-torta olcsóbb bizony, bor is elég lett von' a mi termésünk; de ezeribe egyszer! Jót akart! Majd kikoplalják maguk közt - mondogatta grószi, mintha a rendesnél picinnyel határozatlanabb hangon.

- Nagy vendégségek vannak pedig őköztük is, csak hát persze könnyű úgy, a gróféból!

- Így felizgatni a szegény asszonykát, hogy tudhatják, hogy nem ártalmas-e már? - hallottam éleskedni az Ilka hangját még a búcsúzó, oszladozó csoportban. Végre csend lett. Jenő egy fotelba süllyedve, kedvetlenül, némán, kínosan rágta a szivarját.

9

A Béltekyné vacsorájára készültünk, és Hanika egész héten igazgatta a tavalyi, kelengyébe kapott meggyszín selyemruhácskám. Kicsit kellett bővíteni, szív alakra kivágni, kedves, komoly asszonyos holmi lett. Éreztem, vártam-e valamit akkor - sejtés volt-e az a furcsa, édes, nyugtalan nyilallás; vagy türelmetlenség csak, életszomjúság. Néha úgy van az - az idő olyan, vagy az ember belső elkészültsége -, valaminek jönni kell, és akármi, akárhonnét jön is, fog rajtunk: megragad.

Tabódy Endrével találkoztam Béltekyéknél.

Hát ennek úgy kellett történni. A sors hozta - és az én közbeeső időm, ez a kötelességes, begubózott, otthonülő esztendő -, az első házasságév szokott fásultsága; az ijedelem, hogy most már soha, semmi nem fog történni többé, és a mi kicsi regényünk befejezetlen volt még. Sőt, szinte megegyezően akart, szándékolt velünk valamit a környezet is, a regényre éhes, családi romantika.

Ilyesmi csillogott ki akkor az Ilka lelkes, mozgékony szemeiből, hirtelen élénkülő, sovány arcára kiült a furcsa, bolondos együttérzés, és ilyesmi volt bizonyos ez - a Bélteky tánt szemet hunyó, bocsánatos mosolyában s az ünnepi elcsendesülésben, ahogy ránk figyelt mindenki akkor. A helyét mellettem jelölték ki az asztalnál.

Nem történt semmi különös akkor este, csak valami biztos várakozás izgalmát és örömét éreztem, és tudtam, hogy őt ugyanaz foglalja el. Alig néztem a szemébe pedig. Mellettem ült, és halkan váltottunk ártatlan, egyszerű szókat - mégis rejtőzködő, gyors, rövid szókat pillanatok alatt -, a titok, vétek és édesség abban volt csak, ahogy egymás felé loptuk, mikor senki nem figyelt ránk - mint két közös titkot őrző, régi cinkos.

- Hát boldog, ugye?
- Jó uram van!
- Legalább maga legyen nagyon, biztosan az. Kell.

Egy idő múlva én kérdeztem sebtében megint.

- Hol jár? Meddig marad?
- A világ úgy tudja, hogy eladó birtok után nézek a környéken, mert megosztoztunk.
- És feleség után?
- Lehet, hogy úgy hiszik!
- És ami igaz?
- Valamit keresek. Magam se tudom. A tavalyi esztendőt - valami régi rosszat -, valakit.
- Aki már nincsen?
- Tán csak hogy ráemlékezni tudjak jobban. Amiért temetőbe megy az ember. Fájás kell néha!

Milyen furcsa, szégyellős dolog így, öreg fővel, keserű-nevetőn leírni az ilyen régi, együgyű szavait a szerelemkezdésnek. Hisz ezek sablonok, hisz ezt meg lehet tanulni, színészmunkának is rossz volna az ilyen egyszerű pátosz! De hát vannak-e külön ismertető szavai az igaz érzésnek s a szándékolt léhaságnak? Mint ahogy nem lehet kétféle szájjal csókolni - ahogy nincs mértéke asszonynak soha a férfi szerelméről. „Minden szerelem testiség!" - mondják ma -, de éppúgy lelkiesnek is lehetne mondani a leghitványabb kalandot is, mert amíg van, nem lehet képzelet és megindulás nélkül. Hisz *egészen* hazudni olyan fáradság és áldozat volna, amilyenre nem is képes férfi. Miért tennék? - Nem tudni ezt. Ötvenéves vagyok, és jól megnéztem a világot, de bizonyos, hogy a férfiakat nem ismerem eléggé.

Akkor - hát akkor a lelkembe hasított minden sejtető, lihegő szava - váró, ujjongó gyönyörűséggel. A szók forróvá hevítették a levegőt körültem, és én - magam se tudva tisztán - ezt akartam, erre áhítoztam, és egyébre sem talán.

Ilka búcsúzáskor heves szeretettel ölelt meg, és fülembe súgta, hogy harmadnap meglátogat. Egész délután fésülködtem - álmodozva és magamban mosolygón -, a szép sárga bársony-pongyolámba bújtam, és soká fényesítgettem a körmeimet. „Lám, az asszonyélet - ilyesmit gondoltam -, az sem végső lemondás és elszakadás mindentől; van esélye, története, vágya - fájdalma is tán!" - Tabódy csakugyan elkísérte hozzánk Ilkát.

Hárman ültünk a kis vizitszobaasztalnál, a divatos állólámpa alatt, amit rózsaszín tüllcsipkével fodroztam körül. Ezekre a percekre emlékszem - legszebbek voltak, tán minden! Ülni így védetten - egy szép, meleg, otthoni szobában, a csendben -, lágyan nyilalló szomorúságokkal; regényesen, elérhetetlenül, elválasztva - és rejtelmes, izgató, titkos kötöttséggel egymáshoz tartozni, és egymásra érezve tudva-véletlen mozdulatokon, elejtett és elértett szavakon át.

Percig se gondoltam ilyesmire: „Bár Ilka néni ne volna itt." - Sőt hozzá beszéltem szívesebben - meghitten, asszonyos komolyan -, néha emlegettük az életet, sorsot; Ilka sóhajtott, és én a lámpafénybe néztem merőn. Endre elkomolyodva, a fotelba ernyedten, kitartón és csaknem mindvégig némán figyelt engem.

Az uram hazajött - frissen, jégcsaposan, kedélyes köszöntéssel. Felé nyújtottam az arcomat, és nem bántam - és akartam, hogy Endre lássa, mikor megcsókol.

Percek múlva komolyan, belemelegedve beszélgetett a két férfi már. Odafigyeltem kicsit; földekről volt szó, amiket az uradalom elad vagy bérbe ad.

Ezek ürügyén járt el hozzánk Tabódy pár héten át - elég gyakran, és mindig hamarabb, mint Jenő a kaszinóból.

- Nem tehetek róla. Nem tudok elmenni a városból. Tudom, hogy semmit se várhatok, csak tűrjön el egy kicsit. Hogy nézzem magát, magukat.

Bólintottam, és végighúzgáltam a kezem a fotel rojtján. A lámpa sercegett halkan, a tűz fel-fellobbant - kinn léptek ütődtek tompán a havas kövezeten -, messze a konyhán edénnyel csörömpölt a cseléd. - Olyan drágák voltak ezek a negyedórák, olyan szépek, így. Egy ember, aki szeret engem - akivel mégis bátran lehetek így egyedül, épp azért tán, mert szeret -, pedig gondolatban vagy

álmában valaha rám rohant bizonyosan - csókolt, ölelt.
És akkor, másfél esztendős asszonyfővel tökéletesen kielégítettnek éreztem magam egy ilyen néma, izzó félóra után. Jenő jött, nyájasan, barátkozón - vacsorára marasztotta a vendéget.

- Jól érzem magam nálatok! - mondogatta Endre mélázón egy-két pohár bor után. - Jólesik igazi boldogságot látni!

- Hát igazán boldogok vagyunk, mi, boszorkám! - nevetett Jenő a kezemért nyúlva. - Akkor kövesd a jó példát, pajtás, házasodj te is egykettőre. Az az igazi, hiába!

- Nem tudom, lesz-e az valaha!

- Ej, na! Tán elvittek előled valakit.

- Olyanformán!

- Miért engedte? - merészkedtem bele én is a játékba.

- Gyáva, bolond az ember néha. Aztán viselheti holtig a baját.

- Ojjé, öcsém, akad még olyan több is, ahol az termett! - nevetett igazi férj-gyanútlansággal Jenő, és töltött a poharába.

- Pedig ennek a keserves jónak is vége nemsokára! - mondta Endre másnap leverten. - Már félve jövök, hátha feltűnik az embereknek.

- Én biztosan érzem magam, felőlem beszélhetnek! - feleltem védekezve és ijedten.

- Biztos! De én, én nem bírom! Mit gondol, mi vagyok én?

Hallgatott egy ideig, gyorsan, hallhatóan szedve a lélegzetet; aztán hirtelen felállt, és elment. Néhány napig nem láttam akkor, és éjszakánként nyitott szemmel, mozdulatlanul fekve hallgattam a Jenő gyönge horkolását. Egy délután elindultam a Bélteky néni látogatására. A Megye utca sarkán, téli szürkületben, csendben ráismertem a lépteire a hátam mögött.

- Hova megy?

- A nagynénjéhez.

- Tíz perc múlva ott leszek, véletlenül. Kell, hogy beszéljek magával.

Félóráig ülhettünk ott feszélyezetten, szórakozott és türelmetlen beszélgetésben, aztán egyszerre indultunk. „Most bizonyosan feltűnik, szóvá teszik - gondoltam -, de most ez egyszer nem bánom, mindegy!"

Az alkonyat fátyla alatt surrantunk végig az utaközökön - a sétatér zúzmarás fái közt csak a hó világított már -, aztán a Várkert aljába értünk, ahol mérföldes vaskerítés szegi az uraság parkját. Nyáron sétahely az, de ilyenkor lélek se jár. Távoli, pislogó lámpafények, a boltok sora világos ajtajai felől, messziről törtek át a ködön - megettünk hólepetten, nesz nélkül álltak a nagy vaskos tölgyfák s a fehérbe öltözött kicsiny fenyők. Egy padon ültünk, és Endre csókolta a kezem, csuklóm fehérjét a kesztyű fölött. „Jaj, milyen messze vagyok otthonról!" - gondoltam kissé megriadva.

- Magda, ne higgye - nem vagyok őrült, sem gonosz. De lehetetlen, lehetetlen, hogy egy tévedés elrontsa az életem. Az életünket. Jöjjön velem.

- Endre, maga...

- Váljon el, legyen az enyém!

- Endre, hogy beszélhet így?

- Igen, velem jönni! Így, ahogy van, Magda - nem bánok semmit már. Egyikünk sem fog így szeretni soha többet. Jöjjön!

A szavai úgy hulltak a lelkemre, mint erős, nagyszerű villanásai az életnek - megnyílt lehetőségek -, különös, mozgalmas álmok, mint valami *egész* élmény. De egy pillanat feléig sem voltam kísértetben, hogy követni fogom, amit mond. El tudtam választani a szép percek színjátékát a valóság nappalias és közömbös szcénáitól. „Hisz ő is bizonyosan másképp fog gondolkozni holnap reggel már!"

- Nézze, Endre - mondtam a lelkem mélyéből és hittel -, meg kell hogy mondjak valamit magának, ami mindent megváltoztat. Én, két hónap múlva... nekem egy kicsi babám lesz akkor, és... én nem lehetek szabad most már...

Nagy csendesség szállt ránk, gyönyörű, meghatott, fájó és búcsúzkodó. De mintha valami felszabadulás is...

Éreztem, hogy ez az alig támadó kis élet már védett engem, elhárított felőlem tán valami félelmes, válságos, erőszakos fordulatot - tettet, döntést. Az már sok lett volna nekem. De így - ez kellett. Egy szép és gazdag este emléke.

Némán, lehajtott fejjel kísért haza. A szűk zsidóközben hirtelen szétnézett, és megszorította a karom.

- Nézzen rám egyszer még!

Mikor felé fordultam, a szájamra szorította száját oly hirtelen és erőszakosan, hogy nem védekezhettem. A másik pillanatban felzaklatva és megszégyenülten, ijedve löktem el magamtól.

- Menjen, most rögtön! Nem akarom látni többet!

Futva értem ki a sikátorból. A Hajdúvároson a harmadik ház volt a mi lakásunk. Benn tiszta volt minden és meleg, és a cseléd terített vacsorához. Lélekszakadva dobáltam le magamról az utcai ruhát, fűzőt - két perc múlva a bő, szokott háziruhában, álságos nyugalommal varrogattam az ernyős lámpa alatt, és az uramra vártam.

- Voltál ma valahol? - kérdezte egyszer odavetőleg.

- Ilkánál! - mondtam közönybe rejtett, nagy, belső ijedelemmel. Hazudtam, pedig a szóban nem is volt hazugság.

- Képzeld - mondta másnap délben Jenő -, a mi Endrénk hirtelen elutazott. Az irodába jött búcsúzkodni, hogy sürgősen hazahívták. Kezedet csókolja!

Megkönnyebbülten, szinte boldogan ültem az ebédnél. Délután a cseléd beszólt, hogy menjek ki egy percre. Valaki beszélni akar velem.

- Kicsoda? - kérdeztem ösztönszerűen megrettenve.

- Az újságos fiú.

- Na! - nevettem csudálkozva és megnyugodtan. - Ugyan, kérlek, Jenő!

- Levelet hozott neked, nézd csak. Az Endre írása? De bolond az! Így búcsúzik, tőled!

Átadta és kibontotta a nagy lepedő pesti újságot. Csak percek múlva szólt fel belőle.

- Na, hát mit ír?

- Semmi különöst!

- Hol az a levél? - És még ártatlan csudálkozással rám nézett kérdőn.

- Tűzbe dobtam!

- Tűzbe!... Olvasatlanul!... Miért?

- Csak!

- Magda!...

Nagyon sápadtan, minden részemben reszketve támaszkodtam egy szekrénynek.

- Magda, hát beszélj!

Felállt, közelebb jött - elrémült, megváltozott arccal meredt a szemembe.

- Beszélj! Valami... valami volt köztetek? Miért titkolódzol? Kellett, hogy oka legyen, ha tűzbe dobtad előlem. Tudod, mit ír!

- Hagyj békén! - nyögtem reszketve, de már felgerjedő dacos haraggal is. - Ne kérdezz, látom, úgyse hinnél nekem! Bánom is én!

Megfogta a két vállam, eltorzult, tehetetlen dühtől vicsorgó arccal, megrázott, és magát fékezve, hirtelen, gyűlölködőn lódított el az útjából. Véletlenül-e, éppen a török díványon estem végig. Ő bement a hálószobába, magára zárta az ajtót.

Egy darabig ültem ott felocsúdva, reszketve és undorodva. Hát itt most mindennek vége? Ez az élet visszája, a regényes, érdekes, gyöngéd szépségeké. Jenő így!... Ó, szegény, szegény! De megütött - és most -, és nem is kérdve. Milyen gyarló a férfi ebben; kötött, gyámoltalan és csakhamar nevetséges. Mit csinál odabenn most? Felálltam, és lábaim reszkettek, mint valami halálos fáradtság után. Megmozgattam a kilincset, és vártam egy kicsit, szóltam is, semmi válasz. Akkor szédelegve öltöztem prémes kabátba, kalapba, és elindultam hazulról, gondolattalan a grószi háza felé.

Ágnes fogadott. Leültem, és szó nem jött ki belőlem a rejtegetett izgalomtól. Nem vette észre. Szokott csendes, nehézkes módján beszélgetett házi bajokról, gyerekről. István milyen ideges, ha a piciny sír éjszaka, dugdosni kell előle, mert még meg is verné talán. Ő néha fél éjjeleken ringat. És már útban van a második. Hát hiába, ez az élet!... És bólongatott szép kis madonnás fejével a nagy, dús hajkorona alatt.

- Hallottam, jól mulattatok Béltekyéknél! - mondta később hirtelen.

- Ti miért nem jöttetek? - kérdeztem, csak hogy épp mondjak valamit.

- Grószi nem akarta! Hogy hiábavaló költség most egy új ruha. És hogy - nem jó, ha egy fiatalasszonyt mindenütt ott látnak.

Hallgattam valami különös lelki felémelyedéssel. Hisz ez egy titkos ellenség. Irigyel engem! A fülem zúgott, lehunytam néha a szemem. Jólesett, hogy nem kellett semmire gondolnom percekig. Mindegy, mindegy! Csak ne kérdezzenek, ne bántsanak! Végezzék el felőlem, amit akarnak! Ők tudják! Mi közöm hozzá?...

- Hogy van urad? - kérdezte nagyanyám később, mikor közénk jött.

- Jól!

- Mikor mentek Telegdre, anyádékhoz?

- Nem tudom.

- Nekem bizony - beszélte lassanként, szokatlanul megeredő bizalmassággal -, bizony nem sok kedvem van feléjük nézni. Furcsa híreket hallok.

- Ugyan!

- Na, hát csuda egy isten állatja még az is egyszer... Péter mostohád! Be kellene csukni a bolondokházába - a sok zagyva, bolond könyvét meg máglyán égetni el a nagypiacon. Egyebet se csinál, mint azokat bújja, az eszi meg az életét.

- Ugyan!

- Az anyád kis vagyonát, tudod-e, hogy beleölték már mindenféle

haszontalan drága gépekbe, építkezésbe! Hogy a „földmunkásnak"
is - így híja a parasztot - egészséges meg száraz meg fene tudná,
milyen lakás kell. Minden béresfamíliának külön kis kertes ház,
pádimentomos, cifra - amilyet képen látott, valahol. Na - és a régi
magtárat, az apjáét azért építtette újra, mert nem az „uralkodó
szél" irányába esik az ablakja. Ilyen barom!

- Istenem!

- Na, osztán úgy is bánik a parasztjaival, mintha ispotályba vóna.
Kézzel nem nyúl egyhez se, az istállókölyket is virgács nélkül
kezeli. Mert hogy kár az emberi méltóságért. A télen meg a kerítést
is lelopták, kitördelték tüzelőnek; akkor az udvarba hívatta a
zselléreket, és valami ríkató prédikációt papolt nekik jussról meg
„tulajdon"-ról. Mit szólsz ehhez?

- Borzasztó!

- Jövőre meg - azt mondja - nem búzát fog vetni, mert hogy az öli
meg a magyar földet, meg hogy mindenki azt vet. Hát ő répával fog
gazdálkodni. Répával. Na, az istenit! Anyádnak is már valami
német állatkertből hozott újfajta tyúktojást, rá vót nyomtatva
mindenre, hogy milyen tyúk, milyen kakastól, mikor tojta; hogy
hát olyat tenyésszen. Ki is kelt, el is hullott mind a drága csibe,
pedig tejbe aprított gyenge salátával kínálgatták, mint valami
kisasszonyokat.

- Ilyet!

- Na, osztán a fő megháborodottság még ezután jön. Tudod, vót az
ő apjának, a vén istentelennek valami zabikölyke egy szolgálótól,
akit ott tartott. Az is elholt már, a fiú meg suszterinas volt benn
Váralján, dolgos, jóravaló inas, ha néha elszíjazták kicsit - mondta
a mestere. - Hát ő ezt odahívatta magához; már az öregember
temetésén is, most hallom, lábtul ültette a ravatalnál, maga meg
fejtül ült, hogy: „Te is olyan vére vagy apámnak, mint én!" Na, most
meg kivette a mesterségből, és ott tartja ingyenélőnek, hogy
részeljen az apai jussból, elcábérodott[34] a legény, iszik, pipál,
cselédekkel cicázik egész nap, csapja a lábszárán a legyet, anyád
tűri ezt is és minden egyebet; Klárival mindenki azt csinálhat, amit
akar. Olyan ostoba! Szerelmes bele. De mi lesz a vége ennek?

- Mi lesz?...

- Te, hát téged... mi lel téged?

- Nem tudom, nagymama!... Istenem!

A szemem előtt kavarogva sötétült el egyszerre minden - lassan

---

[34] cábár: kóbor, lompos (tájszó)

forogni kezdett -, valami enyhén csörgedezett a fülemben; olyan jó volt magam elengedve visszadőlni, elfelejtkezni, megszabadulni szavaktól, terhektől - az egész kemény és nagyon-nagyon nehéz élettől.

Csak félig tudtam róla később - jó sokára talán -, hogy az ebédlő díványán feküszöm, a nagy óra tiktakol, lámpa ég, és Ágnes halkan járkál körültem. - Majd ajtók nyílása kívül, halk és heves beszédek. - Drága asszonykám! - hajolt fölém a Jenő ijedt és gyöngéd arca. A földön térdelt mellettem, és a kezem, arcom simogatta kérlelő szeretettel.

- Kis boszorkám, betegem, egyetlen anyácskám! Ne haragudj, mindent tudok! Anyám épp jókor toppant be ma. Látod, már őhozzá bizalmasabb voltál, mint hozzám, az uradhoz? Illik ez? Hisz igaz, ő a legjobb tanácsot adta, hogy elküldjétek hamar azt a szegény bolond fiút, aki lángra lobbant érted. De miért nem szóltál mindjárt. Milyen félreértés lehetett volna, ha mama nem tud mindent, ha meg nem magyarázza. Csak az nem helyes, hogy nem nekem szóltál; ti mindjárt párbajtól, ilyesmitől féltek. No, csak most vigyázzunk rád, az egészségedre, boszorkám!

És én elfogadtam mindent némán - jótevő hazugságot, ápolást, gondot; az élet szelíd, természetes visszazökkenését körültem. Nyugodtan tűrtem, hogy babusgat, becéz, gyöngélkedik körültem az ő legigazabb természete szerint, atyásan, neki magának is jólesőn...

És így láttam egyszer, nagy sokára megint - hosszú, emésztőn beteg, lázas éjszakák végtelen félébe rségében -, míg mozdulatlan feküdtem orvosságszagok, súlyos árnyékok, tompa szenvedés között; és ő járt-kelt nesztele nül, fehér köntösében a mécsvilág előtt - mint egy darab vaskos, meleg, eleven életszobor -, mint valami, ami tart, megmaraszt, gondot visel rám, és amíg látom, nem kell félni. - Járkálva a szobákon át a mécses fátyolos világa előtt, puhán ölelt fehér köntösébe, és hurcolt buzgó-szorgosan, csitított és rengetett egy nyugtalan, síró csöppséget - a fiát.

10

Mire felgyógyultam, egyéves volt már Pityu; a földön csúszkált, az apja térdén lovagolt. Kimondani is ezt a szót: „apa", tudta a leghamarabb.

Én pedig elkezdtem újra járni-kelni a világban, ahonnét félig eltávoztam volt már. „Csak visszaélni magát az életbe!" -

mondogatta doktor Jakobi bácsi. De az élet egy darabon elsiklott volt már alólam, nehezemre esett most megvetni a lábam újra.

Emlékszem, hónapokon át csak ténferegtem, és homályos ijedezéssel éreztem, hogy kimaradt, elveszett egy szép, fiatal évem, és híja érzik mindenen: az anyává fejlődésemen is. A kicsi nem volt szép gyerek: és véznácska is, sápadt. Míg feküdtem, vagy a szomszéd megyei kis fürdőn tologattak kerekes székben - itt más gondozta őt -, a szoptatós dajka életrendjét s az ő kisember-kosztját utóbb az apja ellenőrizte, és ő tanította játszani, figyelni, imádkozósan összetenni a parányi kezét, „anyuka egészségéért". De lompos és ízléstelen kis gúnyákban járatták, és kicsit elkényeztették. „Első lesz - gondoltam -, amint tehetem, hogy varrok neki Hanival szép kis hímzéses fehér pikéteket. És egy piros selyemkabátkát nagy, diónyi aranyos gombokkal!"

Az uram jó és gyöngéd volt hozzám nagyon. Ó, most, annyi év múlva és annyi mindenen át sokszor van eszemben; meg tudtam-e becsülni eléggé az ő odaadó szeretetét? Csak - pedig vétek erre gondolni mégis! - volt valami nehézkesség ebben, valami köveres, kicsit unalmas és sokszor türelmetlenítő tapadósság e jóságban; valami túl tudott, szándékos és kenetes. Csak ne emlékeztetett volna az apjára néha!

A szülői nem laktak már itt. Nyugalomba mentek; egy nagyobb, felvidéki város levegőjét ajánlották az öregnek, oda költözködtek.

Egyébként az életünk nyugodt volt most, és minden anyagi gondtól mentes. „Megbecsüld ezt a jó uradat - mondogatta grószi -, hogy ilyen jómódban tart; mert bizony a betegségedre felment az a kis pénz, amennyid még lehetett!" Igen, Jenő nagyon szépen keresett akkor már. Nagyobb lakásba mentünk, a Templom utcába, és az irodája is ott volt; vásáros napok délelőttjein csak úgy rajzott be a sok poros atyafi, gatyás börvelyi magyarok és posztómándlis, erdődi svábok. Az asszonyok csirkét, libát hoztak, ellátták tojással a háztartást. Néha mégis csitítania kellett Jenőnek, ha zsörtölődni kezdtem a bagariaszag meg a csizmájukon behordott sár miatt; mert a szőnyeges előszobán kellett átmenniök. „Csitt, fiam, csitt, belőlük élünk!" - mondogatta olyankor; és néha közlékenyebb volt már ilyen dolgokban is. Talán kedvére volt, hogy engem érdekel - és elmagyarázgatta a furcsa jogi eseteket, nagyjából a törvény szellemét, az igazság megvédésének csalafinta, okos és kertelő módjait. Már egészen otthonos lettem a szakkifejezésekben is. És lassanként biztossá váltam abban, hogy az uram csakugyan tehetséges, gyors ítéletű és nagyon tanult ember a maga dolgában.

- Mi van a Kendy Péter osztályos perével? - kérdeztem néha. - Eligazítod?

- Nagyon bajos - legyintett kedvetlenül. - Az uradalom is érdekelve van!

- Pedig mégis... „Atyafiság jussán" adta kezedre a dolgát; tudod-e, hogy ez nagy szó olyan gőgös embertől.

Elhallgattunk - ebéd közben volt ez -, de engem nem hagyott nyugodni a dolog. A Kendyek csakugyan a megye eleje voltak - nekem igen távoli rokonaim, és valahogy fontosnak éreztem, különös szerencsének, hogy az én „felszármazott" uram lekötelezheti őket. A feketekávénál aztán kipattant belőlem - rögtönösen és meglepően - az egész gondolat.

- Mit gondolsz, ők mindnyájan, az egész vármegye nem lehetne-e több neked, mint a pökhendi grófjaid?

- Miket mondasz, gyerek?

- Igen, és Scherer inspektor, aki már apádat is gyűlölte, azt hiszed, igazi jóakaród?

- Nem függök én tőle!

Láttam, hogy eltűnődik ezen, én magam is meg voltam lepve. Hát csakugyan komolyan veszi, amit én csak félig tudott céllal mondtam; tán csak úgy asszonyos ösztönös ötletből.

- Most már csakugyan egészséges az én menyecském - mosolyodott el később -, hogy kedve támad politikához.

- A politikát én keveset bánom, Jenő - mondtam akkor vérszemet kapva -, hanem tudod-e, hogy én itt, Szinyéren *valaki* akarok lenni. Vezető ember felesége, akit senki se merjen fumigálni. Érted? - Na! Úgy látszik, csakugyan egészséges vagyok!

Elkacagtam a végét, Jenő ölbe kapott, és összecsókolt. „Meglássuk, boszorkám, meglássuk!" Én pedig egészen felhangolódtam ezen a majdnem véletlen szócserén. Csakugyan, meg lehetne egyszer szabadulni ettől az uradalmi bandától; akikkel most valahogy mégis kapcsolatban kell lennem. Illedelmes vizitek, kikerülhetetlen meghívások és összejövetelek révén. Untatott és ingerelt az egész módos, szolid, diplomatás, tartózkodó és korlátozott életmódjuk; témáik és érdeklődéseik, melyeknek örök központja, egybesugárzása volt a grófi család belső és külső ügyei, intimus pletykái, apró regényei. Ismételték uraik szavait, gyönge élceiket szájról szájra adták, tetteik sokféle magyarázatát találgatták néha igazi, nagy izgalommal. „Alábbvalók a cselédeimnél - gondoltam -, azok inkább a maguk életét élik!"

Eszembe jutott sokszor az anyósom, aki csakugyan legkülönb volt köztük: olvasott, világot látott és belsőleg kedves, könnyed, természetes. Őt, míg itt volt, sokszor meghívta magához az öreg grófné, ha egyedül volt téli estéken, éjfélig játszottak pique-t, zongoráztak, kikérdezte tőle a városi pletykákat. De hát nem így tette-e éppen az én grószim Spach Nánival, a hátikosaras gyolcsasszonnyal vagy ócskás Trézsivel? Igazi cselédsor! És nem tudtam elfelejteni Jenőnek, hogy az esküvőnk után engem is elvitt egy tisztelgő vizitre, bemutatni az anyagrófné színe elé. Az uradalomban mindenki természetesnek találta, hogy szó sem lehet az ilyen látogatások visszaadásáról, én is tudtam ezt, de mindig elfogott a düh, ha eszembe jutott. A Lajos gróf fiatal feleségéhez, akit akkoriban hozott, már semmi áron el nem mentem volna; pedig a többiek, öregebb asszonyok is, mind feljárultak üdvözölni. Akkor már vittem annyira, hogy ezt nem is kívánta tőlem Jenő; de ő sokszor ment együtt Lajos gróffal vadkacsára a lápra, és mindig jókedvvel jött haza ilyenkor. Ő tegye - gondoltam -, ő hivatalos embere. És tudtam, hogy mint az apja pajtásának fiával bánik vele, és hogy sokra becsüli az eszét.

Most már csakugyan nekilendültem az életnek újra; de közben egyúttal kinőttem valahogy lelkileg is a gyereksorból. Másképp, emberiesen is kezdtek érdekelni bizonyos dolgok. Valami párnahímzéssel a kezemben sokszor jól odafigyeltem, ha Jenő vacsora után nagy élénken tárgyalt Péter mostohámmal, aki most sokat járt be ügyes-bajos dolgaiban, és ilyenkor hozzánk szállt mindig.

- Lehetetlen állapotok vannak itt, lehetetlenek! - heveskedett egészen kiöntve a szívét Jenő előtt. - Hidd el, ti nem is tudjátok, micsoda egy züllött ország ez a miénk! Az egész; de ez a tájéka legkivált. A vármegyét csak alá kellene aknázni, bombát neki, mindenestül! Csupa sógorság-komaság; a lustaságuk, tudatlanságuk, basáskodó rosszaságuk palástolására alakult, összevissza házasodások révén megerősített érdekszövetkezet. A délolasz rablóbandák különbek, mert azok akarnak és csinálnak valamit; vizet zavarnak. Emlékszel *A falu jegyzője* regényre? Hogy meg van ott írva! És látod, azóta se változott!

- Na, valamit mégis! Hidd el, van itt is például néhány jófejű és tisztességes szándékú ember!

- Ugyan, ne beszélj! A bornírtság fészke az egész. Hát azt hiszed, van még a föld hátán valahol olyan lusta és oktalan gazdálkodás, olyan pazarló, piactalan, véletlenes és felületes termelési rend, mint ebben a híres, búzás-boros Magyarországban? Jó, jó, csak legyints a kezeddel! Könnyű neked, sógor, per, osztály, huzavona - az akad bőven mindig. Fiskálisok eldorádója ez, az bizony, mindig is az volt.

- Na, na, öreg!

- Persze, leszavazták a bizottságban a gazdasági gépek közös beszerzésére alakuló egyesület dolgát, amit én pedzettem tavaly. Ha legalább értelmes ellenvetést tesznek, ha komolyan letárgyalják. De nem is foglalkoztak vele, megbámulták és kikerülték, mint minden új és bátor gondolatot. Bolondnak néztek vele.

- Engedj meg, sógor, de te csakugyan nem tudsz az emberek nyelvén beszélni, ez az egész. Okos dolog lett volna az, de másképp kellett volna bizonykodni; nekik valóban és jobban kiszínezni a dolog praktikus megoldását, a részleteket. Te mindig csak az általánosságnál, az elméletnél maradsz.

- Eh! Na, de hát jó, ez kis dolog! De itt van most a láplecsapolás kérdése. Olyan világos, mint a nap, mindenkinek ingyenhaszonnal járó, pár év alatt megoldható kérdés és nemzetgazdasági szempontból égető kötelesség. Látod, hogy vajúdik esztendők óta már. Most újra megfeneklett.

- Az uradalomra nem vethetsz, az első ízben próbálkozott vele, hetvenben már.

- Ja, ahogy apád kigondolta... ne vedd rossz néven; az nem is volt igazságos! Nagyon értette az öreg. Mindent a grófnak! Nem, ahogy az előbbeni kormány próbálta odafenn, a régi telekviszonyok szerinti részesedés arányában, az mégis tisztességesebb. De hát megbuktak. Minden kormány akkor kezdi már tüsténtetni az okos, kultúrás szándékait, mikor vesztit érzi!

- Nézd, Péterkém - komolyodott bele akkor Jenő is kicsit -, az egész vízszabályozásból bizonyos, hogy az uradalomnak volna a legnagyobb haszna. Hiába! De azért jutna ott a birtokosoknak is bőven. Csak renitenskednek, mert ez már ősi ellenérzés a grófok iránt; és mert a Szinyér mentiek csakugyan megterhelődnének az új adóval.

- Ejnye, a keserves istenit! Hát én nem vagyok Szinyér menti? És nem vagyok eléggé begabalyodva?... Mégis azt mondom...

- Nagy idealista vagy, Péter, az bizonyos! - Na, hát hiszen... fellép Lajos gróf az ősszel képviselőnek. Meglássuk, ki mit szól hozzá?

- Te... ez biztos?

- Ha kilátástalannak látja, visszalép; de szándéka volna, az bizonyos.

- Valaki az az ember?

- Modern, intelligens és céltudatos. Meglepetéseket fog még okozni! Ha itt nem... meglesz másutt; nekünk volna jobb, ha a miénk maradna.

- Hm! Erről még beszélünk, sógor. Hírlik már, de nem hittem, hogy komoly a dolog. Az apját elvadították a politikától.

- De a felesége családja beleviszi.

- Na, hát tudod mit? Az én parasztjaimnak nem kell egy fél liter bor se, annyit mondhatok. Azok jönnek utánam tűzbe, vízbe!

Hevült volt kicsit néhány pohár homoki bortól, de Jenő józan és nyugodt, mint rendesen.

- Tudod - mondtam neki, mikor Péter elment -, az ő parasztjaira, az egész beszédére nem kell sokat adni. A Kendy-ügyben engedhetne az uradalom! És azzal te magad is...

- Ó, te kis fondorkodó! - nevetett, és elhúzta az ujját a homlokomon. - Hát persze, ezen igyekszünk majd. Csak aztán a nyelvecskédre vigyázni, ha már így benne vagy!

- Mit képzelsz? - mondtam sértődve, és büszkén tartottam a titkot. Félig játszósan örültem, hogy „komoly dolgok"-ba vagyok avatva, és azontúl sok mindent megbeszélt velem Jenő.

Új kapocs volt ez köztünk.

Akkoriban halt meg Bélteky bácsi, a volt közjegyző, aki az én két öcsémnek is tutora volt. A család kérte akkor, hogy az uramat bízzák meg helyette. Sok bajjal járt ez is, mert Jenő nagyon lelkére vette. Csabának sokszor kellett adósságát, apró garázdaságait elintézni. Sándorka meg betegeskedett néha.

Szép arcú, nyúlánk, lányos kispap volt. Ha vakációzni hazajött a szemináriumból, etettük, tömtük mindenféle jóval, szórakoztattuk volna is, de ő lesütött szemmel járt, a breviáriumot olvasva, és déli harangszókor akárhol voltunk, akárki volt nálunk, láttam mozogni a szája szélét az úrangyala-imádságon.

- Miféle fancsali feszület - ütötte hátba István bátyánk néha. - Így nem leszel püspök soha, kölyök. Egyféle keresztelőn még nem estél át.

- Egyféle írral még nincs felkenve - kacagott Ilka -, az ördög gyertyáját is meg kell gyújtani.

Piros lett a homloka tövéig, hogy megszántam. Néha elővettem testvérien, pajtásosan.

- Mondd meg nekem igazán, Sándor, ti egészen úgy hiszitek a vallást, ahogy írva van?

- Magda! De hogy kérdezhetsz ilyet?

- Csak úgy gondoltam, nézd, az a sok kedves, okos, világias, elegáns pap, aki van, az nem tesz úgy, mint te. Mégis jó papok, előremennek a pályájukon. Nincs vajon köztük valami titkos megegyezés az igazságról?

- De Magda, te ezt komolyan?...

- Csak úgy gondoltam. Talán te nem tudod még! Mi volna, ha egyszer rájönnél, hogy titkos szövetkezés az egész, persze csupa jó szándékból az emberek iránt. Az ostyáról való tanítás, meg hogy elevenen feltámadunk. Mi lenne, ha megtudnád?...

- Magda, az Istenre kérlek, hagyd abba! Nem bírom hallgatni! Ha megtudnám, hogy senki sem hisz, én akkor is hinnék. Mert igaz, azért!

- De honnét veszed a bizonyosságot?

- Magamból. Mert kell! Ha nem volna igaz, nem éreznők annyian annak, annyi sok száz éve. Egy ilyen tökéletes, nagyszerű szervezet, mint az egyház. Nekem részem a hitem, bennem van. Elvész az ember, ha nincs valami olyan minden érintésen felül álló bizonyosság, amelybe megkapaszkodhat. Nem kell mindenen gondolkodni, a gondolkodás másodrendű. Ragaszkodni kell tudni valamihez. De nem, én nem tudok jól beszélni erről, én csak egyszerű katonája vagyok.

- De azt hiszem, értlek és igazad van! - mondtam gyorsan, mert valaki épp közénk jött és megzavart. „Kicsit ostoba talán - gondoltam magamban -, de milyen jó, kedves és tiszta!" Őiránta éreztem legtöbb vérséget az összes enyéim közül, és a kisfiam, azt hiszem, hasonlított rá. Mikor játszott Pityuval, járókán vezetgette, tonzúrás, fiatal fejével olyan volt, mint régi képeken a kis Jézust dajkáló szent, ifjú szerzetesek.

A valaki, aki belépett, a francia nyelvmester volt, aki akkoriban került a városba, és az uram mindjárt megfogadta hozzám óraadásra. Egy egész télen át nyaggattuk könyvből az igeragozást s a grammaire-t;[35] Bardeaux úr poros ruhájú és mocskos körmű ember volt, félhomályos múltú, furcsa egzisztencia - a tintás tollat mindig a vastag szálú, fekete hajába törülte, és néha dőlt belőle a pálinkaszag. Tavasz felé néhányszor részegen lelték reggel az egyik padon a Várkert alatt. Akkor elvesztette az óráit, és egyszer csak - ahogy jött - eltűnt a városból.

Jenő akkoriban már szeretett ilyen mókákat csinálni velem.

---

[35] nyelvtan (francia)

Egyszer, hogy a fogam fájt, Debrecenből utaztatta ide a legdrágább fogorvost; vége az lett, hogy idegeskedtem, sírtam, nem engedtem kihúzni, és a nagy költség hiába volt. Az ilyenekről hamar szóbeszéd indult odaát a tisztiházak uzsonnáin. „Csak hadd irigyeljenek, az jó" - gondoltam néha gőgös indulattal.

Őszre aztán nagy hűhóval, sok lakomával, borral, beszéddel képviselő lett itt Szinyéry Lajos gróf, Telekdy Péter maga költségén tartotta jól a parasztjait, Jenő a városban csinálta a hangulatot; és nagy kortes volt Kendy Péter is, akinek az ügyében csakugyan kiegyezett az uradalom. Igen, ez Jenőnek az én rokonaim révén sikerült, a gróf maga is tudta ezt, és külön, szép köszönőlevelet írt majdnem baráti hangon. „Úgy kell Schereréknek!" - ujjongtam diadalmasan.

11

Akkor tavasszal került ide Jolsvay alispán, akinek a felesége másod-unokatestvérem volt; báró Pórtelky Melanie. Kicsit gyanakvón és felkészülten vártam az első vizitjüket; hátha az asszony majd éreztetni próbálja velem a híres Bach-korszakban kiármánykodott bárósága és a vagyona fölényét. „Eb ura - gondoltam -, őneki már az ükapja se látta Pórtelket, a lápos, eldugott falut s az oszlopos, ősi házat, ahol az én apám szülői laktak, ahova én vissza tudok járni homályos kisgyerekkori emlékezetben még, és látni a szérűs udvart, a szárazmalmot lenn s a »kastély« kőereszes, ormós elejét!" Eltökéltem, hogy igen nagyon vigyázni fogok, nehogy túl barátkozónak lásson s a mágnásatyafiságon kapaszkodónak. De másképp lett. Egészen lefegyverzett a kicsit idegenszerű, különös nagy kedvességével.

Szép, telt, szőke asszony volt Melanie, a Pórtelkyekre őt is csak az orra különös hajlása emlékeztette; de az arca puha és tiszta volt és kicsit parancsoló; mint Mária Teréziáé, szebb kiadásban.

Ábris bátyánk felől kérdezősködött, kivel nagyon kevéssé érintkeztünk újabban a grószival való sok, apró horzsolódásuk miatt. Aztán arról beszélt, mennyire nagy szüksége lesz rám s a barátságomra, hogy tájékoztassam itt emberek és viszonyok között. Jenőhöz kitüntetően nyájas volt; úgy látszott, egészen meg akarja nyerni. Nyoma sem látszott nála a családi gőgnek vagy elfogultságnak. „Másfajta, ezen túlemelkedett-e, vagy csak jól palástolja?" - töprenkedtem kíváncsian.

Az ő barátsága több jövést-menést, társaságban forgást,

vendégeskedést jelentett nekem. Hogy a házam tájéka rendes, tiszta lehessen, most már nem volt elég egy cseléd; hát behozattam a környékbeli falvakból egy-egy kis buta sváb bocit, tizenöt évest, két hét alatt az én nevelésemben pompás szobalány vált mindből. Nagyon sokat bajlódtam a pontos, előkelő felszolgálással asztal körül, és ezt Jenő is így szerette. Kedvünk telt az ilyen parádézásban főleg a vidéki urak előtt, akik most mind gyakrabban voltak a vendégeink. Többnyire ügyük volt az uram kezében, és most, így közelből nem hatottak már olyan nagy valakiül ezek a híres Széchyek, Kendyek, Rábák és egyebek, mint azelőtt, gyerekkoromban, családi mendemondákon és babonás tiszteleteken át. Mintha megkoptak volna; vagy én fejlődtem? Így, ügyes-bajosan, aggódón és gyámoltalanul az ügyvéd kezében és megcsaládosodva, pipásan, az időjáráson panaszkodva - vagy lovat, kutyát, régi legénykedést emlegetve lassú járatú, nehézkes, elszokott beszédmóddal -, nemigen találva magukat az én csinos, tündökletes tiszta szobáimban a fövényes, papírcifrás köpőládákkal; ó, néha oly otrombán falusiasak voltak!

De most már őróluk mondta Jenő: „Csak csínján, csak kedvesen velük, utánuk élünk!" Fél év múlva beköltöztünk a harmadik lakásunkba, közel a megyeházhoz s a vendéglőhöz, mert már ez és nem a nagypiac adta a kliensek javát. Mennyi pörös birtokeligazítás volt akkori időben, milyen aratása a fiskálismesterségnek! Még csak kezdődő, tervezett dolog volt a láplecsapolás, és már mennyi kalandos számítás, aggály, spekuláció gyűrűzött körülte; igénypörök, sajátítások, százféle kapzsiság az ígért, leendő földekért, melyek kakas, békalencsés zsombék alatt pihentek még, és csak vízimadárnak adtak fészket. A Megye utcához közel hát, a Hétsastoll utca sarkán béreltünk ki egy egész, nagy, újonnan épített házat. A régiek alacsonyak voltak, gerendás mennyezettel és szemöldökfával; de a miénket már az új pallér építette; magas ablakokat hagyott fatáblákkal a zsaluk helyett, és cifrás verandát ragasztott az udvar felőli oldalon a sok, szép tágas szoba elé. Ó, itt már öröm volt elhelyezkedni, itt egyszerre felszabadulón, elemünkben éreztük magunkat mind a ketten! Igen, igen, most, a messzeségből felidézve ezeket, én igazságos akarok lenni magam iránt, de biztosan tudom, hogy nemcsak én, hanem az uram is szerette és igényelte mind a finom, csinos dolgokat, módosabb, újféle szokásokat, fejlettebb életmódot.

- Az udvart beültetjük szőnyegvirágokkal - tervezgette nagy

lelkesen -, a legközepére rózsatőket ültetünk, nagy körben vagy százat; az istálló falát lonccal futtatjuk, oda az orgonák tövébe kerül a Pityu hintája a tornázószerekkel. A kistornác mentében sok leandert és gránátfát, a sarokba egy szép szőlőlugast. A bérlet tíz évre szól, úgy rendezkedünk, mint a magunkéban, Magdi! Hátha meg is vesszük akkorára.

- Messzi van az még! De most, jaj, mennyi dolog lesz ilyen sok szobával; hogy győzöm, istenem? Igaz, hogy gyönyörű! Milyen szép mustrájú ez a fal, arany és lila; ez, ez lesz a szalon!

Mert így hívtuk a vizitszobát most már, mióta Melanie idehozta ezt az új, franciás szót.

- Azt a kis különszobát a tornác végén, Magdi, az öcséidnek rendezzük be, hogy mindig itthonosan érezzék magukat, ha vakációra jönnek. És tudod, azt a Képíró Zsuzsit, aki a lakodalmunkon főzött, azt hallom, meg lehetne kapni szakácsnénak. Persze, tizenkét forintot elkérne, Kendyéknél szolgált már a tanyán. Mit szólsz hozzá?

- Ó, az... nagyszerűen főz! De hát eljönne. Egy olyan Magyar utcai nemesasszony... mihozzánk?

- Mi az, hogy „mihozzánk"? Ojjé! Csak persze külön kis szoba kell neki. Az már olyan házvezetőnő-féle volna.

Hát új életörömmel, tűzzel fogtam a rendezkedéshez. A bútor sem volt így elég, sokat kellett szerezni hozzá; egy egész vendéghálót, egy gyerekszobát, egy kis kék nappalit. Az amorettes selyemfotelok lábait s a tükröt újraaranyoztatni, a zongorát igazítani, ezüstholmit, gyertyatartókat vásárolni. „Hát tudod, ez most már befektetés nekünk!" mondogatta Jenő, komoly arccal.

Az istállómester mondta neki egyszer, hogy volna nála két csinos póniló, az erdődi uradalomból küldték át, mert ott már felnőttek gyereksorból a kis comtesse-ek[36]. Nagyon olcsón adta, és hát istálló úgyis volt a házban, és egy udvarosfiút úgyis kellett tartani öntözésre, útseprésre, no, megvettük, és én buzgón és játszó kedvvel hajkurásztam a kedves, felcicomázott kis öregeket végig a Váralján és ki a szőlők felé. Már nekiszelesedtem egy kicsit, és nem bántam, hogy a tisztiházak sora előtt visz el az út.

De az uram nagy dorgáló, intelmes levelet kapott az öregjétől; olyan kemény és pátoszos hangút, mint az apostolok bibliai episztolái. Tán három napon keresztül is fogalmazta az öregember. Jenő ideadta nekem is elolvasni, aztán szó nélkül

---

[36] grófnő (francia)

eltette, és egy kicsit morcosan hallgatta agyon, amikor én beszélni, vitázni, igazkodni kezdtem a vádak ellen. Pár napig volt köztünk valami feszültség emiatt, de aztán segítettem rajta, hogy elmúljon. Egy asszonynak egyetlen hivatalfőnöke az ura; az pedig, ha egy kicsit szereti, mindig megvesztegethető.

De most legalább tisztában lehetünk vele, micsoda alattomos, irigy, áskálódó banda az uradalmiaké. Igen, ők leveleztek az öregekkel, és bevádoltak és kiszínezték a mi „őrült pazarló" életmódunkat. Pfuj! „Hát most már azért is!" - gondoltam felháborodva. Utálatos volt nekem ez a jóakarat színébe öltözött ármánykodás.

És még inkább idegesített, hogy grószi is hűvösebb lett újabban irántunk, ritkábban jött (erősen öregedett is már), és sokszor tett egy-egy éles, rövid megjegyzést az életmódunkra. „Nagyon jól mehet dolgotok, hogy ilyenekre is telik!" Meg hogy: „Az én házam se volt klastrom, de ilyen sáskajárást, mint nálatok, nem ösmertem! Jönnek, mint a jó kútra, boldog, boldogtalan!" „Persze - gondoltam -, neki most már csak úgy jó, ahogy a menye él, Ágnes, aki már a negyedik gyereket várja, sehova se jár, és a fiatalsága egészen belegémberedett már az unalomba, gondba, akarattalan engedelmességbe!"

- Komoly dologban járok! - kezdte Melanie az ő telt, friss, jóleső hangján, és hátrasimította a dús, szőke haját. - Megint rátok szorulok, segítsetek nekem, kedves! Nőegyletet kell csinálnunk itt. Szégyen, hogy ilyen nagy városban, megyeszékhelyen nem volt idáig. Úgy gondoltam, hogy ketten állnánk az élén, kezdetben, persze, amíg helyembe érdemesebb nem kerül. És az anyagrófnőt megnyernők díszelnöknek. Ez a Jenő küldetése lesz, hogy előkészítse az utat nála.

- Kész örömmel, természetesen! - udvariaskodott az uram.

- Csakhogy még egyéb is, unalmasabb dolog is várna ám magára! - fordult felé ragyogó, tiszta szemei mosolygós kedvességével. - Kell, hogy titkára legyen az egyesületnek, hogy mindig mellettünk legyen tanáccsal, a hivatalos formák igazításával. Hisz mi csak gyámoltalan asszonyok vagyunk! És ez a komoly, nemes cél összehozná itt a széthúzó elemeket. Lehetetlen, hogy ne rokonszenvezne ezzel! Nézze, iparkodni fogunk, hogy dologgal ne terheljük, azt elintézzük, csak a neve, a személyes tekintélye kell és a tanácsai néha. No, ne gondolkozzék, Vodicska kérem, ugye, belemegy?

Láttam, hogy Jenő nem szabadulhat már, de nem voltam

tisztában, hogy kedvére van-e a dolog. De hát miért ne? Nekünk szerepelni kell most már, ez csak javunkra lehet.

- Hány éves a kisfiad? - kérdezte Melanie később gyorsan, és elnézett szokása szerint a gyerek feje fölött. - Még nincs négy? És már ilyen tisztán beszél? Nézd, most kellene neki egy idegen nyelvű leány, ha akarod, hozhatunk együtt Svájcból, én is most írok emiatt: a kislányaimhoz akarom.

- Ó, nagyon leköteleznél, Melanie! Igazán kedves vagy.

Jenő aggályoskodott ezen később magunk között. Most már négy cseléd, mit fognak szólni hozzá! De Melanie előtt lehetetlen volt visszalépni, és én titkos örömmel gondoltam: milyen szép lesz, ha majd kikocsizom a pónikkal, Pityut s a bonne-t[37] hátam mögé ültetem szépen kiöltöztetve.

Akkortájt hozta itt divatba Melanie a lawn[38]-tenisz játékot, amit ma már szerteszét az egész országban mindenhol ismernek tán. De az idő tájt még Pesten se játszták; Jolsvayéknál valami angol táncmester volt nyáron; az tanította rá a kislányokat. És Melanie a megyeház udvarán csináltatta meg az első pályát.

Ügyetlenkedtünk, bizony; szokatlan dolog volt az itt, hogy az ember ugráljon, szaladozzon, lihegjen, mikor nem kénytelen vele; és mint a gyerek, színes labda után. Mi, asszonyok talpaltunk, hajladoztunk, melegedtünk délelőtt a háztartásunkban eleget, én legkivált, délutánra az ember már ülni kívánt szépen kiöltözve, befűzve; felfésült haját össze nem csapzani, rendbe szedett arcbőrét ki nem izzasztani idegenek, férfiak előtt: és nem porozni össze finom, hegyeske cipőjét.

Én bizony nemigen erőlködtem a játékkal, de társaságban levésre, szórakozásra jó ürügy volt ez nagyon.

Egy késő nyári délután, Telegdről jöttem éppen haza, ahol anyáméknál hűsültem néhány hetet, új embert mutattak be nekem a tenisznél, aki azóta került ide, és már mindenütt vizitelt. Horváth nevű (az ilyen nevek semmit se mondanak még így, h-val írva sem), ügyvéd szintén és már nem gyerekember; az urammal lehet egykorú. „Melanie túlságosan befogad mindenkit!" - gondoltam első percekben; de később, mivel az idegen sem játszott a keze valami hibája miatt, mégiscsak beszélgetésbe kezdtem vele.

Ha emlékezném most világosan, hogy milyennek láttam akkor, és hogy hatott rám!

---

[37] gyermekgondozónő (francia)
[38] gyep (angol)

Azt hiszem, idegenszerűnek tetszett, másnak, mint a többiek itt, és elég rokonszenvesnek; de egy kis bosszús lenézéssel gondoltam azokra az asszonyokra, akik máris végképp el vannak ragadtatva tőle.

Furcsán tudott nézni az ember arcába, valami örvendő és szelíd elgyönyörködéssel, mely nem kíván, és nem keres egyebet, és hálás hódolattal van teli ennyiért. Azért, hogy az asszonyok vannak, és hogy szépek, gondozottak és kedvesek.

- A hajviseletét nézegettem! - mondta csendesen elgondolkozva. - Ha semmit sem fésülne fölfelé, hanem az összest oldalra húzná, azt is, ami a kalap alatt rejtőzik, igen, több jutna az arc elé, és mind érvényesülne! Persze, sok így is, kicsit túlzott volna, de borzasztóan hatásos. Mily pompás haj az, a legritkább fajta! Hogy egészen magától göndörödik, és nem járja sütővas, ez mindjárt látszik; de hogy így nagy hullámosan és nem kellemetlenül szálanként borzolódva.

- Ennyire érti maga ezt az asszonytudományt?

- Nem értés ez! Csak úgy silabizálom! A maga külsejéhez különben könyvtárnyi tudomány sem volna elég. Egészen különös, de valakihez mégis hasonlít! Sőt nagyon!

- Ugyan? Ismerte a másomat?

- Igen, ha úgy öltözne és úgy viselkedne, egészen. De így azért sokkal jobb!

- Ki volt az?

- Egy híres, nagyon híres német színésznő.

Elhallgattunk, és később, lopva és oldalvást megnéztem jól. Friss arcú, tiszta, szőke ember volt, eleven szájú és fehér fogú, az arca pirosas kicsit és a haja láthatóan lágy és finom. Az arca csaknem szabályos volt, a keze ápolt; és valami igen kitűnő, szokatlan, könnyű és finom parfüm illata érzett rajta. Mégsem tűnt fel azért piperkőcnek vagy afféle kellemetlenül „szép ember"-nek; volt benne egészben valami kis hanyag gyűrődöttség.

- Igaz, maga sok földet bejárt - kezdtem újra a szószaporítást a játszókat nézve, ezt már hallottam felőle. - Nem fogja unni magát itt miköztünk?

- Dehogy! Meglelek itt mindent, higgye el, ami az életben érdemes! Nap süt, fiatal, kedves asszonyok szeme ragyog; jóindulatú, őszinte, barátságos emberekre lehet akadni, kedélyes az élet, tudnak szívükből és szépen mulatni az emberek. Mi kell egyéb? És aztán ne is mondjam, hogy itt jó aratásom kínálkozik, maguk az ügyvédek panaszkodtak, hogy kevesen vannak, nem győzik a dolgot. Jó, tiszta, igazságos, jövedelmező és átlátszó pörök. Igen, hiszen én már majdnem tíz esztendeje nem vagyok egyéb, mint egy kis vidéki fiskális.

- Rontja majd a mi dolgunkat! - mosolyogtam tréfás haraggal.

- Nos, tőlem nincs mit félni! - legyintett nyíltszívűen, és nevetett. - Jolsvay, az alispán maga csalt ide; szíves örömest ide fogják nekem adni a maradék, unalmas, fölös, túl könnyű dolgokat, aprókat, amikkel a három idevaló röstellne bajlódni. A maga ura is, Jenő, aki mellesleg a legkülönb, szinte sok is ide! No, és én nem vagyok túl nagyigényű; egyedül állok. Csak süssön ilyen szépen a nap, ezt nagyon szeretem.

- Már olyan sok éve - kérdeztem visszatérve a gondolatomra -, hogy elhagyta a művészkedést?

- Nyolc esztendeje, igen, hogy csúz támadt a karomban, és nem bírtam azután jól a vonót. Hisz nem volt az olyan dolog egészben, ne higgye, hogy nagy kár értem! Én csak kísértem Perényit, a nagy művészt, azóta más kíséri helyettem. Engem nagyon szeretett, mert alkalmazkodó voltam játékához és a drága, bolond, szeszélyes művésznatúrájához. De hogy úgy, én külön, nem volt az komoly dolog! Nagyon fiatal koromban persze azt hittem én is, de amikor kinn jártam, és szerepeltem, már tisztában voltam vele. Láttam és csudáltam a mestert; és magammal nem is erőlködtem aztán már, nem érdemes! Lehet, hogy sok múlik lustaságon az ilyenekben, de a lustaság is eredendő bűn.

- Hogy beszél maga ezekről! - néztem rá elálmélkodva és majdnem ingerülten. - Maga, aki világot látott, idegen földeket, életet; híres és nagyszerű embereket ismert. Sok nagy várost, minden szépséget.

- Ó, istenem, mikor az ember úgy jár, impresszárió a nyakán; éjszaka játszani és ismerkedni, nappal utazni és pihenni kellett. Ki ér rá megnézni a régi templomokat, múzeumot, hírességet? De meg ha látja is az ember, nem olyan nagy eset az; semmi sem nagy dolog közelről. Vagyis nem a kihíresztelt dolgok az igazán nagyszerűek, amiket minden jövő-menő bepiszkol a csodálkozásával; eltátja a száját, s azt füllenti restelkedve, hogy érti ám egészen. Néha láttam a vonatablakból hirtelen feltűnni szaladó, mozgó tájék mélyében egy csillogó víztükröt, vagy kopasz sziklák zugában egy rózsaszín barackfa állt egyszer magában és nagyon fiatalon. Ilyenkor néha belém ütött: ez szép, ez tetszik nekem. Az ilyet csak én láttam és csak akkor egyszer úgy, ha visszamennék, nem lelném meg újra. Egyszer Svájcban vagy hol, valami tó partjára szöktem ki, és három kis fiúkölyket leltem, mezítlábost, ahogy kockáztak a kerek kavicsokkal. Közéjük ültem; a szavakat nem értettem, de nagyszerű volt, ahogy visongtak és ugráltak és hemperegtek az örömtől, mikor ügyetlenkedtem, és elnyerték az ezüstpénzeimet. A mesternek elmondtam másnap úgy, hogy megkívánta. „Vigyél oda engem is, leljük meg, keressünk olyan kockázó gyerekeket!" Csakhogy nem kerültek meg soha többet a csirkefogók, még olyanformák se; ha erőlteti az ilyet az ember, kényszeredett az, ízetlen! De bosszantja magát az ilyen zavaros, tudatlan beszéd?

- Dehogy, dehogy! Csak gondolkozom! Olyan furcsa! De a híres, nagy emberek mégis?

- Ó, ne gondolja! Azt tudják, amit tudni kell nekik mindenki számára; de belül nagyon egyszerűek. Tudja, ők kijátsszák, kimuzsikálják, kiírják magukból az érdekességüket, a sokból összerakottságukat, vagy hogy mondjam. Azontúl fáradtak, magukba esnek, szégyenlősek is, félnek, hogy pojácákul akarják őket, és gondolják: elég abból a deszkán, most a magam ura vagyok! És így, egy ilyen kis helyen, mint ez a város, nézze, csak hetek óta vagyok itt, és már sokkal több érdekeset, színeset láttam. És kellemetesebben, adódóbban. Nagy emberek! A mesteremnek az apja kötélverő volt, egy nagy színésznő, és a legtöbb, házmester lánya vagy külvárosi szatócsé; és az ilyen megérzik azért mindenen át.

- De a sok pénz!

- Az, az, gyönyörű, csakhogy elmegy! Nekem mind elment. - Gyerekesen bűnbánó, szomorkás volt itt az arca, hangja. - Az olyan pénz nem maradós! Az ember azt hiszi, fogytig úgy lesz; és szereti a jót, és asszony, olyan átmenő asszony mindenütt van, és szép, kedves, drága ruhás; tőlem mindig több pénz ment, mint amennyi jött. És ezt, ördögadta, máig se tudtam leszokni! De nem rontom már magát ilyenekkel, nem haragszik, hogy kedvét szegtem? Megengedi nekem, hogy tisztelkedjem maguknál is? Jenőt jól ismerem már, és nagyon sokra tartom!

Hazamenet, emlékszem, azon járt az eszem akkor, amint már elébb újságolták nekem; hogy Zimán Ilka néném, az özvegy megfogta már magának udvarlóul ezt a Horváthot. „Rendén van, gondoltam, ámbár egy nappal se lesz fiatalabb nála, hanem csak vénebb!" Azután eszembe jutott, hogy itt, Szinyéren, mindig divat volt kapni az új emberen. Egy-egy züllött nyelvmestert vagy zongorakisasszonyt is hívogattak, traktáltak, olyanok is, akik nagyon gőgösek az ideyaló, bennszülött felszármazókkal szemben. „Új szita szegen szárad!" - vontam egyet a vállamon; de ez azért szimpatikus, egy furcsa, túl őszinte, színésztelen, olyan mindegyember.

12

A zöld ernyős kis lámpa szunyókált a gyerekszobaasztalon, és az imént kihordott fürdővíz tiszta gőze szállt az ágy körül, az alvó testecskéről. Jenő benyitott ide a kaszinóból jövet, itt talált engem, és valahogy szó nélkül leültünk ketten a gyerek mellé. Nem volt vendégünk aznap, és szinte jólesett egyszer így csendben lenni este, gyereket fürdetni, déli főzeléket meg hideg húst adatni vacsorához, és nem öltözni díszbe. Egy darabig néztük a kis lenyírott, szöszke fejét, kicsit vékony arcát és lehunyt, seprűs szempilláit. Mintha ráérzett volna, megfészkelődött kicsit, és valamit gügyögött; akkor az apja vigyázva, nagyon gyöngéden a falnak fordította, szépen simára húzta rajta a tiszta ingecskét, betakarta, végigsimogatta. Aztán megfogtuk az egymás kezét. Hallgattunk.

- Milyen ritkán is vagyunk így hármasban együtt! - mondta egyszerre Jenő.

Kihúztam a kezem a tenyeréből, és nem szóltam rá semmit. Ez olyan szemrehányásféle volt tán, akármilyen félénk és gyöngéd, eszembe jutott, hogy Jenő sokszor néz ellágyult, sajnáló szemmel a gyerekre, és valami érzelgős igaztalanságot éreztem ebben. Szinte ingerelt. Tudtam, hogy nem vagyok hanyag vagy rossz mama, ha kicsit szigorúbb is, mint ő, aki majdnem kényeztette, és ezt egy kicsit ellensúlyozni kellett. De hiszen én mégis többet vagyok itthon vele, mint ő - délelőttönként mindig -; az én felügyeletem alatt áll evése, ruházata, sétája, és minden a legpontosabban megy, Jakobi doktor folyton dicsér érte. És hát, hogy így, vendégesen élünk; én tehetek-e arról, csak én akartam? A fáradsága úgyis mind énrajtam! Jenő megérezte, hogy valami ilyet készülök mondani, mert hirtelen elfordult, és súgva mutatott a kicsink felé.

- Nézd, milyen szép így fehér ingben! Ez a finom, nyúlánk fiúalakja, az okos kis képe, igaza van a dadának, mint a kisjézus! Tudod, hogy már a mö-betűt is ismeri; azt mondja, háromlábú!

- Okos lesz - mondtam felderülve -, miért is ne lenne?

- Apjárul-anyjárul! - súgta Jenő, és egymásra nevettünk. - Te, ezt még nem is mondtam. Magdi! Tegnap benn volt nálam az irodában, én a díványon feküdtem, ő a földön ülve levelezte a német lexikont. Azt kérdi egyszer: „Apu, mi ez a kis golyó?" „Az a nap - mondom -, itt meg ez a kis pont a föld, mert látod, ez ennyivel kisebb a napnál!" Nagyot néz, és azt kérdi. „A holdnál is kisebb?" „Nem, Pityu, a hold még a földnél is kisebb!" „Hát ezt milyennek rajzolnák ide?" „Hát azt is egy pontnak!" - „Azt egy pólyás pontnak, ugye?"

Elfojtva, hogy fel ne ébresszük, soká kacagtunk együtt, ritka, kedves meghittségben az éjjeli lámpás, meleg, homályos kis szobában. Később megint elgondolkozott Jenő.

- Csakhogy átesett a betegségeken - mondta aggodalmas arccal -, az az első esztendő keserves volt. Azt hittem néha már, hogy mind a ketten itt hagytok - asszony is, gyerek is, két beteg -, de jó, hogy átestünk.

- Baj, gond akad most is elég! - feleltem beléesve a komolykodásba. - Majd kiigazodik lassan, meglásd! Csak egészség legyen! Nem ogunk mi mindig ennyi költséggel élni, Magdi, aztán meg a jövedelem is csak több mindig. Hiába, most egy kicsit korteskedni kell, megnyerni az embereket, az atyafiságot. Ha az ember egyszer benne van...

- Bizony, Jenő, csak az ér valamit. A vármegye, hiába!

- Hát hiszen...

Kérdve és kicsit riadtan néztem rá. Akkor először lett ez így szóvá téve köztünk. Hirtelen megindulással átfogtam a nyakát, a karja alá fúrtam a fejem.

- Istenem, uracskám, ha én azt elérhetném egyszer! Hogy ott lehetnék asszony! Az volna már minden, az életem legteteje, akkor nem kívánnék egyebet azután!

- Csacsi, csacsi kis asszony, boszorkány. - Összevissza csókolt, ölelt, én lihegtem és kacagtam az ölében; de közben eszemben járt, hogy most mindjárt kezdődik valami oktató, komolyas beszéd, mint minden ilyen bolondozás után. Jött is.

- Látod, csacsim, akkor aztán el is kezdünk majd őérte dolgozni, neki gyűjteni, a kis mókusnak. Hidd el, sokat gondolkozom én ezen. Mióta látom, hogy Péter apád úgy a végit járja Telegden; mindig forog az eszemben, mit lehetne itt csinálni! Esetleg a két fiú pénzéhez felvenni majd valamit, árverésen egy kis szerencsével megszerezhetnők hármótok számára; azután a fiúkat, ha nagykorúak lesznek, pénzzel ki lehetne elégíteni. Hiszen még hazulról, az én öregeimtől is kerül egyszer csinosan! Csak vagy két évig tartaná még magát ez a Péter!

- Ej, vége annak! Anyám azt hiszi, hogy jövő őszre árvereznek. Még aratás előtt.

- Hogy megy minden lefelé, milyen gyorsan, ha egyszer elkezdődik! Csak legalább mi fennmaradjunk, Magda! Mindenáron! Hidd el, máris olyan sokat költünk!

- Tán megint jött ma Kassáról levél? Hát igaz is, Jenő, te csak olyankor kezded ezt! Hát min takarékoskodjam, csak azt mondd meg? Leánykoromban, tudod, hogy Gáchtól öltöztem, most meg mindent úgy bolondítok össze Hanival. Majd meglátnád, hogy tudna más asszony annyiból öltözni, mindenütt ott lenni, Melanie-val kiállni a versenyt. Hát akarnád, hogy most lemaradjak, visszavonuljunk?

- Tudom én, fiam... dehogy, dehogy! Mért beszélsz így, hisz nem panaszképp mondtam. Majd csak... Magdi... majd lesz ez máshogy is!... Te, igaz, valami nagy újságot is mondok majd neked! Egy titkot!

- Jaj, kisuram, hamar-hamar!

- Majd ha megérdemled elébb. Jó vacsora, forró tea, mogyorós sütemény, jó kis asszony!

Ringatott, becézett, dorgált és ingerelt, mint egy kisgyereket. Rá kellett hagynom: látszatra néha egészen ostobácska és selypes voltam, egy kicsit vissza is hatott ez igazándiban is. A háztartásban energikus és a társaságban fölényes voltam; de soha tíz forinton túl nem adtam-vettem, ennél nagyobb összeg egyszerre sohasem is volt a tulajdonom, soha fontosabb életdolgot, még csak a lakáskiválasztást vagy fűtőfa-megrendelést sem végeztem el magam, saját felelősségemre és szabad akaratomból. És ez azért olyan jó, meleges dolog volt, valakit mindig megkérdezni, kicsit biztosra venni, hogy helyettem és ellenemre is minden gondosan, jól lesz intézve.

A tea után megbújtam mellette az ebédlődíványon.

- No hát a titkot!

- Hát ide figyelj! De aztán hallgatás!

- Persze!

- Hát először is az üres főispáni székbe Jolsvay kerül még most a tavasszal. Ez már biztos!

- Ne mondd! Melanie...

- Főispánné lesz hamarosan, áprilisban hozza Lajos gróf a kinevezést.

- És akkor az alispánság?

- Várd sorát! Őszre, ha addig valami közbe nem jön, meglátogatja a kastélyt a fiatal trónörökös. Hajtóvadászat lesz itt.

- Ó! Igazán? Itt, Szinyéren?

- De erről igazán csitt egyelőre! Ma még csak én tudom a gróftól. Hát akkor, tudod, kicsit nehéz lesz itt megyei politikát csinálni; éppen tisztújítás előtt; ezzel a gróf maga is tisztában van. A jövendőbeli király jön, ez nagy dolog mindenképp; országos érdek szinte a magyar főurakkal való ilyen barátkozás! Persze, nagyon szép, nagyon impozáns fogadtatás kellene. Nem elég az uradalom és a város, a megye is kell, például nemesi bandérium vagy efféle. De tudod, hogy most itt sokan dúlnak-fúlnak a vízszabályozás miatt. Nem egyöntetű a hangulat az urasággal szemben. Hát ezt kellene... valahogy... odáig.

- Hogy te?

- Hát én és Jolsvay és ti ketten Melanie-val! Egy kis hangulatcsinálás, egy kis korteskedés; hisz végre is rokonokról, lekötelezettekről van szó többnyire! Hisz be kell látnia a sok vaskoponyájúnak, a sok „járomszeghegyezőnek", ahogy a gróf hívja őket, hogy végin is ők vallják kárát az okoskodásnak. Most meg kell próbálni velük mindent, mert így ezek még valami passzív tüntetésre, észrevehető ellenségeskedésre is képesek. Meglátjuk most, mit tudunk!

- És mi lesz mivelünk ezért?

- Jaj, te kis cigányasszony! Aci-nesze! Hát mindjárt az eset után novemberben még - meglesz a tisztújítás. Jolsvay megkapja az utasítást a jelölésre, a gróf is mindent megmozgat a bizottságban, és ilyen dolgokban eddig is keresztülvitte ő, amit akart. És végre is, ha meg tudjuk nyerni a vármegyét az ő számára, egyben már magunknak is megnyertük. Az alispánság akkor, úgy látszik, kis dolog!

Halkan felsikoltottam az örömtől, tapsoltam, és a nyakára fontam a két karom. Úgy éreztem, hogy minden álmom és ambícióm teljesítve lesz, és egyebet nem is akarhatok már azután. Szerettem volna sürgetni, tolni, ösztökélni előre ezt az embert, aki hivatva van rá, hogy teljesítse és véghezvigye a világban, amit az én becsvágyam kíván. Igen, igen, gondoltam, egy férfival mindent el lehet érni; őáltaluk el lehet jutni mindenhez, csak biztatni, akarni, zavarni kell; szívósan és ravaszul, ez az asszonyok dolga.

Az előszobában csengetés hallatszott: Horváth Dénes jött, a Jenő új kartársa. „Hát ma sem maradhatunk magunk!" - dörmögte előbb az uram, de mikor meglátta, felderült, és örömmel ment elébe.

Őszintén megszerette egymást ez a két ember a nyár óta, és

nagyon sokat voltunk együtt; hisz olyan nagyon kétfélék voltak. Horváth, ha máskor nem, így vacsora után mindig beállított, Jenő egy üveg bort hozatott fel, én hímzést vettem elő, szivarra gyújtottak, elbeszélgettek éjfél utánig is.

Horváth jóízűen, színesen tudott beszélni, bár kissé lassan, várakoztatóan; de a maga különös, lagymatag módján mégiscsak értesíthetett olyan dolgokról, amik távoliak vagy szokatlanok voltak nekünk: idegen emberek, tágabb világ, színházak, élet, asszonyok. Szívesen hallgattuk, mert nem volt nagyképűsködő, és egyre mondogatta - meg ki is érzett ez -, hogy nem nézett ő soha semmit sem alaposan, „tudományosan" - sok minden ki is kallódott már az eszéből; tán legfőbb bölcsessége volt, amit sokszor mondogatott is, hogy: „Ez a bolond élet mindenestül mégiscsak kedves valami!" Jólesett ezt így hallani tőle, csendes, duruzsoló, téli estéken; puha hangú, kellemes, tiszta, szőke ember volt. A Jenőt elfoglaló dolgok nem voltak az ő témái; derült közömbösséggel szinte felettük állt. Meghallgatta érdekkel és álmélkodva, mint egy idegen, helyeselte is a Jenő ítéleteit - a közigazgatásról, a mostani rezsim tunyaságáról -, de ő nem akart velük semmit. Csak nyugodt életet itt, tiszta kis pöröket, jó társaságot, kedves trécselést. „Mint hal a vízben, úgy él a világon!" - mondta Zimán Ilka, és tréfás-irigyen ütötte vállon az örök fekete strucclegyezőjével.

Ilkát mindig udvariasan hazakísérte tőlünk is, mint mindenünnét; de valahogy túl bizalmaskodó, tréfásan csúfondáros vagy ingerkedő volt vele szemben mások előtt. Tán előttem leginkább - és Ilkán látszott is a féltékenység -, mert velem mindig tisztelettel és tartózkodó gyöngédséggel bánt. Sokszor jött korábban is este, mikor még nem volt otthon Jenő; ilyenkor a kis kék szobában ültünk, én öltögettem, és ő csendesen, elégedetten nézett maga elé; majd pamutot gömbölyített nekem, vagy a kicsit hibás kezével befűzte a tűimet. Ha Jenő jött, Horváthnak kellett sietve eldugni a névnapjára vagy karácsonyra készülő papucsot, sapkát, mit... És én úgy megszoktam; úgy bántam vele, mint egy kedves rokonnal, egy kezes baráttal, akire az ember rákap egy kicsit a szeretete révén, de akivel nyugodt és bizalmas lehet, akire számíthat. „Gyerek maga még, asszonyom, gyerekéletet él!" - mondogatta, és rendesen kikapott érte. Ő nézte meg először a ruháimat, a kézimunkáim és minden apró átalakítást a szobák berendezésén vagy a vendégek fogadása körül. Nagyon örültem, ha megdicsért, mert legfőbb becsvágyam volt ez.

Akkor már csakugyan első ház volt a mienk a Melanie-éké után Szinyéren. Akárki jött ide új ember, katonatiszt, hivatalnok vagy idegen, őutánuk mindjárt minálunk vizitelt, és csak azután a többieknél. Ha este volt nálunk társaság, Jenő maga gyújtotta sorba a sok-sok szál egész gyertyát a nagy szalon makartcsokrai és japán vázái mögött; a szép új zongora nyitva volt hófehér fogsorával, és a Horváth hegedűtokja mellette, amelyiknek bársonytakarójára én varrtam piros rózsákat; a székek és tükrök aranyozott fáján ragyogva imbolygott a sok, kis ideges, mozgalmas, meleg fény. Fiatal lányrokonok énekeltek, kacérkodtak, férfiak sürögtek, hódoltak körülöttem. Nagyon, igazán elememben voltam ilyenkor, sok ember közt, szemek előtt, cselekvőn és szereplőn, ragyogva, tisztelettől és irigységtől környezetten.

Mindig Horváth Dénes látott el finom francia parfümökkel és pompás kézfinomítókkal. És erre az utolsóra nagy szükség is volt, mert bizony erősen dolgoztam azért délelőttönként a háztartásban. A nagy lakást takarítani kellett, és szobalány mégiscsak egy volt; és a bonne-t Jenő nem engedte a gyerek mellől. Én pedig nem tűrtem a félmunkát. A nippeket, amelyek mesésen felszaporodtak, végig kellett törülni naponta, s a pádimentom[39] is csak úgy volt jó, ha magam tenyereltem neki a felfestésnek. Tizenegy óráig nem látott engem másféle ember, mint cseléd, kofa, bejáróasszony, koldus vagy az uram egy-egy egy szerűbb kliense, véletlenül; de kaputos[40] ember elől elbújtam, vagy cselédnek adtam ki magam. Akkor aztán tükörnek álltam, és háromnegyed órai akarattal delnővé tettem magamat. Szinte örömem volt ebben a kettősségben; mit tudok én! Délután sokszor a nőegyletbe mentem, korcsolyára, látogatóba, vagy kocsikázni Melanie-val.

Mindig nagyon kedves, szinte túl szíves és lekötelező volt velem szemben ez az asszony; de sohasem bizalmas. Éreztem valami különös fensőbbséget, és néha felforrt bennem a gőg és harag ezért, de tudtam, hogy egyelőre nem változtathatok semmit a viszonyunkon, hiszen szükségünk volt a leendő főispánékra. És Melanie-t a társaságos életben sem lehetett volna mellőznöm már, gazdagabb és rangosabb rokonomat, aki valami érthetetlen és könnyed tehetséggel uralkodott már az egész városon s a

---

[39] padló (latin)
[40] városias hosszú felsőkabátot viselő (német)

környéken. Neki nem voltak, mint nekem, ellenségei és irigyei, ezt csudáltam legjobban; minden rendű és rangú ember egyhangúan zengte a dicséretét; hogy szép, jó, okos, kedves, erényes. Új, idegenes szokásokat hozott ide, és mindenki rögtön, gondolkodás nélkül elfogadta, és utánozta őket. Ő kapatta rá az embereket a teázásra is, és az odáig divatos, tejszínes kávés, befőttes, kalácsos, krémes, tortás nagy uzsonnák helyett; három nagyobb teaestélyt adott mindjárt a tél elején, és sorjában külön-külön összehívta az elsőre a „társaságot" (elsősorban minket természetesen), másodikra az uradalmi asszonyokat és lányokat, harmadikra, nőegyleti összetartás címén, a jobb kereskedőket és zsidó asszonyokat. Ehhez a népszerűsködéshez csakugyan nem értettem én. Hogy tudott mindenkivel a maga nyelvén beszélni! És akarva-akaratlan, utánoznom kellett nekem is minden külsőségben. Hogy mérgelődtem az apró asztalokon szerteszét való terítésért, bukdácsolásért a szalonban. Könnyű volt neki a megyeház csűrnyi termeiben, mikor az összes hajdúk leányait, asszonyait szobalánynak öltöztette egy-egy alkalomra. „Na, majd tehetem még én is egyszer!" - gondoltam ilyenkor reménykedve, és szinte szívdobogást kaptam a kétségtől és az örömtől. Lesz-e az vajon?

Milyen érthetetlen, zavaró, felemás kis emlék tolakodik most elém az akkori időből!... A nagy, heves, lelkendező takarításban kiborítottam egyszer mindenestül az uram irodabéli papírkosarát. Mért nyúlkáltam közé játszva és kíváncsian az összetépett aktafogalmazványoknak, nyomtatványoknak, gyűrött levélborítékoknak...

Alázatos és szomorú hódolatom, amelyről kell hogy tudjon, Melanie, és amelynek soha-soha nem mernék más nevet adni...

Áthúzott sorok, egy tintafolt... bosszús vagy türelmetlen ujjak nyoma, kemény, zavaros gyűrődések vonalai a papírfoszlányon, amelynek hiába kerestem a többijét. Istenem! Azok után, amik később történtek, szinte elfelejtettem ezt, tán egész életemben sem gondoltam rá, vagy szándékosan temettem el. Hisz oly idegen, különálló és különös volt; most is úgy tűnik szinte, mint egy kellemetlen és bosszantó álom. Jenő, aki példás férj volt, a leggondosabb családfő, és - ezt biztosan tudom - mindvégig nagyon szeretett engem, sokkal jobban mint én őt; és ezt így tudta a világ, a város, így tartotta számon a család; és eszerint voltam én is elhelyezkedve az életben. Vajon gyöngédség vagy félsz; ízlés vagy okosság vagy kényelem tartott vissza attól, hogy említsem neki ezt a dolgot és számon kérjem? A helyes asszonyi ösztönöm súgta-e, hogy agyon kell hallgatni, feledésbe ásni. Elküldődött-e vajon valaha egy ilyenforma levél? Szeszély volt-e, ábránd, költőies tetszelgés, képzelt vagy igaz érzelem, vagy semmi, egy frázis, érdekvadászat a család jólétéért? Ki ismerheti a férfit... az embert? Még most is valami furcsa, kelletlen szégyenkezés támad bennem erre!... Ej, milyen ostobaság...

Akkor tavasszal - csendesen, alig észrevétlen - beköltöztek anyámék is Telegdről. Az árverés ki volt tűzve. A nagypiac megetti Cifrasoron vettek lakást egy nagy, eperfás, libalegelős, sokgyerekes parasztudvar (valami kékfestőé volt) utcára néző „úritraktus"-át. Már akkor senki sem beszélt róluk, már régen letárgyalták szegény Telekdy Pétert az összes hóbortjaival, kocsisa híján való, de azért hírhedt nagy eszével, megféretlen, kritikus természetével. Azért mégis meglepődtem szinte, hogy ez csak így megy, egyszerű kilakoltatás az ősi, nevükhöz tartozó földről, az apai, ükapai házból, és a világ forog tovább! A falu parasztjai is így érezhették; odagyülekeztek a porta elé sereggel, és fellázadva fogadkoztak, hogy be nem engednek ők a határba úgysem más uraságot, fütykössel verik ki, „visszafoglalják" a kastélyt. Péter alig győzte lecsendesíteni őket. A harmadik faluba elkísérték a négyökrös szekereket, amelyek az ingóságokat szállították, minden község alatt megálltak, sírva búcsúztak: bíró, kisbíró, esküdtek, gazdák mind; Péter kérte, forduljanak vissza; meg újra csak elindultak; ilyen volt az útjuk, az utolsó útjuk hazulról. Klára mama mesélgette el az ő színes, humoros módján, nevetve, félig zsörtölődve az urára. Még mindig szép, tiszta arcú, ép fogú asszony volt, gyönyörű szemöldökével, szürkés hajával, bemíderezett formás alakjával, mely egyenletesen, módosan gömbölyödött, amióta elérte a negyvenet. Az élcelődés és majdnem könnyelmű kedélyesség mindig megvolt benne, és most, az idővel egyre jobban kifejlődött. Tán ez volt a szerencséje, nem tudott emésztődni, tragédiát csinálni a dologból, mindennek meglátta a kacagtató, keservesen figurás oldalát, és másokkal együtt mulatott olyan dolgokon, amiket a többi ember szégyellve és szenvedve rejteget. Mióta bekerültek, sokat ült nálunk, kávézott, harisnyát kötött, vagy cigarettázott; otthon bizony unta magát Péter mellett, aki valami megígért kataszteri hivatalra vártában ki sem mozdult az odvából: „A sok dohos, bolond biblia, a sok pokol fóliáns közül, hogy az istennyila csapna közéjük!" Ha Telegdről került szó, néha be is vallotta anyám, hogy nem nagyon fáj a szíve érte, legalább megszabadult a terhes, nagy, falusi gazdasszonykodástól, unalmas, elzárt élettől, parasztoktól, visszajöhetett övéi közé a városba, ahol a fiatalságát élte.

És eljött a nyár megint, nagy, heves, meleg napok, ernyedt és édes virágillatok a bazsalikomos, verbénás városi kertekben, szép, világos, vidám batisztruhák, valami nagy, különös testi felvirulás. Az alakom megtelt, egész mivoltom csodálatosan kiszépült akkoriban; mindenki észrevette ezt. Azt mondták, most lettem igazán asszonnyá érett. Huszonhat esztendős voltam.

Ennek a nyárnak az emléke olyan elevenen megmaradt bennem mindig, és különös módon kapcsolódik az érett málna szagával, amely igen sok volt akkor a kertünkben, és felérzett a verandáig, ahol szép, késő délutánok bronzos napfényében üldögéltem. Majd mindig mellettem vagy mögöttem ült ilyenkor Horváth.

Ez a kép így rögződött meg az emlékemben. Jenő lenn, a nagy virágágy rózsatői közt hajlong egy hosszú, zöld kerti köpenyben, testesedő alakjával, cselédek öntözőkannákat cipelnek végig az utakon, nyikorog a kútkerék távolabb, Pistike fehér ruhában futkos, labdázik a fehér ruhás német lánnyal; lejjebb száll a nap, és a kannák szűrőcsövéből aranyosan, szivárványosan száll a vízpermeteg; ferdén, a ferde fényben a százszínű virágszőnyeg felett. És az érett málna édes, nagy illata felszáll. Mellettem ül Horváth Dénes, elnéz, ahogy én, az udvaron át, a kert szilvafái fölé és át a fapalánkokon, a messzi többi kerteken, a rózsaszín sávos egen. „Paradicsom a maga háza! Minden szép, kellemetes, jóleső lesz, amihez hozzányúl, ami körülveszi. És a boldogságból, asszonyom, mindnyájunknak jut itt; még nekem is, aki ilyen jóviseletűn meghúzódom a kuckóban. És csak nézem!..." - Ezt mondta annak a nyárnak estéin Horváth Dénes, és én bólintottam mosolyogva, valami egyszerű, nagy, teli örömmel mindezekért. Jenő feljött később, átöltözött, és közénk ült a habos kávéhoz. „Az asszonyodnak, Jenő, most kellett volna szerelmet vallanom, de amilyen vén bolond vagyok, bevártam, míg te előkerülsz!" - Nevettünk - és ez így volt. „Miért is nem féltékeny az uram?" - gondoltam egy percig, mikor később megint csak behúzódott az irodába a kis testmozgás után, lámpát gyújtatott a munkához, és otthagyott minket vacsoráig. És visszaemlékeztem a Tabódy Endre néhány látogatására évekkel ezelőtt. Az más volt, izgalmas, heves, fiatal, követelő szerelmes: Jenő iránt lappangóan ellenséges indulatú és titkolódzó. Ez itt, igaz, megcsendesült egy ember... pedig csak egy-két évvel öregebb Jenőnél. És én... én azóta szintúgy *más* lettem; igen, már nem vagyok gyerekasszony, sokat megtudtam, sok mindenre rájöttem csak úgy, végiggondolás útján. És... *merek* végiggondolni, és merek és akarok néha forró és titkos álmokat egész végigvalókat. Az ember nem a menyegzője éjszakáján válik asszonnyá; nekem, lám, hét esztendő kellett ehhez. De Jenő nem sejti. Igaz, hogy nem vagyok szerelmes, az más, talán... de miért nem gondol erre. Bízó vagy együgyű, vagy mindegy neki? Talán... Melanie?... Ezer szerencséje, hogy én mégiscsak én vagyok...

- Nincs ennél derekabb, különb ember, dolgosabb, talentumosabb, Magda, ennél a maga uránál a föld kerekén se tán! - mondta akkor Horváth, kicsit bús őszinteséggel. Ránéztem egy percre, és egyszerre, átmenet nélkül, Zimán Ilka jutott eszembe. „Persze, az özvegy, független asszony, a kényelmes, a veszélytelen! Az a jó! Én csak úgy nézésre, szemmel játékra, hogy semmi komplikáció ne legyen... pfuj, a férfiak csúnya, vénes megalkuvása, minden asszonytól csak annyit venni el, amennyit baj nélkül lehet... Hiszen bizonyos, hogy én sohasem engednék hajszálnyival se többet, de az volna rendin, hogy *ő akarjon,* törje magát, vagy úgy tegyen legalább!..."

- Milyen erős ez a nagy málnaszag a kert felől! - mondta lassan. - Mint az erjedt, édes, nehéz boré; szinte részegít!

13

A málna elérett, augusztus volt, és Hanika most már hétszámra nálam ült és varrt. Menyasszony volt a szegény kis szeplőkirályné, ahogy Csaba öcsém csúfolta, ajánlásra, arckép után kérte meg a Lipi szenzáltól, a családfőtől egy pozsonyi órás, Feinsilber úr. Hanika hát eljegyzésre készült, várt, lihegett, szinte fűlt a belső eltitkolt, boldog izgalomtól, és lelkendezve, valami képzelt jóságokért, hálásan, szenvedélyes odaadással varrta olcsón, gyönyörűn, művészettel az én ruháimat.

Már akkor az ősz elé indultunk, várt események, remélt nagy változások, küzdések, diadal elébe.

Jenő egészen beásta magát a dolgai közé; néha alig lehetett szólni hozzá egész nap: volt úgy, hogy már Pityut is kiküldte, mikor az irodába kéredzkedett. Pedig néha meglestem; nem is dolgozott mindig, hanem járkált fel-alá a szobában órákon keresztül.

Olyan sok minden összejött akkor. Csaba főhadnagy volt lenn valahol Temesben, nyakra-főre csinálta az adósságot; Jenőt zaklatták érte. Azt felelte, már csak három hónap választja el a nagykorúságtól, akkor minden rendeződik. Nekünk most a magunk ügyében kellett dolgozni. Olyan nagyon számítottunk grószira, az ő szorosabb és régibb összeköttetéseire a vidéken, de ő éppen akkor ágynak esett. Régebben betegeskedett már, titkolta, nem engedett orvost magához; most végre Jakobi bácsi elszomorkodva jelezte, hogy alighanem gyomorrákja van. És mi nem, nem akartunk ezen törődni, jajgatni most, hisz annyi volt a gondunk. Nekem diktált néhány levelet Jenő - Ábris bátyámnak és Piroska férjének, anyám sógorának -, még az öreg Tyukody bácsinak is, akinek a két hóbortos vénleánya volt. Másoknak ő maga írt, Kendyt, a volt kliensét és a fiatalabb Kehidayt maga kereste fel. Egyelőre csak csínján, többet beszélve a főhercegfogadásról, mint a mi dolgunkról; de a közel rokonokkal bizalmasan közöltünk mindent. Néhol, vigyázva, tudom, hogy olyanfélét is sejteni engedett Jenő: hogy nem lesz azért minden az uradalom füttyszava szerint abban a megyei kormányzatban, ha ő egyszer végképp kikerül a gróf hatásköréből. De ezzel a kortesfogással nagyon óvatosnak kellett lenni, mert Scherer inspektorok egyre leskedtek, szimatoltak utánunk. Besúgtak-e vajon a vén árulkodónak valami ilyen beszédet?

Valami parcellázott földek eladása ügyében - amit Jenő csinált egyre irkált a nyakára, és küldözte az Imre fiát. Hogy őneki aratás utánra rendbe kell lennie a számadással! Jenő végre a grófnak írt, és persze szó nélkül megkapta a haladékot. Tudtam volna, csak egyszer mosolyogva nézni erre a hosszú Imrére, ha nem is *úgy*, de legalább a hiúságot legyezgetőn! De könnyen engedett volna a nagy hivatalos tartózkodásból, családi feszültségből! Hanem, akárki másra inkább; úgy gyűlöltem ezt a konok, német parasztfiút - mert olyan volt - a nyers ridegségbe és néha sértő illetlenségbe is oly rosszul palástolt bárdolatlan áhítozásával. Csak egy intés kellett volna neki.

Az idő úgy sietett. A Sándorka öcsém első miséjére sem tudtunk átjutni a szomszéd, püspöki városba, Klári mama egyedül ment. Gyönyörű fiatal pap volt, szelíden és fehéren állt az oltárnál, mint Isten báránya, reszketett, és felemelte a megszentelt ostyát. Ájultan esett össze úrfelmutatás után. „Idegbajos - mondták a doktorok -, gyógyulnia kell!" - Pedig jelölve volt másodtitkárnak a püspöki rezidenciába.

Mennyi zavaró, összevissza esemény! Árverésre került Telegd csakugyan, sokkal hamarabb, mintsem szerettük volna. És Tabódy

Endre váltotta magához, Béltekyné, a nagynénje hozta nekem nagy sebbel-lobbal a furcsa újságot. Házas volt már akkor, a kis Pongrácz Anna volt a felesége, akit abban az évben mutattak be a megyebálon, mikor én férjhez mentem; akkor helyes kis bogárszemű, gömbölyű libácska volt. Hát Tabódy Endre az új földesúr, a Szinyér menti birtokosok új vezére! Azoktól kívánt legtöbb áldozatot a leendő vízszabályozás - amit a gróf kedvéért csinált a megyei kormány: Jolsvay meg az én uram majd -, bárhogy is, kötelezve lesznek keresztülvinni. De hisz Tabódy maga nincs eladósodva - a feleségével is kapott -, és így tizenöt-húsz év alatt hatszorosan térülhet meg az a költség! Vajon, vajon, hogy fog viselkedni az uram ügyében?

Mert érezhető volt azért egy lassanként összeálló ellenzékiség is már. A Tótfalussyak, az Ecsedyek, a nagyhangú Berey Gábor és Széchy, az anyám régi udvarlója. Valaki már olyanformát is említett, hogy ő volna az emberük az alispánságra.

De a mi táborunk is erősen együtt volt. Szeptember végén bizalmas vacsorát adtunk, de nagyon fényeset, impozánsat. Az új főispánékon kívül bejött és összejött mindenki, aki hozzánk tartotta magát, rokonok, barátok és érdekfelek. Ábris bátyánk akkor először közeledett a családhoz újra, sokévi haragoskodás után. Tüntető szívességgel fogadtuk. És itt voltak Hiripyék is - a falusi rokon család -, akiknél leánykoromban jártam utoljára a holdfényben, a jegenyék alatt. Hogy megforgatják az embert az évek, más álmok, célok, színváltozások! A bácsi most képviselő volt, a kerületében sokat jelentett nekünk. Meghíva, de alig remélve megérkezett, szinte tálalás előtt már, a hatalmas Kendy Péter kocsija is. Ő volt az egyetlen a megyében, akit a gróf meghívott a készülő főhercegi vadászatra. De jól sejtette, hogy titokban a Jenő műve volt ez is.

Kicsit feszeskedő, bizalmatlan és hűvös volt eleinte a hangulat a virágos, ezüsttől ragyogó asztal fölött. Az összeszokott, pletykás, hamiskodó városi asszonyok helyett most csak két-három korosabb néni vagy furcsán, szinte a mellőzéstől féltükben gőgös falusi menyecske volt itt - elszokott, távolodott rokonok. A férfiak is kertelve kerülgették az „ügyet", a nemesi bandérium kérdése sehogy se akart kiigazodni. Családi politikából, részben bizalomból, elismerésből is már, készek voltak tolni az uram szekerét a megyénél, de hogy éppen ők járjanak a gróf kezére most, amikor legjobb alkalom volna tüntetően éreztetni az ősi háromszáz éves ellenkezést!

A Szinyérek birtokszerző őse is így tányérnyalóskodott a német körül - sok császári cseléd, sok sunyi labanc -, úgy harácsolták össze a megye harmadát, osztályos atyafiak, máig is öt-hatszáz holdon küszködő vagy leszegényedett nemesek igaz vagy képzelt jussát. „De legalább függetlenek voltunk mindig. Eb ura!"

Az asszonyokat próbáltam szórakoztatni, és csak fél füllel figyelhettem - csudálva és elismerőn -, milyen ügyesen tereli át Jenő a szót, az ingerültséget az országos kormányra. Tisza Kálmánt meg a többit szidni vagy pártolni, ebben inkább megegyeztek, összetaláltak vagy feltódultak a hangulatok. A két vármegyei hajdú, akiket Melanie rendelt át, bontogatni kezdte a pezsgőket.

Éjféltájban a szalonba mentem át a nőkkel. Odabenn az urak már hangosak voltak, egyre sűrűsödött a dohányfüst, élénkebb lett a vita.

Már sokan beszéltek egyszerre és összevissza heves gesztusokkal el-eltérve a tárgytól, és ki-ki a szomszédját próbálta kapacitálni. Egy idő múlva benéztem egy percre az ajtón, mikor feketekávés tálcát vitt be a lány. Ábris bátyám szinte ordítva szónokolt már a fojtó füstfellegben, szidta a jobbágyfelszabadítást, és a karcsú üvegpoharat úgy verdeste az asztallaphoz, hogy összeroppant, és szétmállott a kezében. „Én nem csaltam, nem loptam soha!" - ismételgette Kendy Péter sírásba csukló hangon, pedig senki sem mondott neki ellent. „Isten a tanúm, ujjal se nyúltam akarva a máséhoz! Nem hazudok, pajtás! Mert volt úgy, hogy elmentem a más ember tagja mellett aratás után, mikor keresztben állt az élet. Leszálltam a szekérbül, és kihúztam négy-öt szál búzát, hogy meglássam, milyen volt arra a termés. Ennyi volt az én lopásom életemben. Ugyi, ez még megjárja?" Az egyik Kehiday átölelve tartotta a Galgóczy fiú nyakát, a vállára borult, úgy fogadkozott: „Soha én téged, pajtás, soha!" - Jenőre néztem. A józanság lehangoltságával ült a helyén, mint rendesen ilyenkor, tanácstalanul, fáradtan, majdnem szégyenkezve. És ebben a percben hasított belém először világosan ez a gondolat: „Milyen idegen ezek közt, mennyire nem való ide! Ahová behurcoltam!"

Melanie kocsija előállt, Piroska nénémet meg a másik két asszonyt elszállásoltam a vendéghálóban. Szürkült már a reggel, mikor még egyszer, holtfáradtan megálltam az ebédlő küszöbén. Már csak Hiripy bácsi ült ott nagyon komolyan és meredten, hallgatva; az asztal másik végén még ketten voltak a félhomályban; hátradőlve a székben, lepittyedt szájjal, lógó fejjel szundikáltak. Az egyik halkan horkolt; ez Gencsy Tibor volt, a másik Galgóczy. Már kialudt minden lámpa, a virágok szétzilálva és lekonyultan, halottan hevertek a borfoltos, szivarmocskos abroszon. Jenő lassan, szelíd-szomorúan cirógatta ölében Sport, a barna foltos vizsla fejét.

Hetek voltak még hátra, és én készülődésbe, ruhaügybe, apróságon való, nagy, heves lelkendezésbe öltem azt a nyomasztó bizonytalanságérzést, feszült aggodalmat, ami eltöltött, és halálos idegessé tett. Leginkább az a gondolat kínozott, hogy nem tudhatom meg biztosra mindenki szándékát, igaz véleményét; hogy nem lehetek jelen mindenütt, ahol a választásról beszélnek, ahol a hangulatok irányítódnak, véletlen érdekek újra-újra összeverődnek. És hogy láttam az uramon, mennyire komoly, szinte létkérdés neki ez a dolog. Mintha mindent erre a kockára tett volna fel.

Az irodába sokszor láttam ki-be járni Lipi zsidót, az ügynököt, és tudtam, hogy pénzdologról van szó; sürgős kölcsönről, ha uzsorára is. Már tisztában voltam, hogy Jenőnek semmi készpénze nincs a választási és egyéb költségekre. Nem lehetett sokról szó pedig! Néhány nagyobb vacsora, egy társas ebéd; pár utazás idáig, az én ruháim (egyet mégis Gáchtól kaptam), egy kis reprezentálás a királynapok idején! Úgy látszik, ennyi pénz sem volt kéznél.

- Jenő, lelkem, akarom, hogy megmondd őszintén nekem! Valami nem megy jól?

- Dehogy, fiam! Sőt... azt hiszem! Jolsvay zártkörű tanácskozásra hívta a bizottsági tagokat, hogy az ellentétek kiegyenlítődjenek. Azt hiszem, így majd tisztázódik a helyzet, a mi javunkra. Minden arra mutat.

- De... valami bánt téged mégis. Ne tagadd, láttam, hogy levél jött az öregeidtől.

- Hát az jött! Semmi különös!

- Mutasd meg!

- Azt hiszem, el is dobtam már.

- Mit írnak? Mi hatott rád? Ha nem mondod meg rögtön, azt fogom hinni, hogy rólam van benne szó. Valami rossz! Hogy megrágalmaznak Schererék!

- Magda! De hogy jut ilyen eszedbe? Miért, mivel, hisz semmi okuk?

- Hát akkor mutasd meg az apád levelét. Nem tűröm, hogy titkolózz komoly dolgokban. A feleséged vagyok.

90

Némán tette elébem a kassai levelet. Nem csalódtam! Válasz volt Jenőnek, ki úgy látszik, valami nagyobb összeget kért kölcsön. Mintha háromezer forintról lett volna szó! De miért ilyen sokat? Megtagadta az öreg, kérlelhetetlenül, kemény, szigorú dorgálásokkal. Feddette, hogy térjen eszére, ha ugyan még nem késő, hagyja abba a nagyzoló fényűzést, dolgozzék - mint ő -, gyűjtsön öregkorára, és gondoljon a gyerekére. Hogy lám, előre tudta ő, mire fog vezetni a nagyravágyás és uraskodás, figyelmeztette elégszer, nem vethet a szemére semmit; lám, ide sodorta az a léha környezet, melyben él, és amelynek züllöttsége átragadt rá. Itt engem értett, lám, és a családomat! És az ilyen utálatos, utálatos szófortyogással intézi el az egyetlen fia életbe való, komoly dolgát. Hát apa az ilyen?

- Édesanyám biztosan nem is sejt a dologról! - mondta Jenő halkan.

- Hát írjunk neki! Őszintén!

- Nem, azt nem akarom. Meg ne próbáld, Magda! Ő úgysem tehetne semmit, a vagyon apámé! Csak felzaklatnók.

- De mi lesz veled, Jenő? Mondd igazán, segíthetsz magadon? Nincs nagyobb baj? Hisz valakitől lehetne... váltót!

- Semmiképp! Erről szó sem lehet most választás előtt. Azután majd... mindenesetre... és akkor az könnyen is megy, mondja Lipi. Mint alispánnak, a vízrendezés vezetőjének akármennyit szerezhet; és akkor egyéb források is nyílnak hirtelen, addig is, míg magam rendbe szedődöm. Hisz gyerekség az egész, rövid idő kérdése.

- De odáig?

- Odáig ad annyit Lipi, amennyi éppen pillanatnyira kell. Egy ilyen zsidó többet ér, látod, mint a legközelebbije az embernek!

Pityu rohant be, nagy papírsárkányt tartva szét magasra emelt vézna kis karján. A rojtos farok zizegve húzódott utána a küszöbön.

- Nézzed, apa, mit csinált nekem a Mitru hentes! Mikor szél van, akkor ez felmegy ám, az égig. Csak most nincs szél, várni kell. Addig ide teszem a te asztalod mögé, a sarokba, mert te tudsz rá vigyázni, apa!

- Gyere ide, gyere, drága kis jószágom! Ölelj meg hát, nagyon! Én vigyázok, hogyne! Amíg szél nem jön! Apád lesz a sárkánylovag!

14

Fényes október délelőtt. A kis vasútállomás tele virággal, mozgalommal, szép, új őszies asszonyruhákkal, tükörfényes cilinderek és szalonkabátok fekete tömegével, uniformiscsillogással; valami szinte gyerekes, ünnepi kikészítettséggel mindenen. A városban - mosolyogtató ez - legtöbb háznál megmosták az utcára nyíló ablakokat is, friss cserepes virágokat raktak ki, és felaggatták az esti világításhoz való lampionokat. És kinn, messze a vadaskert majorjáig - amerre a vadásztársaság útja vezet majd másfél órányira - a vármegye költségén hengerelték le a szekérutat, vakoltatták, kimeszeltették a parasztházak arra néző elejét három közbeeső faluban. „Játékkulisszák!" mondta Telekdy Péter fanyar-mogorván a Rousseau-ja mellől.

A parádés vonat berobog, tömeges előremozdulások, küldöttségek - távolabb elmosódó szavak egy-egy rövid szónoklatból -, hirtelen hármas éljenek kimért harsanása, megszakítva a nagy tömeg fojtott csendjét. Most a Melanie üdén rezgő, kellemes beszédhangját hallom, ahogy a fejedelmi asszony felé fordul, fehér, komoly arcával, hátrafésült, dús hullámú aranyhaja megcsillan a reggeli napfényben, az ő imponáló, keresetten egyszerű, tiszta szépsége kiragyog a ruhája hamvaszöld, finom színei közül. A nagy kaméliacsokrot emelve tartja kicsit, kesztyűs kezében, én mellette állok, és el sem pillantva még a beszélő arcáról, az ösztön biztosságával érzem magamon az idegen férfi tekintetét. Most a virágok árnya véd, visszanézem az elszántság egy egyszerű és ujjongón hazárdos ötletével - kérdő és kereső, megértő és elintéző pillantásával -, amilyenhez nem elég az akarás, a játékkedv néha: ritka felhangoltság perce kell hozzá és az a biztosság, hogy ennyi *minden:* és nem zavarhat meg a folytatás kétsége vagy kockázata. „A királyfi!" - gondoltam ellenőrizetlenül és különös megdöbbenéssel. Mélán kék, komoly férfiszemeket láttam, hosszúkás lágy vonalú arc bágyadt fehérségét, szinte betegesen felpirosló ajkakat a sötétszőke bajusz alatt. A két aranysas csillogott, vakított a búzavirágkék atilla kihajtóján, a nyúlánk, fiatal alakon végigsurrant a vörös stráf. Így, most átadják a virágokat, a nőegylet éljenez mögöttem, pár rossz magyar szó; mennek.

Az utcákon az egész város; új ruhás asszonyok korzóznak a Várkert alatt; a helyőrség bakái mozdulatlan sorfal, kínosan ragyogó parádéban. Most a fogatok sora jön, ó, hogy elsurrant; az anyagrófné, a fiatal az udvarmesterrel, ősz fejű főkatonák, és akkor a bandérium. Ügető, szép, csótáros[41] lovak, kényes, cicomás jószágok - milyen szép, milyen szép -, emberhez való, pompázatos, eleven szerszám a ló; mennyire hat, a női érzésre szinte! Az ott fiatal Hiripy, a szolgabíró, nagynéném fia; Kendy beh pompás! A két Kehiday együtt; a Galgóczyék, apa és fiú! Ó, az Tabódy! Csakugyan ő? Megtette... mit jelent ez? Jaj, az ősz hajú Bojér, a szép, violaszínű, aranyos mentében, nagy, türkizes forgóval, négy csatlós utána; Gencsy Tibor, egy-kettő még. Már vége! Nem, nem voltak sokan bizony; egy impozáns, de kicsiny töredék!

Az egész nap egy készülődés volt azután - kialvás, fésülés, öltözködés - az esti mulatságra.

Jótékony vásárt csináltunk a nőegyleten, a sok benn időző, telt zsebű és mulatni vágyó vidéki családra gondolva. Fel a kastélybeli, főúri vacsorához csak Kendy Pétert és az öreg Bojért hívták meg közülük: azt is csak asszonya nélkül.

Oláh szőttest árultunk, parasztnép faragta gyerekjátékot, katrincát, mézesbábot, egyéb bolondságot. Volt lacikonyha, szivarárulás, cukrászbódé és pezsgőssátor. Én ebben foglalkoztam két rokon leánnyal; cigányputrinak utánozva a selyemponyvás, aranyos odú, és mi piros és ráncos selymekben, aranypénzesen, napkeleti, tarka cicomában, szétbontott, ékszeres hajjal ültünk a bejárat előtt.

Horváth Dénes mindjárt kezdetben odajött, meghúzódott mögöttem az ülőkén, és engedelmet kért Jenőtől, hogy ott maradhasson. Pedig Zimán Ilka a szivarnál volt odaát.

Nagyon fényes, pompás volt ez az este. Vajon csak énnekem olyan éles az emlékem felőle, hogy semmit nem feledtem annyi esztendő alatt? Mindenki ott volt a vidékiek közül, de szabad járása volt a városi polgárnépnek is; özönlött a sok ember a megyeház nagy termében, az oszlopok közt, végig a bódék és boltocskák szegte szőnyeges úton. A két unokahúgom osztotta a pezsgőt; én kártyát vetettem, tenyérből jósoltam. De nem akárkinek és nem olcsón.

- Nem fél így játékba fogni a sorsot? - mormogta mögöttem Horváth az ő lassú, kicsit telt szájú beszédén. - Maga még azzal is kikezdhet büntetlenül. Milyen ijedelmesen szép így cigánynak, szinte túlság, nem is szabad, hogy valaki ilyen lehessen! Idegesítő, nyilalldosó, mint a villámcikázás! Fáj a nézése.

- Ritkán udvarol nekem - legyintettem felé kacagva, de jól a szeme

---

[41] díszes nyeregtakaró (török)

közé nézve -, hanem aztán kiadja apait-anyait. Hogy megint békén legyen fél esztendőre.

- Mit tudja maga azt az én nagy békességemet! - mondta, és végigállta a nézésem komolyan. Elfordultam, de most, a nagy körülrajongottság közepett is éreztem, hogy jólesik az ő állandó, biztos hódolata.

Éjfél előtt volt. A teremben parfümös zsúfoltság és meleg. A nem társaságbeli, városi népek lassan visszahúzódtak, eltávoztak önszántukból, a mulatság most már a szokott, zártkörű esték színét kezdte felvenni. Széchy állt előttem most, és leeresztett karokkal várta, míg a kártyát kikeverem.

- Emelje meg!
- Melyik kézzel?
- A ballal!

Az arcába néztem merőn. Deresedett már a halántéka körül, és a kicsit hanyagul szabott szalonruhában nem látszott olyan daliának, mint délelőtt, díszmagyarban a táncos, cifra lovon. De így is érdekes volt még kemény, barna kurucfeje, sasos, nyerges orra, éles nézésű madárszeme; és az a kicsit nyers, kicsit bánatos hányavetiség rajta, amivel az anyámat hatalmában tartotta tíz esztendővel ezelőtt; ami halálba kergetett hajdan egy álmodozó, fiatal leányt. Még most is tudhat ártani egy ilyen ember!

- Hát sokáig élek-e még?
- Tovább, mint szeretné! De nézzük sorjába! Ami volt: sok nagy mozgolódás, vizet zavarás, de kevésszer igaz pihenő, igaz elfelejtkezés. Ami van: most valami fanyar beteltség és olyanforma várás, mint mikor valami megbicsaklik, és megáll, és azt mondja: „No, most aztán vagy *semmi* tovább, vagy *minden* még egyszer: de akármi is, magától jöjjön helyembe, tapodtat se megyek érte!" Ami lesz...

- Nem engedem, hogy végigmondja, boszorkány! - Egy kézmozdulatra összemarkolta kezemben a laza kártyacsomót, a csuklóm is átfogta vele együtt, és két kemény, barna ujját súlyosodni éreztem a karperec fölött. Aztán kivette a kezemből a kártyákat, és letette a padkára.

- Nem kell azt így, szavakba hurcolni, szem elé tartani. Nekem, higgye el azt, olyan egyre megy igazába! Könnyű ellenfél vagyok én már! A dolgok viszik az embert, ellene tenni is fáradságos; hát hagyom, de olyan egyre megy!

Pénzt tett az árva gyerekek kasszájába, továbbment. Fiatal fiúk, katonatisztek gyűltek oda a Reviczky leány meg a húga köré, a pezsgő jeges habja fehérlőn, forrva csordult, az egyiknek könyökig futott az atilla ujja alá, a lányok kacagtak, ezüstpénzt zörgettek; új csapat jött.

Egy óvatlan percben akkor előttem termett Tabódy Endre. A piros bársony sátorfának támaszkodtam féloldalt, szembeszálltam vele; és csak néztem rá, komolyan és mozdulatlanul, nem nyúlva a kártya után. Mintha semmi egyéb nem lenne már ahhoz, és nem hiányoznék semmi belőle; itt van, és mi szótlanul néztük egymást.

- Mondhat-e még nekem valami jövendőt, Magda?
- Semmit! - mondtam valami mély, csudálatos ellágyulással halkan, és lehajtottam a fejem. - Már minden megvan.
- Pedig milyen szép lett volna mégis!
- Nagyon szép volt!
- És most is tudom, hogy az igazi!
- Két bolondos gyerekember játéka. Túlhaladtuk.
- Lesz még idő, hogy visszagondolunk mind a ketten rá, tán öreg fejjel egyszer, és megtudjuk, hogy mi volt.
- Legalább lesz mire visszagondolni. Azért jó, hogy ennyibe maradt. Tegyük el öregkorunkra!

A kezemre hajolt, és megcsókolta gyöngéd mozdulattal, hosszasan, de alig lehelve rá. És elment.

Egy idő múlva, hogy akaratlanul kerestem a szememmel, láttam, hogy egy oszlophoz támaszkodva loppal és elkomolyodva figyel egy nagyon is bensőleg beszélgető párra. A felesége volt, régi táncosával, a fiatalabbik Kallós fiúval. „Most féltékeny!" - nyillalt belém valami fanyar elkedvetlenedés. Milyen százfelé bogozódnak is az érzések, a kötelékek... Hogy hátrafordultam, megint ott láttam a közelben Horváth Dénest; csendes elgyönyörködéssel kísérte szemmel minden mozdulatom.

Akkor sajátságos, zajtalan tolongás indult meg a bejárat körül. Messze volt, és nem láthattam odáig a szála közepén végigsorakozó sarkos pillérek kettős rendje között. A zene elhallgatott; aztán láttam, hogy a szembeni emelvényről leszállnak a második banda cigányai, akik itt húzták mostanig, mert Bankóék a kastélyi vacsorához voltak szegődve. Most megjelentek a szép új, aranygombos, piros egyenruhában, és elfoglalták a helyüket. A mozgolódás halk sziszegéssé csitult, és a tolongó csapatok gyorsan kettéválva nyitottak sorfalat az oszlopok közt, a széles szőnyegen. „A fenségek!" - suttogták mellettem ijedező ámulat hangján.

Láttam, hogy közeledik a kis csapat, végighaladva az árusok közt.

A főhercegasszony paraszthímzést vásárol, majd játékokat válogat, és már ide hallom, ahogy az anyagrófné tréfálkozva alkuszik helyette. A férfiak egy része előbbre jön pár lépést, és egyebütt nézdegél. Akkor ér az én cigánysátorom elé a király fia. Rám ismert. Unatkozó arca felélénkült egy pillanatra, valami gyors nembánomsággal a mozdulatában hirtelen odafordult, mosolygott, és elém tartotta a kezét. Udvarmestere, az olasz gróf hátrább állt két-három lépéssel.

- Meine Zukunft![42] - kérte szinte félénk szelídséggel, majdnem súgva. A kinyitott tenyeremmel könnyedén, de merészen alátámasztottam az övét, a másik kezem ujja hegyét mókásan, mutatva tartottam a tenyere közepén; de a szemébe néztem. Nagyon akartam palástolni az elfogultságom, minden lélekjelenlétem összeszedtem gyors akarattal. Éreztem, hogy távolabbról is, lopva mindenki arra néz, bár a szavaimat nem hallják.

- Tökéletes élet! - kezdtem összeszedett és eléggé sikerült németséggel, és csak nagyon kevéssé remegő hangon. - Biztos, és erős élet, mint egy becsukott, pompás fehér torony egy nagy hegyen, amit sok-sok millió ember szíve fölöslegéből, pici, porszemnyi kis fölöslegekből raktak fel magosra. Szép élet az, pompás torony, csak soha egy pillanatra sem szabad levágni vagy beljebb ásni a szívek fölöslegéből való szép, gyémántos homok mélyébe.

- És én?

- Nem is fog akarni felséged soha! Erős lesz, mert máris tudja... és én is bizonnyal mondom, hogy nem nagyon érdemes!

Az utolsó szavaknál eleresztettem már a kezét. Nem felejthetem a meglepett, komoly és eltöprengő, tartós nézését, ahogy rám csudálkozott egy percig, nem is játszó férfi módján, inkább az emberkereső felérzésével. Olyan ember szemével, akinek vannak magános, gondolkodó órái, testvéries pillantás volt az. Meghajolt, katonásan összevert sarkantyúkkal:

- Köszönöm, madame! - mondta magyarul, szalutált, és csatlakozott az asszonytársasághoz.

Sokszor gondoltam az életben azóta csudálkozva, szinte értetlenül az akkori magamra. Micsoda hirtelen sugallat formáltatta egybe akkor bennem mindazt a sok eleven gondolatot, amellyel akkor, napokon át foglalkozva vele, kifestettem, és az életismerésembe elhelyeztem egy királyi sors, fejedelmi öröm és

---

[42] A jövendőmet! (német)

külön való, királyi nyomorúság képét? És annak a „nem nagyon érdemes"-nek fanyar és kiábrándultan odavetett biztosságát vajon már az akkori izgalmas pár hét tapasztalása érlelte olyan készre az én fiatal, még nemrég gyermekies és mindentől dédelgetett lényemben? Vagy a magam jövője kísértett? Amióta öreg vagyok, tudom már, hogy a legrosszabb dolog sem olyan rossz, hogy óvni és ijeszteni érdemes volna vele magunkat vagy egymást.

Egy percig még kábultan álltam a főherceg után nézve. Elhaladt a csoporttal, búzakék atillája feltűnt még távolodva, mint egy színes folt, és látni véltem a két nagy aranysas ragyogását. A püspökhöz s az ezredeshez intézett valami kérdést; az udvarmester a selyemrojtos jótékonysági perselyért nyúlt felém, és belegyűrte a nagy papírpénzt. Bankó cigány egy intésre rázendítette még egyszer a királyfi nótáját: *„Éjszaka font, nappal mosott..."* Már a túlsó, udvari kijáratnál volt, ahol a kocsik vártak rájuk, a vállrojtja megcsillant még, de beleveszett a szemem káprázatába, ő ment soha meg nem jövendölt, ismeretlen sorsa elébe...

Egyszerre körülözönlött engem a sok ember. Kíváncsiság, irigység és csudálkozás sistergett körültem percekig; és én mosolyogva élveztem, már megint a régi, tapasztalatlan és elkábított fiatalasszony fejével. Csak a grófék távoztak az udvarral, a többi meghívott, vacsorai vendég itt maradt most, és körülvettek, tízen is vártak a jóslásomra. Beszéltem, most már mindjobban beletanulva a szibillai stílus talányszerű zagyvaságába. A megyés püspök is kezembe tette a kezét. Hihetetlen nagy felmagasztalásról beszéltem neki; itt a földön valóról még - bíboroskalapról, nagy palotákról -, s a hívői és leányi kedvezés ürügyén picit szorosabban melengettem a két tenyeremben a nagy, kövér, fehér ujjakat. „Nekem úgyis mindegy ez a vén pap, gondoltam egyszerű józansággal, holnap elmegy, tán többet se látom, de szegény kis öcsémnek hasznára lehet!"

Bankó cigányprímásnak, régi, néma hódolómnak is jósoltam végre tenyeréből - cigányosan. Némán és kifogástalan, úri tartózkodó mozdulattal nyújtotta elém a kezét; finomabb meghajlással köszönte meg, mint akárki itt az urak közül. A helyi újság szerkesztője jött, és lelkendezve faggatott, mit jósoltam a trónörökösnek? Valami egészen mást mondtam - hadi dicsőségről és boldog családról való hétköznapiságot -, tegye be az újságba. Az uram is a közelemben maradt már, talán fáradtnak látott, féltette az egészségem, vagy egyéb tette idegessé; egyre jobban és szokatlanul sürgette a hazamenést. Hajnalodott már, s a maskarában nem is akartam táncba menni; a kocsiba ültetett. Mint egy színes káprázat, olyan tarka és eleven bennem még ma is ez a régi, ünnepi éjszaka.

Aztán elmúlt. Fanyar és álmos nap jött utána, mint rendesen.

Három napon át aztán még ki-kivonultam az esti sétára a Várkert alá; mindannyiszor vadonatúj, szép ruhában a többi új ruhás, szép ruhás asszony közé; s a vadászatról megtérő kocsik végigrobogtak még három estén a fényben úszó városon, a kivilágított diadalkapu alatt.

De már semmi sem történt! Mozgalmas és teli volt pedig a város, a vidékiek nagy része idebenn maradt a hét végére kitűzött tisztújítás napjára; és sok meg nem szokott arcból fürkésztem akkor utcákon és tereken titkolt izgatottsággal az irántam, irántunk való indulatot. És valami előre nem várt, égető, ideges bizonytalanság fészkelt meg bennem, és már csudáltam önmagamat, hogy idáig olyan nyugodtan és hittel tudtam várni a sorsom fordulását. Nem tudtam volna magamnak sem beszámolni, hogy miért; de egyszerre borzasztóan fontosnak, mindenen keresztül, életre-halálra elhatározónak kezdtem érezni azt, hogy az uram alispán legyen a hét végén. Már nemcsak játszós asszonyambícióból akartam, hanem nagyon komoly és ijedt felelősségből is az uramért. Én lovaltam bele - gondoltam -, most már exponálta magát, most már lehetetlen, hogy ne sikerüljön.

Horváth Dénes szimatolt, és hordott nekem híreket a közhangulatról. A magas vendégek elutaztak, már ki sem mentem a vonathoz a búcsúztatáskor, és a város is másnapra mintha feledte volna őket. Most már minden figyelem az új szenzációé volt, a választásé. A grófok most visszahúzódtak; pihenték a vendégies fáradságot és a nagy költekezést is tán; úgy hírlett, hogy elutaznak hamarosan. Jolsvayt a kastélyba kérették egyszer, talán tájékozódni az ügyekről, de senki sem tudott felőle, hogy mit tárgyaltak.

- Tabódy Endre is bennmaradt, ugye? - kérdeztem egyszer váratlanul Horváthot.

- Dehogy! Az még nincs benn a bizottságban. Hisz csak most került ide, két hónapja. A többi Szinyér mellékiek itt vannak.

- Elég baj az!

Félénk és elfogódott voltam már, és nem mertem nyíltan elővenni Horváthot, hogy mondja meg őszintén a véleményét: biztosak lehetünk-e? Már két nap hiányzott csak. A benn rostokoló vidékiek nagy lumpolásokat rendeztek; korteskedtek bizonyosan. Nálunk ebéden volt majd mindennap egy-két rokon vagy vidéki ismerős, este magukkal vitték Jenőt, alig beszélhettünk egymással. Ábris bátyám nem volt benn „királyfilátni", őt csak a választás reggelére vártuk. Az utcára sem volt kedvem már kilépni odáig.

Aznap reggel kilenc tájban nagy zenebonával jöttek az emberek Jenőért. Hűvös reggel volt, szilvóriumot ittak, meg pogácsáztak hirtelen az ebédlőben; felhangoltak voltak, nagykedvűek és bizakodók; egyszerre lelket, vidámságot öntöttek belém is. „Mindjárt hozzuk a tekintetes alispány urat!" - kiáltott vissza Galgóczy a kapuból, mikor elindultak.

Gonddal, kedvvel öltöztem megint a szép, szürke selyem otthoni ruhámba.

- Hírt hozott-e? - szaladtam Horváth elé, pedig még alig telt el egy félóra.

- Még csak magát jöttem megnézni; hogy van? Most megyek, megpróbálok felszaladni a karzatra. Szólt Jenő a hajdúnak? Tán be is nézhetek, hírt hozok, amint lehet.

Egy órába is betelt, míg visszajött,

- Mi van? Hamar!

- Még semmi! De hát ne legyen ilyen ideges! Nem élet-halál ügy ez!

- Mit tud?

- Úgy látszik, Jolsvay mégis kénytelen volt Széchyt is kandidálni. Mindamellett, azt hiszem, csinos szótöbbségünk lesz. Egy dologról mégis megfelejtkezett Jenő: a városbeli virilisekről; mint a gazdag Korporák kékfestő, Korbuj, az oláh pap doktor fia, Hankó, a rőfös. Pedig vannak egynéhányan, és mind berukkoltak. Széchy maga nem is ment fel, de a pártja nagyon handabandázik. De azért nincs baj, Jolsvay már betétette az ajtókat; lehet, hogy azóta már ki is kiáltották Jenőt.

- Menjen hát, tudjon biztosat az istenért! Kérem!

- Ó, hát nyugodjék meg! És ha jó újságot hozok, jobban fog bánni velem?

- Hát nem bánok jól? - kérdeztem hirtelen a kezébe téve a kezem. Forró és remegő lehetett ebben a percben - de más, új - asszonyos felindultság is reszketett tán ebben a mozdulatban. Akármilyen lassan és észrevétlen, de mégiscsak haladt és kifejlődött valahová ehhez az emberhez való érzésem, akit az utolsó fél esztendőben csaknem mindennap láttam, és a közelemben éreztem béketűrő, lágy és hódoló szerelmét. Bizonyos, hogy értéknek kezdtem érezni az utolsó hetek alatt. És hát *idegen* férfi volt és kellemes külsejű, minden társaságban elfogadott és kedvelt, és annyira kitüntetett engem.

- De igen, igen, nagyon jó maga hozzám, Magda! - mondta sokszor és hevesen csókolva kezet. - És én hálás vagyok már azért is, hogy maga van, hogy létezik. Igen, most megyek. Hozom a hírt.

Egy kicsit bizonytalanabbul jött felém újra fél tizenegy tájban; a homloka verejtékes volt a sietségtől. Pedig nem volt messze a megyeháza.

- Közfelkiáltás volt, azt hiszem, Jenő javára, bár ezt bajos így megítélni csakugyan! Jolsvay már csakugyan kihirdette, de Széchyék név szerinti szavazást kértek hirtelen. Előre készen tartották rá az ívet az aláírásokkal. Sietek vissza, hogy végre biztosat mondhassak. Csak ezt jöttem megmondani, és hogy megnyugtassam.

- Nem, Horváth; kérem ne menjen vissza már!

- Miért? Hogy...

- Maradjon velem, nem tudok egyedül lenni. Nagyon kimerült vagyok!

- Ó, kedves, szegény, kedves, szépséges kis boszorkaasszony! Kedves, jó asszony!

- Csitt, ne, ne beszéljen most!

Mellém ült, egészen közel a fotelra, kezébe vette a kezem, és némán, szorosan tartotta nagyon soká. Amíg csak vissza nem jöttek. A szívverésem lecsendesült, kellemes, álmos zsibbadás borult fölém így, mozdulatlanul ülve maradtam, és csaknem elfeledtem minden aggodalmat és kívülről származó, idegen okú szorongást.

Pont délben jöttek vissza. Hiripy bácsi, Jenő és Telekdy mostohám; kidőlve az izgatottságtól és néma levertséggel. Mint valami álomból ocsúdtam fel láttukra. A bukás, hát ilyen az? És éles fájással nyilalt belém a sajnálat. „Szegény, szegény jó uram!"

Már csak zavarosan emlékszem, mint az álomra, hogy mi volt azután... Asztalnál ültünk, valami nagyon egyszerű, sikertelen ebéd készült, arra gondoltam éppen; hiszen úgy volt, hogy Jenő ma közösen ebédel a diadalmas pártjával. Hiripy bácsi felhorkant, dühösen emlegetve persze „igazságtalanság"-ot; Péter kesernyésen filozofált, de éppúgy, mint bármikor azelőtt, és ez az egykedvűség felháborított szinte. Horváth szótlanul ült, és én nem néztem felé. A kis Pityu játszott, zörömbölt a kanállal; rászóltam szigorúan. „Ne bántsd, hadd játsszék szegény!" - mondta az apja csendesen. Még mindig felindultnak látszott, de az előbbi pirosság most mind leszaladt az arcáról, homlokáról; nagyon halvány volt, és gyorsan, reszketegen kanalazta fel a levesét. „Éhes is lehetett reggel óta!" - gondoltam, és örültem, hogy jól eszik. Mikor elszedték a tányért, felállt, hogy egy percre az irodába kell benéznie.

Intettem, hogy várjanak a hússal. Hallgatva ült a társaság; kinéztem az udvari ablakon, és láttam az őszi, kusza kertet, a vedlett udvart, dércsípte virágszőnyegével, olyan szomorú volt. Hűvös nap volt, és a szobaleány egy lapát parázsszenet hozott be éppen, hogy a kályhába tegye. Mikor az előszobába ért vele, láttam, hogy a nyitott ajtóban összerezzen, és földre ejti mind. Ő tisztábban hallotta a lövés zaját.

Mind felugráltak... Az ajtóban én összeestem... Nem tudok a többiről.

Akkor... ott mindennek, mindennek vége lett.

15

Igen, igen, ha most végig akarok menni emlékezésben az életemen, nem szabad megállanom itt; elkerülni, kihagyni annak a napnak iszonyatát, és egynéhány, mindössze egynéhány hétnek, ami rákövetkezett, minden rám szakadt robajos, rettenetes csapását, a nagy változást, a nagy összeomlást, ami úgy, mint a zúzómalom kereke, szétőrölte, elmorzsolta az egész odáigvaló énemet, a sorsom, az életem, mindent... és azt mondani: ez új fejezet, új élettörténet, mert benne másvalaki, elváltozott, kicserélt lélek állapota, újon kezdődött élet sora íródik, és nem tudom, nem tudom, hogyan mehetett végbe énvelem, énbennem mindez.

Pedig így van! Nem tudom. Akkor összecsapott felettem az élet, roncsokba darabolt, összenyomorított, tövemről szakított, világban való helyemből kimozdított, messze dobott, kihúzta talpam alól a földet, fejem felől a fedelet; és soha én többet, semmi erőlködéssel azt a volt magamat meg nem találtam; régi, igazi öntudatomba magam vissza nem élhettem. Ami azelőtt voltam, az megszűnt, kimúlt; de egészen újjá, mássá, más levegőt lélegző, megváltozott világomba is sokat érőn elhelyezkedni tudó (amilyenné talán válhattam volna akkor) sohasem volt erőm lenni többet. Igen, ez, ez az erőlködés, a sok erre pazarolt erő és szenvedés és az a kegyetlen félbetörtség magyarázhatja meg leginkább az én további, azutáni sorsomat, az egész hosszú, hosszú, nehéz életet. Most már egyre megy, tudom; most már végig szerencsés, egységes élet után sem lehetnék egyéb, mint ami vagyok: csendes, közömbös öregasszony; sőt tán akkor meg sem tudnék ebben így nyugodni, békével viselni ezt a nagy egyedülmaradást a halál előtt.

Most már nem érzem friss fájásnak a régi kínszenvedéseket, és a jelenben a legtöbbet tán egy csésze jó kis meleg, szagos kávé adhat nekem. Csak az merjen ítélve és kutatva végigemlékezni a múltján, aki már úgy teheti, mintha kívülálló második személyről volna szó. Igen, szembe kell tudnunk nézni a volttal legalább, ha már a jelennel, jövővel nem tudunk mindig. Huszonhét esztendős voltam, amikor az első rettenetes csapás ért, és az visszájára fordította az egész életemet.

Hát nem tudok, nem tudok még most sem rettenet nélkül, felindulás nélkül gondolni arra a feketés, véres, pici halálsebre az ő átlőtt halántékán... És ami ezután következett: a temetési énekszó, halottszag, koszorúk, harangzúgás fullasztó és kegyetlen özöne, ájult zokogás, és mindenen valami tompa félkábulat, amilyent a hirtelen fejbe ütött érezhet.

Mint az alvajáró, úgy engedtem magam karon vezetni, vigasztalni, biztatni, amíg könnyezéstől gyulladt szemeim homályos és valószínűtlen árnyjátéknak látták a sűrű özvegyfátyolon keresztül az emberek döbbent sürgölődését körültem.

Egy hét is elmúlhatott, amikor egy nap azt mondta az anyám: „Most már össze kellene szedni magad egy kicsit, és gondolni a jövendőre!"

A jövendőre... én!

Akkor, anyámnak ebből a szavából éreztem ki legelőször élesen, didergetőn az én nagy magamrahagyatottságom. Gondolkozzam a sorsomról és a gyermekeméről, ezt mondják nekem, akik jól tudják, hogy mindent elvesztettem, önmagamat is: azt a becézett, mindennel ellátott és eddigi helyzetében olyan jól megfelelt valakit, akiről huszonhét esztendős koráig mindig másvalaki gondoskodott. De hát tudnak-e ennél a habozó, felelőtlen, elhárító tanácsnál egyebet adni nekem, akarnak-e értem tenni valamit, segíteni rajtam? A család, ez a híres, együtt érző, összetartó fundáció akkor, az én szerencsétlenségemben látszott meg legelőször, hogy milyen szétzüllött, gyenge és közömbös kapocs ez már. Ott voltam magamra hagyatottan, tehetetlenül és összetörve, és szinte nem hittem a sorsomnak, szinte vártam még mindig valami csodás felébredésre; hogy rossz álom volt csak az egész, semmi sem történt.

Anyámnál laktam akkor a Cifrasoron, ideiglenesen, mert beteges borzalommal féltem a régi otthonomtól, ahol a szegény halottam vére csöppent a padlóra. Valami homályos önvád is súlyosodott rám, névtelen, de néha álmomból is felriasztó. Nem a bensőmben ébredt, idegenek pillantásaiból, mögöttem összesúgásaiból támadt rám, és én megriadva mentekeztem önmagam előtt. Hogy én lettem volna az oka?... Nem, nem, ez nincs így, ma már biztosan tudom ezt. Ő, szegény, aki oly régen pihen már, tán akkor lépett sorsa útjára, mikor engem feleségül választott, de azért választott és kívánt engem, mert olyan voltam; más, mint a családjabeliek, a józan, mértékletes polgárok elfogult és korlátolt leányai. Engem akart, mert a sorsát akarta: és csak egy szörnyű véletlenen múlt, hogy nem úgy ütött ki, ahogy vártuk és akartuk. Nem, azok a suttogva és gonosz fejbólogatással emlegetett „hiányok" nem is voltak akkorák, hogy az életét rommá tehették volna. Az öcséim pénzében volt rendetlenség, az igaz, és az uradalom parcellázott telkei árával nem tudott volna elszámolni hamarosan; de istenem, egy szót kellett volna szólnia a grófnak, vagy kérni Ábris bátyámtól, vagy Hiripyéktől kölcsön, vagy akármit. De nem volt ereje hozzá, kényelmetlen és nehéz lett volna ilyet bevallani őneki, akit oly pontosnak és tisztakezűnek híresztelt mindenki. Nem volt benne annyi életvágy, hogy ezen túltegye magát, és újra elölről kezdje a lassú emelkedést az emberek szemében. Pedig szegény Sándorka öcsém úgysem lett volna nagykorúsítható akkor, lelkibetegen. Csaba meg milyen könnyed, úrfi egyszerűséggel, szóváltással, magyarázkodás nélkül mondott le arról, ami még az ő részéről is hiány volt. Igen, ezeknek a zavaroknak borzasztó lehetett a gondolata; de kivághatta volna magát! Hanem akkor agyonizgatták a választási dolgok, a kétség, várás, aztán a bukás, mégiscsak váratlanul; és az ilyet pillanat idegrohama dönti el. Ha én akkor, az utolsó ebéden egyedül lehetek vele, ha kibeszélheti magát, ha együtt kesergünk, és mindent megvallhat nekem... borzasztó elgondolni, hogy micsoda apró véletleneken múlik az ember élete!

Különös volt, és egy-egy percre magamat is megdöbbentett, hogy én éppen Horváth Dénessel beszéltem legtöbbet erről; őt faggattam, tőle vártam megnyugtatást, enyhítő bizonykodást. - Ugye, nem igaz, lehetetlen? Hát én kergettem bele? Hát csakugyan ilyen nyomorult, ilyen szörnyeteg vagyok én? Legjobb volna utánamenni nekem is!

Gyöngéd buzgólkodással magyarázgatott, beszélt nekem ilyenkor, az ő sajátságos fatalizmusával, aminek valami egyszerű, gyermeki derű volt a mélyén. Különös kíméletet éreztem abban, hogy soha, heteken át még véletlenül sem fogta meg a kezem beszéd közben úgy, mint azon a végzetes napon, mikor órákig pihent meghitten az ő kezében.

Pedig naponta meglátogatott. Nem ült sokáig anyáméknál, hanem előhozta a kalapom, felsőm, és sétálni vitt. A temetőbe jártunk szinte naponta együtt, zúzmarás vagy ködös, nedves hidegű alkonyatokon, borongós, korai délután. Együtt, egymás mellett álltunk meg fejtől a sír mellett, és hallgatag áhítattal engedtük át magunkat a fájdalomnak. Szinte akartuk, szinte segítettük felindítni a lelkünkben a bánat áradó részét, ami lefoglalt, igazolt, összekötött, de egyúttal jótékonyan el is választott és tiltott minket egymástól. Mintha valami igazolás lett volna mindkettőnknek ez, mentekezés a halottal szemben, mikor így, igaz lélekkel, önvád nélkül tudtunk szembeszállni vele, kiről kegyeletes hitbe ringattuk magunkat, hogy valahol él, és tud felőlünk, hogy tisztult szemekkel lát, és ért mindent. Mi nem vétkeztünk soha őellene! És fájó meghatottsággal olyan nagyra becsültem, olyan szép, nemes gyöngédségnek éreztem Horváth tartózkodását, hogy az óta a szerencsétlen reggel óta soha nem próbálta úgy, mint akkor először, kezébe fogni a kezem. Pedig az egész lényén, minden szaván aggodalmas és odaadó szerelem látszott.

- Ugye, ugye - könyörögtem hazamenet a csendes kis parasztutcák alkonyi homályában -, mondja meg igazán, őszintén nekem, tudni akarom, mit gondol erről! Igaz-e, hogy én is... hogy én voltam részben az oka! Hogy fényűző voltam, vagy... nem tudom, nem tudom. Mondjon valamit, az istenért!

Csukló, elgyötört zokogás fullasztotta el a szavam. És ő a legbensőbb részvét hangján szólt hozzám, vigasztalt, szinte becézett. Szelíd megadással emlegette az elkerülhetetlen sorsot, a megboldogult külön végzetét, eszményei és eszközei aránytalanságát; hogy különb volt itt a környezeténél, és többre termett, de nem volt elég az energiája sem a kiszakadásra, sem a felülkerekedésre. Ezeket mondta, mindig a tiszteletteljes kívülálló tartózkodásával és végtelen kímélettel irántam az igénytelen, szinte válogatottan egyszerű szavaiban.

Ő az én egyetlen igaz, hűséges emberem! - gondoltam akkor megindultan, valami enyhülést érezve, s az egész lelkemmel a heves hálát és bizalmat. - Milyen jó, hogy egy ilyen emberem van legalább! És ettől is meg akar fosztani a nyomorult, aljas, rossz szájú világ!

Mert a világ - és még most is az uradalmi tisztek feleségeit jelentette számomra leginkább ez a gyűlölködve kiejtett szó -, a világ már kezdte éreztetni jelenlétét a mi szent viszonyunkban. Ahogy így a nagypiacot megkerülve csendes léptekkel mentünk közel, egymás mellett az este párás sötétjében, kínosan ellenséges indulattal néztem át a gyepes tér ködén a kivilágított, egyenletes, nagy ablakok sora felé, ahol a Várkert végződött sötét, nagy fenyőfák komor csapatával, és a régi víztorony meredt, ormótlan kőkúpja nyúlt fel a homályos égre. Ott laknak, onnét terpeszkednek el közönséges, rideg és korlátolt életformáik egyre nagyobb befolyásával ezen a nyomorult városon. És engem figyelnek onnét most, a múltamat fürkészik, a lépteimet lesik előre ítélő rosszakarattal. „Alig földelték el a szegény urát, a nagyravágyás áldozatát, és már az udvarlójával sétálgat világ csúfjára!" Szinte hallottam a gonosz, kegyetlen megjegyzéseiket, és ijedt haraggal, elkeseredetten, gyűlölve gondoltam rájuk; de már nem azzal a megvető semmibevevéssel, mint hajdan. Hajdan... három-négy héttel ezelőtt. Úristen! Én voltam-e az, aki a kora ősz napos reggelein és enyhe estéin tarka ruhában, kiöltözve, büszkén, ideges, nagy életkedvemmel, szépségem asszonyos kacajával hivalkodón járkáltam itt a nyüzsgő ünnepi tömeg között. Hova lett egyszerre akkori világom, a régi társas kör, a régi érdeklődések és kapcsok? Pár kurta részvétsor, egy-egy köteles látogatás, mely szinte búcsúszámba ment, és máris távolodott, mennyire eltávolodott szinte napok alatt tőlem az egész múltam! És ma nem bírok a régi, kicsinylő nembánomsággal gondolni az ellenségeim ítéletére; izgat, ijeszt, keserít, mintha már köze volna hozzám mindenkinek, mintha már mindenki ártalmamra lehetne, szegény, másokra szorult özvegynek, volt perc, amikor vágytam volna gyáván kiengesztelni őket. Hisz az apósom náluk volt megszállva, mikor a temetésen itt járt, és végigkísérte az egyetlen fia koporsóját komor, zárkózott fájdalomban, tüntetően elhúzódva tőlem és a családomtól, ki tudja, miket beszéltek neki rólam, micsoda aljas hazugságokat! Pedig az ő véleménye most már nem kell hogy fontos legyen nekem; mert az árva kisfiam gazdag nagyapja ő. Kegyetlen isten! Mennyi mindent összehalmozott akkor az én próbálatlan, szegény fejem felett.

- Legjobb volna nekem is utánamenni! - mondogattam csendes, csökönyös kétségbeeséssel, és Horváth, kifogyva a biztatásból,

105

elnémult, tehetetlen, nehéz fájdalommal csókolt kezet búcsúzóra az anyámék lakása előtt.

A konyha világos ablaka nyitva volt, amikor elmentem előtte, végig a tornácon; a kisfiam rosszalkodó, síró panaszhangját hallottam ki, és belestem egy pillanatra. A nagy parasztszolgáló mogorva képpel a tűzhelynek fordulva állt, és valami húsfélét szedett ki a sercegő lábasból. Pityu mögötte ült a konyhalócán, és a falilámpás rávilágított könnyektől maszatos halovány kis arcára. „Majd megmondom én magát az én anyukámnak!" - sírdogálta egyhangú, csüggeteg gyerekdaccal, és olyan borzasztóan szomorú volt. „Sokat is adok én a maga anyukájára! Nem parancsol az nekem!" - röhögte durván a cseléd, és a gyermek megzavart, kínlódó arcocskával értetlenül bámult rá. Ó, szegény, szegény kis árva! Egy héttel ezelőtt még a bonne ügyelt rá, kísérgette, megtörülte az orrocskáját, és játékkal szórakoztatta. Most magára van az idegen házban, és el kell hallgatnia, ha kisebbítik előtte az anyját.

- Gyere be, kisfiam, drágám, itthon vagyok! - mondtam szokatlanul kiáradó szeretettel, és sírva csókoltam össze, bevittem, megmosdattam, imádkoztattam a kis ágyban, és mellette maradtam, amíg elaludt. Még nem is olyan régen az apjával ültünk így mellette! - gondoltam, elnézegetve az alvó vékonyka arcot. Mennyire szerette, hogy tudta becézni, gyönyörködni benne! Hogy volt lelke így itt hagyni mégis? Milyen sorsra juttatta őt és engem? Mit tegyek vele és mit magammal? Legjobb volna meghalni együtt mind a kettőnknek.

De enyhítő könnyekbe fakadt zokogásba oszlott ez a rémséges eszme. Nagy fájdalommal, sírva gondoltam el, hogy mostanában én is búcsúzom, tán jó időnyire a gyermektől; a nagyanyja, akit a temetéskor nagybeteggé tett a lelki rázkódás, mostanában jön el ide a fia sírjához, és hogy elvigye magukhoz a kicsit, amíg - ahogy írta - az én életem valahogy el nem igazodik. Nem tehetek mást, mint hogy odaadjam, és ő, szegény asszony jó, gyöngéd lelkű és kedves, és nagyon szereti ezt a kis ártatlant. De az öregember vajon valami megbánás, lelki vád készteti-e erre a gondoskodásra, vagy csak a megvetés és gyűlölség irántam, hogy nem tart méltónak rá, hogy a gyermeket rám bízhassa... És most mégis, ha így van is, oda kell adnom. Mit tehetnék mást?

Kisírt szemmel ültem a vacsoránál, és anyám meg a férje néma idegenséggel, hallgatva ültek velem szemben egy ideig. A helyzetem már megtanított a riadozó gyanakvásra, már kiéreztem, hogy rólam tárgyaltak ma együtt, amíg odajártam, és hogy megegyeztek valamiben ellenem.

- Hja, nehéz az élet manapság, napról napra nehezebb! - kezdte végre Péter valami újságcikk silány és keresett alkalomszerűségével, abbahagyva az olvasást. - Ma már mindenkinek a maga erejével kell megkapaszkodnia az életen, s a mai viszonyok nem tűrhetnek prozelitákat,[43] sem férfit, sem nőt. Ma már mindenkinek éppen elég a maga terhe.

Mama határozatlan arccal, hallgatva eszegetett egy almát a tavalyi, telegdi kert terméséből. És én hidegedő érzéssel bizonyosodtam meg, hogy ezek itt most egyezségben vannak ellenem. Péter pedig folytatta egyre általánosabban, mindinkább eltérve - mint szokása - a kézenfekvő esettől és valami gyakorlati megoldás gondolatától.

- A fejlődő társadalmi rend asszonyideálja nem is lesz már a régi, becézett és kitartott bábu, akit a férje térdén ringat, és örökös kiskorúságban hagy. Független, erős, küzdésre képes asszonyok kora következik, akik erősen meg tudnak állni a bajban is, felelősek önmagukért és azokért, akiket a természet rájuk bízott mint anyákra. Régen, amikor minden bőven megtermett a ház körül, és az egyszerűbb háztartás több női munkaerőt kívánt: elmaradhatott, holtig ott lézenghetett egy-egy családban valami férjetlen vagy elözvegyült női rokon. De most vége annak már. Ma mindenki maga ura, de maga lábán is kénytelen járni. Én nem ítélek el egy független, férjetlen nőt sem, hogyha kedvére éli világát akárkivel; ha bizonyos dekórumot megtart, és ha különben el tudja igazítani az életét, és nem szorul senkire. De tétlenül élni, ez a legnagyobb erkölcstelenség! Sőt azt hiszem, kifejlődőben van máris egy egészen új asszonytípus, olyan nők nagy tömege, akiket hidegen hagynak a szerelem hóbortjai és gyengeségei, és felmentik magukat a gyermekszülés és -gondozás nehézségeitől, hogy egészen az emberiség közösségének szenteljék erejüket: mint a méhköpű fölös számú, de elkorcsosult természetű, kifejlődetlen nőstényei, a dolgozók. Kell is, hogy ez legyen a fejlődés útja, mert egyre több nő születik és mind kevesebb férfi...

- De el tudod csűrni-csavarni, hallod-e; hadd el már! - vetette közbe anyám, kedvetlenül elfordulva, és a pohárszékhez ment. Én vérig sértve, szárazon és kurtán kívántam nekik jó éjszakát.

Ó, félnek, attól félnek, hogy a nyakukon maradok, háborgott és

---

[43] új hitű, áttért (görög - latin)

lázadozott bennem a sértett emberi önérzet, és új keserű könnyeket sajtolt, amikor magamra maradtam. Nem, nem kell félnie a mostohámnak, nem eszem soká a felpanaszolt kenyerét! De hát itt, a tulajdon anyám otthonában mégiscsak kell, hogy helyem legyen most! Mit akarnak, hová menjek, mihez fogjak, miért nem mondanak valami okosat, kézzelfoghatót? Ez a hóbortos itt, aki elgazdálkodta az anyám vagyonát, csak üres szentenciákat papol, mint rendesen; amiket legutóbb olvasott valami könyvben, és mindenáron kikívánkozik belőle. Hiszen rá sem értem gondolkozni még. Nem is ismerem az életnek ezt az oldalát - a pénz értékét -, hogy mennyiből lehet megélni és milyen módon megszerezni. Minálunk olyan kevés szó volt ilyenről, és az én házam mindig nyitva volt hónapokra, fél esztendőkre a felnőtt öcséimnek például, felszámolatlanul, észre sem véve, soha nem gondolva rá, hogy amit megesznek, az is érték: pénz. Új, csupa új dolog volt ez nekem, és rettentőn igaztalannak, ocsmánynak, nem úrinak tetszett... Hát mindenki ilyen gaz és közönséges, ha törésre kerül?... Nem lehet; kell lenni igaz gyöngédségnek, áldozatkész szeretetnek még, amilyen a szegény jó uramé volt. De hol? Horváth Dénes?... De hiszen ő is csak szavakkal!... Nem, ez csúnya, rossz gondolat! - Ő idegen, csak jó barát, aki tartózkodó tiszteletből nem is merhet ilyen részletkérdésekbe bocsátkozni. De milyen jó hozzám, mennyire velem érez, és aggódik értem, hogy szeret. Most már az egész világon csak ez az egy szeret engem igazán; más mindenki elfordult. Akkor emlékembe hoztam a szavait, vagy csak a hangja aggódó, meleg rezgését, és olyan jólesett ez, hogy enyhült álmodozásokba ringatott, szinte fölemelt. Van valaki mégis, akinek ilyen nyomorultan is nagyon fontos és becses vagyok én.

Másnap meglátogatott Melanie, a főispánné. Elküldte a kocsiját, és azt mondta, nem tízperces formavizitre jött, hanem igaz szeretet hozta, és rokonilag érdeklődik irántam. Szóval kedves, lebilincselő és kitanulhatatlan volt, mint rendesen.

- Kedves Magdám, nem veszed-e rossz néven a szinte tolakodó kérdéseimet; de érdekel és aggaszt a jövőd. Mi a terved? Lehetnék-e segítségedre? Van-e általában valami kis biztos anyagi, amire egyelőre támaszkodhass?

Éreztem, hogy kínosan elpirulok, mert tudtam, hogy ismernie kell a hiányzó uradalmi pénzek és egyéb rendetlenségek történetét; a zavaros dolgokat, amiknek úgy-ahogy rendezése fölemésztette az iroda minden folyó bevételét. Sértett a beavatkozása, de a gyors és merész kérdések zavarba hoztak, hogy kényszerítve feleltem.

- Azt hiszem, mindössze valami régebbi életbiztosításból térül valami; tán négyezer forint. Egyéb semmi.

- Hm! Hát ez, kedvesem, nem éppen sok bizony, bár több a semminél. Azonkívül nyolc szobára való bútorod van, ugye?

- No igen, de azt...

- Te nem lakhatnád természetesen! De a házbér, úgy tudom, fél évre kifizetve, és a bérleted tízesztendős. Még öt van hátra. Igen?... Magda, én most egészen rokonmód beszélek, azt mondom, amit én magam tennék a te helyedben. Mi volna, ha például megpróbálnád a kész, bebútorozott szobáidat kiadni, mondjuk nőtlen hivatalnokoknak a pénzügyről, törvényszékről, vasúttól, aztán két-három kosztos diákot venni. Te ott lakhatnál a két udvari szobában. A betanított cselédséged, jó szakácsnéd megtarthatnád.

Ámuló idegenkedéssel, némán néztem rá. A meglepetéstől nem voltam képes végigkísérni gondolatban, lehetőségben, amit mondott. Fürkészve nézett az arcomba.

- Vagy nézd - mondta hirtelen elgondolkozva -, ha ehhez nincs kedved, még sokkal ügyesebb dolgot is csinálhatnál. De nem értesz félre, ha elmondom, mit gondolok? Tebenned annyi kézügyesség van, Magdusom, ha te valami olyanra adnád magad, teszem egy szép, előkelő kalapdíszítő szalon vagy olyasmi, mint a nagyvárosokban van. Felmennél kicsit Pestre tanulni, aztán ha ragaszkodol ehhez a városhoz, mi asszonyok, hidd el, mind a kezedre járnánk, ahogy tőlünk telik. Nem bolt; nem, a saját lakásodon volna egy szoba erre a célra, eljárnánk hozzád, mint eddig, egy-egy teára, és közben trécselve, a tanácsodra hallgatva választanók meg a kalapjainkat, amiket most Pestről, Bécsből hoztunk árjegyzék után, találomra. De... én most nem tudom, Magdám, nem érint-e téged rosszul mindez? Ó, igen megneheztelté rám!

- Dehogy, dehogyis... Végtelen kedves vagy, mint rendesen. Nem is érdemlem...

- Igen, igazad van, túl korai még most ez. Hisz fel sem ocsúdtál még a nagy fájdalomból. Bocsáss meg nekem, és semmire ne gondolj egyelőre. Csak az egészséged, ez a fontos. Hogy vagy? A kicsi fiad jól van-e?

Elrejtve csudálkozását vagy bosszúságát, gyorsan, ügyesen terelte át egyéb, sokféle tárgyra a szót, nyájaskodott, biztosított a szeretetéről, az ő utolérhetetlen kedves, de mégis érthetetlenül ideges, fensőbbséges módján, és félóra múlva kocsiba ült megint, ragyogó szőkén, szépen, finoman és okosan ment tovább az útján, és tán nem is gondolt többé velem. Az ő jókodó, fölényes természetének eleget tett, jó tanácsokat adott nekem.

- Borzasztó, borzasztó ez! - tört ki belőlem aznap este, mikor a Horváth Dénes oldalán a temetőkert lombtalan fái közt haladtunk. - Én nem bírom el az életet! Olyan átmenet nélküli, olyan kegyetlen! Hogy én most kosztadóné vagy kalaposasszony legyek itt, azt akarják. Hát lehetséges ez, mondja? Ilyen hirtelen, így, ugyanabban a lakásban! Inkább elbujdosni akárhová, hogy sohase lássanak!

Csendben haladtunk egy ideig a sírok közt a nyirkos, sikamlós úton. A miénknél egyszerre kitörő, heves zokogással, menedéket keresve borultam a fejfára, Horváth néma fájdalommal állt mögöttem.

- Magda - mondta hazamenet, és most megfogta a kezem, csendesen, hosszan az ajkához szorította -, higgye el nekem, hogy minden gondolatom maga; tudja, hogy mennyire szeretem, és ezt a haszontalan, semmirevaló életemet könnyen odaadnám magáért, ha egy kicsit használhatnék vele. Régen nem súlyosodott rám valami úgy, mint most a maga sorsa. Mennyit tépelődöm, ha tudná! És megtanultam most elátkozni az én léha, céltalan eddigi életemet, könnyelműségem, a holnapra nem gondolásom; amiért most egy tehetetlen senki vagyok, aki nem lehet támasza annak, aki legbecsesebbje a világon. Szánjon engem, Magda, ne vessen meg ezért! Amim van, a maga szolgálatára áll, és ha egy önfeláldozó barátra van szüksége bármiben, csak inteni kell nekem. Tűrjön meg, ne űzzön el az oldala mellől, úgysem tudnék elmenni. Talán jön valami váratlan dolog, ami mindent megold; a sors néha leleményesebb mindnyájunknál. Ma csak azt tudom, hogy végtelen szeretem!

A kapu előtt voltunk, és hosszasan éreztem a kesztyűn át ajka melegét. Akkor kikapcsolta a bőrkesztyű csatját a csuklóm felett, és ott csókolta meg, aztán újra és újra. Akkor hirtelen elhúztam a kezem, és bementem.

- Mennyi frázist mondott! - szólt bennem a jeges józanság, de a csókját mégis éreztem a kezem bőrén még később, lefekvés előtt is.

Otthon váratlan levelet találtam. Az anyám pesti nővére írta a részvétet az urával együtt, és rokonias szeretettel hívott fel magukhoz a télre. Hogy szórakozzam egy kicsit, és hogy valami okosat gondolhassunk ki együtt az én dolgom felől. Utóiratban

110

hozzátette, hogy ágyneműt vigyek, és hogy a háztartáshoz a pesti viszonyokra tekintettel, járuljak hozzá havi harminc forinttal. Emlékszem, hogy epés keserűség és undor fogott el akkor ezen, holott (ma már jól értem) természetes és helyes dolog volt ez így. Akkor elkeseredve, de mégis reszketeg, félig bátortalan tűnődéssel, merésvággyal és izgatottan olvastam újra és újra, és gyűrtem a párnám alá a levelet. Valami okosat kigondolni a jövőm felől, szerencsét próbálni, vagy csak hogy vonzott az ismeretlen nagyváros, másfajta életnek látványa; vagy menekülni akartam innét, Telekdyék szívtelensége, a rágalmak vagy az emlékeim elől; vagy egy hiábavaló szerelem daca és félelme késztetett? Másnap határoztam.

Mint kusza álomjelenetek tűnnek eszembe életem képei abból az itthon töltött egy-két hétből még.

A vasúti állomás peronján állok, egy vonat indul meg, és a kisfiam kinyújtott, fehér karocskái gyámoltalan kapkodással integetnek búcsút a kocsiablakból. Az elkényszeredett kis síró mosolyát látom még és az anyósom gyászos, hirtelen megöregedett, reszketeg fejét mögötte, aztán egyedül ülök a kocsiba, megerednek a könnyeim égető-keserűen. „Csak egy időre!" - biztatgatom magam, de az érzésem azt súgja, hogy el hagytam tépni őt a szívemről.

...Majd egy szeles hideg estére gondolok, amikor elbúcsúztam a haldokló nagyanyámtól. A konyhaház régi, verandás szobájában feküdt, a feketült nagy tölgyfa gerendák alatt, és én révedező szemmel láttam újra a régi, nehéz, keresztlábú asztalt, a pohos fiókú almáriumot, az üveges szekrényt a százesztendős bálok kotillionordóival beragasztva. Elmúlt gyermekévek! Egy világ választott már el tőlük! Ott feküdt nagyon halványan már, szép, erős feje összeesve ezer pergamenszerű ránccal a fehér párnák közt, az orra körül, az állán már lila-kék árnyékai a közeli halálnak. De még búcsúzkodott, rendelkezett; felhasználva, hogy azon az estén csaknem mindnyájan odagyűltünk, körülte voltunk a családból. Átkérette az ügyvédet, ott mondta meg világosan, amit odáig István sem tudott, hogy a végrendeletében a három leánynak valami élethosszig való alapítványt rendel, kicsi pénzt, évi négyszáz forintot mindössze, hogy az a biztos és elkölthetetlen összegecske megóvja őket valamikor öregségükben a koldulástól. Milyen okos, mennyire éleslátó volt akkor is még ez a kitűnő erős asszonyember, e női pátriárka; mert több és más tudott lenni, mint „mater familias". Miért is fecsegett újfajta asszonytípusról nekem

Telekdy Péter?... Mikor mind együtt voltunk, magához intette Istvánt, lehúzta ujjáról mindnyájunk szeme láttára a gyémántos, drága gyűrűjét, és kiszedte a fülbevalóit. „Ezeket neked adom... most, hogy mindenki lássa, és szavuk se lehessen... és István fiamé a ház és a birtok; teher nélkül áll most. Ezt akarom!" És szisszenés se hallatszott, mikor a párnára visszaejtette a fejét.

Kínosan rövid búcsúlátogatásokra emlékszem még, és a Zimán Ilka fagyos, hervatag szájára, amikor megcsókoltuk egymást. Ez örült tán legjobban, hogy most elmegyek. Egy nagyon kegyetlen napot a bútoraim csomagolásával töltöttem: a mennyezetig fel egymás hátára raktunk mindent, a két kis udvari szobába, naftalinos drága szőnyegeket és a szép, aranyos, amorettes szalongarnitúrát. Az első szobákat átbérelte tőlem Melanie, valami szegény, őrült testvérbátyja számára. Szürkületkor megálltam az elhagyott udvaron, a letarolt, szomorú kert előtt; elnéztem az elgazosodott virágágyak puszta kóróit, a gyep rozsdabarnára ázott foltjait, a lombtalan fákat, amiket szegény Jenő ültetett, s a málnabokrok fekete, kusza rajzát, amik olyan erősen, édesen illatoztak e nyáron. Milyen szörnyű régen!... Akkor láttam az üres verandán végigsétálni az idegen őrültet az ápolójával.

... Végre a vasúti kocsiban ültem, és azt mondtam magamnak: „Most megválok, elszakadok minden eddigitől, most egészen magános tudok lenni és szabad!" A kocsi indult, kihajoltam, Horváth Dénes, aki kikísért, ott állt még a faoszlop mellett lehajtott fővel, tehetetlen csüggedésben. Kivettem a gyászszegélyű kendőmet, és felé lobogtattam még.

16

Gázlámpák sűrű fényessége, meredt, fekete vasgerendák töméntelen, nyúlkáló árnyékai, robogás, csengetés, mindenféle kiáltozás, nehéz füstszag a nedves levegőben, csupa zavar, csupa fény és árnyék, egymást taposók. Úgy emlékszem az első perc ijedelmére!... Valamikor a házasságom első hónapjában felvitt egyszer szegény Jenő egy hétre színházlátni, vásárolni, boltkirakatokat bámulni a szaladó, kurta, könnyű napokon; karjára fűzve a karom, hozzásimuló durcáskodó vagy kérlelő, újasszonyos csacsogással, ha valami kellett vagy megtetszett, így szaladgáltam akkor át ezt a siető, sokféle, cicomás nagyvárost; Jenő sok pénzt hozott, előkelő hotelba szállt velem, és boldogan, balek gavallérossággal, könnyen költött, mutogatott, magyarázott nekem, és öltöztetett, óvott, takargatott... Most pedig jövök magamra hagyottan, szegényen és bizonytalanul, özvegy életemmel, mindenből kihúzva magam, mindent messzi hagyva mögöttem! Mit keresek itt? Mindegy, majd, majd jön valami; fő az, hogy el bírtam jönni most!... És valami komolyat, szinte hősit és lendületest éreztem abban, hogy most meg tudtam válni. Igen, én hagytam ott; ne járhasson a világ szája! Akármi lesz is itt velem, nem akarok senki útjában lenni, senki életét megzavarni! Bizony akkor is így az otthoniak, a szinyériek ítélete volt számomra a „világ" szava, és ami egy kicsit erőt vitt belém az elhatározásra, az is csak asszonyos érzés, szerelemforma dac és elfojtottság volt. És közben úgy fájt a szívem, úgy szorongatta a torkom a sírás, milyen jólesett volna odabújni, megsimulni valakihez a nagy idegenben, hozzátartozni, karjába fűzni a karom!

A lánckorláton belül karjait lóbálva integetett felém Rácz Gida sógorom: Marika tánt, a legfiatalabb nagynéném ura. A targoncás hordár is ott állt mellette már. Átsegített, felpakoltatott, aztán karonfogott, és gyalog indultam meg a kosaraim és dobozaim után.

- Tudod, nincs messze, minek fizetnél egy forint húszat a fiákernek? Ennek elég három hatos! Hát hogy vagy, magadhoz jöttél-e már, szegény kis özvegykém?

Pedig nem volt közel; jó darabon mentünk siető emberárnyékokat taposva a vizes kövezeten. Nagy hentesbolt kirakatát láttam mindenféle kolbászokkal, ezüstpapirosban sajtokat, az egyikben töméntelen sok szivart és mellettük tarka képes újságlapot félmeztelen, csúf balerinákkal. Aztán egy zúzmarás, fiatal, néma kerten át, a bokrok közt elhagyott padok feketélltek, csinos, nyurga emberpár jött szembe, és a prémkucsmás leány sírva panaszolt valamit a fiúnak. A hordárt egy mellékutcában értük utol, és vagy kettőn átsiettünk még. Harmadik emeletre másztunk, és Gida nagy hangon, veszekedve alkudott a hordárral. Marika ajtót nyitott, és az ő hangos, hálálkodó, eleven módja, ezer kérdése, sopánkodása, öröme, sok mozdulata és még mindig kecses sürgölődése egy kicsit megint otthonos érzésekbe hozott. A mi fajtánk volt ő, bár régen elszakadt; a Zimánok asszonyainak természetes gráciája, biztossága és valami friss, humoros bájú eredetisége megvolt benne még a sok szegényes, pesties, idegen és elütő tempó megett.

Három szobájuk volt, középen az ebédlő, ahol most hideg felvágott papírvékony szeletkéi díszeskedtek a terített asztal közepén, meg kétujjnyi vajdarab és felfújt bolti fehér kenyér nagyon mérsékelt mennyiségben. Egyik felöl a hálószobájuk volt, és a két iskolás leány már aludt is odabenn; a másik keskeny oldalszobába a régi zöld ripszselyem garnitúráját rakta be Marika a zöld plüssel behúzott asztalokkal és rózsaággal stikkelt apró párnákkal; ez hát a szalon lett volna, de nekem ide hozták be a vas tábori ágyat, ami a fürdőszobában volt nappal összecsukva, azután végre kinyitották mind a két oldalszoba szárnyas ajtaját, mert csak az ebédlőben volt befűtve a cserépkályhába.

Akkor este már szembetűnt és lehangolt mindez a sok apróság, sértett, szégyenített szinte ez a garasos, összeszorított, hivatalnokos életmód. Tudtam, hogy Gida nem sokkal keres kevesebb pénzt, mint szegény uram az utolsó időben. És hogy éltünk mi abból! Mondták, hogy ezért a lakásért annyit fizetnek, mint mi az utolsó sokszobás, kertes házért a verandával s a málnabokrokkal... És csak aludni lehetne legalább! De sohase szűnnek itt az ismeretlen, alattomos neszek, a falakon minden áthallik, lentről cigánymuzsika ütődik be, és egyre megújul, lóvasút csenget, kocsi robog. Felkeltem fázva, idegesen és kíváncsian, és nagyon vigyázva feljebb húztam az ablak vasrolóját. Lenn nappali fényű, mozgalmas volt az utca kocsiútja még, de a gyalogjáró csaknem néptelen. Szemközt a nagy sarki kávéházban szólt a zene. Most megnyílt az ajtó, és a nehéz szőnyegfüggöny látszott; valami társaság szállingózott ki egy kicsit tántorogva, nők visongva kacagtak, egy nagy prémbundás férfi az ajtóban széttárta a kabátja két szárnyát, és a selymes bélésbe hirtelen beleölelt egy piros köpönyeges leányt. Visszabújtam az idegen szagú párnák közé. Hát így megy ez itt?

Egy gémberedett, szomorú, ködös nap Sándorkához vitt az első utam. Az Angyalföldre. És viszontláttam szegény kis öcsém vékony arcát, tonzúrás kicsi fejét, tébolytól riadt kék szemeit. Csak most, amíg vártam rá a rosszul fűtött, nagy, rideg fogadószobában, most először keringett meg a fejemben ez a véletlen gondolat: „Az apánk ivott már, mikor a két öcsém gyorsan, egymás után született!" És a sokszor hallott esetre gondoltam, mikor Lipi zsidó, aki valami csődtömeggel spekulált, és annak apám volt a gondnoka, egyszer illő tisztességgel beállított grószihoz, megállva az ablakfülke-trónus előtt, ahogy szokta, és a családunkkal furcsán szolidáris, becsületes aggodalommal jelentette: „Nagyasszonyom... hm... vigyázni lesz jó a tekintetes úrra! Rumosflaskák vannak az irodapolcon, az aktacsomók háta megett!"

Bevezették a nyersposztó kórházi kabátban, és az ápoló a

közelében maradt. Mellé ültem az agyvelőmig reszkető, elfojtott ijedelemmel, és próbáltam szólni hozzá. Hogy én vagyok Magda, anyánktól jöttem, hogy várjuk haza, hogy meg fog gyógyulni! Nézett merőn rám és mégis messzire, átal rajtam, mintha üvegből való volnék.

- Nem érti! - súgta az ápoló.

Akkor a kezére tettem a kezem, és simogattam gyorsan, reszketve, és nem bírtam szólni a torkomba gyülemlő sírástól.

- Magduci - kezdtem újra, és előtörtek a könnyek -, a te szegény testvéred, aki mindig szeretett téged. A te Magdád, hát nézz rám!

- Nem, nem! - mondta akkor monoton, szomorú csökönyösséggel.

- Én azt akarom, hogy Vulpaverga legyél még és én Rombertáró király!

- Igen... igen, igen! - tördeltem a kezét szorongatva.

- Csakhogy nem lehet ám, mert a föld alatt, lenn mélyen a pokol van, jajgatás és fogcsikorgatás örökké, és örök tűz... a bűnös gondolatok!... Csakhogy rajtam van a Szűzanya ruhája, a szent skapuláré a nyakamon - ládd, nekem adta, és aki ezt viseli, azt nem engedi elkárhozni. Akármilyen nagy bűnös, a végső percben, a halál óráján is érte jön, és megmenti. Csakhogy itt sokszor le akarják vetni rólam, a gonoszok, a pokol fajzatai, akik majd baloldalt állnak undok testtel. De én nem engedem; akkor bántanak, de a Szűzanyáért jó vértanúságot szenvedni! Ő összegyűjti azt mind piros rózsakoszorúba, és a mennyek kapujáig elibém jön majd vele! Te is, te is fogsz majd kapni ilyen ruhát, ha buzgón imádkozol, mindig, éjszaka is, és nem engedsz az ördögnek. Majd én is könyörgök érted!

- Igen, igen! Drága Sándorkám, kedves Rombertáró!

- Akkor - mondta hirtelen felderülő, megkönnyebbült arccal -, akkor szerethetlek téged. Testvérem vagy a Jézusban. Szeretlek, Vulpaverga!

Két kezébe fogta a kezem, görcsösen megszorította, és felfordította a tenyerem, ahol kis, kerek nyílást hagyott a kesztyű a csukló felett. Az arca tüzelt már, és a szeme villogott; hirtelen és olyan furcsán, hevesen szorította az ajkához, a fogaihoz, hogy rémült ösztönnel kaptam vissza tőle. Az arca szokatlan rémes és csúnya mosolyra vonaglott, és újra felém nyúlt, görcsösen begörbült ujjakkal a vállam, derekam felé.

- Gyorsan ki! - kiáltott az ápoló, és elébe állt. Valami rejtett gombnyomásra kétfelé nyílt az ajtó, a folyosóról egy őr jött be, és gyorsan kituszkolt. Nem értettem az egészet, de a rémület kattogott a zúgó fejemben, forgott velem a világ.

- Menthetetlen! - mondta részvéttel a főorvos az irodában. - De évekig elhúzhatja, és itt alapítványi pénzen van, így még a legjobb neki!

Marika zsörtölt velem ezért a látogatásért.

- Éppen ilyenekre van most neked szükséged, hogy halálra izgasd magad! Segíthetsz rajta? Még csak az egészséged menjen tönkre, szépen leszel akkor! Gyere csak, öltözzünk ki szépen, menjünk a Hatvani utcába, Sugár útra; micsoda kalapokat látni most, és a Gách ruhakirakata mesés! Amit nektek vidékre küldenek, az mind divatjamúlt, tavalyi vagy itthon készült; az igazi párizsi holmit csak Pesten láthatod. A gyászruha pompásan áll neked, de egy új kalapot muszáj venni! Holnapra tán keríthet Gida olcsóbb páholyjegyet a Nemzetibe. Nagy urak leszünk!

Levert és zavarodott voltam még, de Marika előrakta és megszemlélgette a ruháimat; azután ő is öltözni kezdett. Nagyot néztem, hogy milyen szépen ki tudta pimpózni magát. Ahogy számítottam, harmincnyolc éves volt akkor, egyidős Zimán Ilkával, az unokatestvérével; de sokkal fiatalabbá tudott összeszedődni. Egy kis patikai porcelántégely fenekét bekormozta égő gyufával, aztán egy ócska fogkefére dörzsölte a kormot, és kihúzta vele a szemöldökét; a púder alá gyengén vazelint kent, és a szája szélének is volt valami piros kenőcske egy tubusban. Nevetett, hogy bámultam, mikor jó, hátratartó páncélmíderbe fogta a kis lankadt formáit, s a fűző szalagjai egész térdéig lenyúltak, a harisnyába kapcsolódtak, és tömötté fogták a csípőit. Mutatós, szép szemű, harmincesztendős menyecskének látszott.

A kormos kefét, az ajkzsírt meg a vazelint én is utánapróbáltam rögtön; és Marika megfésült divatos Vecséra-kontyba.[44] Hanem ez már nem állt jól, ő maga is belátta; lebontottuk, és vissza-formáltam a magam elöl laza, repkedő, cigányos módjára. Fekete csipkekendőt borítottam rá, és a kivágott nyakhoz meg a karomra gyászos ragyogású fekete zsett[45] ékszert.

Csakugyan páholyban ültünk, bár Gidának valami bankhivatalbeli kollégája is társult az öregleány nővérével. De én elöl ültem, ékszeres, kesztyűs karommal a korlát bársonyának dűlve, és szinte gyerekes, repeső ámulattal szedtem tágra nyílt, elszokott

---

[44] bizonyára Rudolf trónörökös szeretője, Vetsera Mária hozta divatba

[45] jet: formába öntött (francia)

szemembe a nagy, idegen világ fényét, nyüzsgését. Milyen frissen láttam, milyen jól megfigyeltem mindent; a nők mosolyos, hajló mozdulatát, a felvillanó szemekhez emelt látcsövek merev szegülését, a léha érdeklődés összesúgását, és ingerlő, mohó kíváncsiság fogott meg hirtelen; belelátni, benne lenni ez összeszokott társaság életében, amely nyilván éppolyan első, szerepvivő és kiváltságos itt, az igazi nagyvilágban, mint lenn, az én elhagyott városfészkemben volt az, amelyiknek nemrég én is eleje voltam. Istenem, hogy összezsugorodik itt a provinciális elsőség e biztossága; milyen nagyon senki itt, aki csak lóvasúton jár, nem gumikerekűn, aki kívül áll az előkelő és gazdag körök apró bennfentességein! Új volt ez az érzés nekem, ingerelt, foglalkoztatott. Mögöttem Gida tárgyalt a másik hivatalnokkal; a főnökük zsarnokságait hánytorgatták, kicsinyes, irodai pletykákat. Milyen igazi kis beamter[46] lett ebből a hajdani friss, betyáros, bőrkamásnis úri fiúból, aki a kis birtoka utolját akkor verte el odalenn kártyán, amikor Marika már a felesége volt. Akkor feltévedt, felkényszerült ide, szerencséje volt, és kiderült, lám, hogy erre a „rendes" életre való hajlam is rejtőzködött mindig titkosan a lelkében. Átalakult, nem is emlékszik tán már a hajdani magára!

A színpadon *Gauthier Margit* ment. Egy gyönyörűn szabott, színes selyemköpönyeget dobott le magáról a színésznő, szép, nagy, szabad mozdulattal, és én éreztem, hogy elszánást, kétségbeesett erőt, múltat, élményt, pattanásig feszült percek zajlását ki lehet töretni, felszabadítani egy ilyen tombolón gyors mozdulattal, ilyen végigvonaglással. Csakhogy... én karcsúbb vagyok nála, és az arcom jelentősebb!... És bennem is feszülnek néha ezerféle húrok, zagyva és kimondhatatlan érzések, amikor mindent, mindent akarnék, és az egész, nagy élettel telítettnek hiszem magam. Szóval kimagyarázni soha, de így gesztusok és hangárnyalások jelentésében, ki tudnám önteni azt mind. Ó, lehetséges volna az?... Hogy kellene ahhoz hozzáfogni?... A nagy kártyajelenet; Margit elé odadobja a szerelmese a pénzt; sikolt, és arca elé emeli védőn a hamis prémű palástot. Milyen betanultnak, automatásnak éreztem ezt abban a percben. Egyszerre láttam, hogyan csinálnám én!

A függöny lement, és akkor vettem csak észre, hogy Marika hevesen taszigálja a könyököm. Egy férfira akart figyelmeztetni, aki a földszint elején állva, hanyag mozdulattal jártatta körül a

---

[46] hivatalnok (német)

látcsövét az utolsó jelenet alatt a félsötét nézőtéren, aztán merően felém fordítva percekig tartotta úgy. A lámpák kigyúltak, és én felhangolt arccommal, merészen, tudatosan fordultam szembe vele. - Losonczy, az a híres! Kaszinóember, istállótulajdonos; első pesti gavallér! - sugdosta Marika. Csakugyan úri kinézése volt; sápadtbarna képe, őszbe vegyülő, sötét haja, szikár, vállas alakja és utolérhetetlenül jó szabású ruhája.

Izgatottan, valami kellemesen lelkendező, de zavaros érzéssel ültem otthon soká a tábori ágy szélén. Majd lassan vetkőztem a plüssrámás, nagy szalontükör előtt, meggyújtva minden gyertyát a két karos tartóban. Így világítanak alulról arcba a rivalda lámpái! Milyen lennék, milyen pompásan áll nekem ez a testhez simuló, fényes, fekete selyem! Tavalyi ruha még, a szép időkből való! Nekem most mély gyászt kellene viselni; de Marika azt mondja: Pesten mindegy az, ki tudja azt itt? Csak az elegáns világban kötelező!... Bizony, itt ők, én, mink nem vagyunk „elegáns világ", csak afféle ingyenpáholyos kis népség! Hát az a nyurga, árkos szemű, érdekes fekete ember!... Ó, már-már én is nagyra veszem! Ördögit! Hisz otthon különb gavallérok hódoltak nekem nemrég! Hogy ragad ez a pesties kapaszkodó alázatosság!

...És azontúl is heteken át nyomomban voltak ezek a kételyes, gőgös, ellenálló és zaklatott gondolatok a magam megváltozott társasági helyéről. Még Szinyéren valahogy annak érezhettem magam, aki voltam így özvegyen és szegényül is; ismerték a múltam és családom, de itt a nagy tömegben elvész az ember, itt ki voltam szakítva a természetes környezetemből, szélnek eresztve, mint egy letépett kis semmi gazvirág. Néha szinte nevetséges voltam az ezen való idegeskedésben, és mindent otthagyva, szó nélkül kimentem az olyan boltokból, ahol „a hölgy"-nek vagy „nagysádkám"-nak szólítottak. De az elegáns belvárosi üzletek még inkább bosszantottak: ahol úgy szolgálnak ki, ahogy a kotilliont táncolják előkelő bálokon, nem kínálnak, nem alkusznak, és finoman gúnyos közönnyel csapják össze a portékát egy-egy becsmérlő szóra.

Lassanként undorítani kezdtek azok a szórakozások, amikbe Marika olyan naivan elégedett volt. Kimenni a korzóra, és végigbámulni az enyimnél sokkal szebb ruhákat, beülni a Kugler cukrászdájába, és drága pénzért egy levegőt színi azokkal, akik otthonos összetartozással fecsegnek, dévajkodnak, élik világukat, észre sem véve a nem odatartozót. Visszaemlékeztem Szinyéren azokra a jelentéktelen kis írnoknékra, kapaszkodó boltosnékra, akiknek éppígy elég volt az „ott voltam" illúziója, mikor mi fesztelenül mulattunk zárt társaságban, rájuk ügyet sem vetve. Istenem, hát elég lehet nekem ez a semleges szerep? Ha egyszer valahogyan... itt is fenn lehetnék, ragyogva és uralkodva! Lehetséges volna ez?

A Horváth szép, hosszú levelei vártak otthon, és balzsam volt nekem ez a sokszavú, hódoló, trubadúros, régies szerelem így. Írásban egészen tartózkodás nélkül ömlengett; a messzeség és költőiség ürügye igazolta a szép, meleg frázisokat, a reménytelen és csökönyös szenvedély kiáradását.

Minden álmom és minden gondolatom maga. A tilalmakon, a sors haragján, a saját akaratán keresztül is szeretem végtelenül, mindig, és nem tudok enélkül élni. Mi lesz velünk!?...

Szavak, amiket meg lehet tanulni, sokszor kipróbálni, az unalom és szándékosság perceiben játszva halmozni; de mégis hatnak. Mindenki hihetetlenül naiv ebben! Elfogódottan, dobogó szívvel többször is átolvastam, mint valami kincset, drága talizmánt őrizgettem; becses volt nekem asszonyos élményeim ez első, írott záloga. Azelőtt sohasem leveleztem senkivel. Szeret, szeret! - gondoltam -, ez hát az életemben az igazi, nagy, fő szerelem! Talán igaza van, mikor a végzetet emlegeti. Ennek így kellett történni! És ki tudja, még mit szándékol kettőnkkel a sors. Bizonyos, hogy egymáshoz tartozunk!

Az öreg Vodicskáné, anyósom is írt: hogy a kisfiam jól érzi magát, nem is sír már anyuka, apuka után... Aznap lefekvéskor keservesen elsírdogáltam ezen; másnap délután egy játékboltba mentem, és gyönyörű holmikat küldettem szegénykének; mert karácsony hetében voltunk már... És én idegen fenyőfa lángocskái alatt néztem idegenül a mások gyermekei örömét akkor este... Sok keserűség gyűlt fel bennem; az életem minden sivárságát, letörtségét nagyon átéreztem akkor. Vagy csak egy bántott? „Horváth Dénes vajon Ilkánál ünnepel most?"...És nem csillapított az, hogy hiszen én tiltottam meg, hogy feljöjjön meglátogatni. Ha igazán akarna, nem tarthatná vissza az ilyen fájón szigorú, dacos, lemondó, szerelmes tilalom! De hát tud is az igazán akarni valamit?...

Ilyen hangulatban tízoldalas levelet írtam neki; aztán hosszú-hosszú válasz jött; védekezés, vád, kétely, féltékenység, elérzékenyülés, bocsánat. Egy-egy ilyen kis bonyodalom mindig kitöltött az életemből egy hetet.

Mai eszemmel nem is értem meg tisztán, hogy hogy lehetett az; de bizonyos, hogy még mindig nagyon keveset gondolkoztam vagy aggódtam én akkor a jövőm felől. Úgy lehet, hogy a pénz értékét sem értettem igazán át és az életnek a munkával való összefüggését. Az uram idejében sohasem volt nagyobb összeg a kezemre bízva, de mindennel jól ellátott, nem beszéltünk sokat apró anyagiakról, és a házunk mindenki számára nyitva volt. Nem tudtam egykettőre átalakulni, gondokba borulni azon, hogy a kicsi kis pénzem milyen sebesen olvad, és kétségbeesni a mások kegyére utaltság gondolatán. Apró szerelmi viszályok, levelek sokkal több háborúságot csináltak bennem.

Különben kényelmesen éltem, napi gondok, házikötelesség nélkül: új dolgok mégiscsak foglalkoztattak: öltöztem, sétáltam. És az idő telt.

- Hát igen - tűnődött el a sógorom ebéd felett -, a színészség nem volna éppen elvetendő. Nem lehetetlen, hogy tudnál játszani! Merész dolog persze, odalenn nagyot néznek majd; de mondd csak, mit adnak neked helyébe? A rangos rokonságunk. Eltart valamelyik? Ha tőlem kérded, én szeretem a hazárdos próbákat! Az embernek ki kell szakadni a sok buta, vidéki elfogultságból, ha igazán ember akar lenni és a maga ura. Csak persze vigyázni kell, okosan fogni hozzá vagy sehogy! Akinek sikerül valami, arról mindig kisül, hogy igaza volt.

- De hát hogy lehetne, Gida?... Azt mondják, évekig tanulni kell, mozogni, ülni, állni; és könyvből is iskolásan mindenféle tantárgyakat... És én már nem is vagyok... elég fiatal erre... talán.

- Persze... hm! Bizonyos, hogy csak akkor volna értelme, ha igazán volna erős talentumod. Érdekes kinézésű, pompás termetű asszony vagy, ezt úgyis tudod, húgám! Így az életben tudsz bánni az arcoddal, szemeddel, mindeneddel... ó, felségesen! Hanem az, persze, más egy kicsit! Tanulni mindenképp sokat kellene, hiszen te eszes menyecske vagy, de van-e annyi energiád? Mert az ilyennek mindenestül neki kell szánni magunkat; legalább egypár évig gondolni sem szabadna egyébbel. A pénzed eltartana odáig; s az iskolai formaságokat el lehetne igazítani valahogy. Persze, valami jó, befolyásos pártfogó nélkül nem foghat senki ilyenbe ma már.

Hirtelen egyébről beszélt; ebből láttam, hogy mondani fog még valamit erről a dologról. A főzeléknél a két növendék lánya felett tartott inkvizíciót, mert állítólag valami jogászforma ficsúr hazáig kísérte őket az iskolából, a sarki fűszeres pedig sietett hírül adni.

Mikor a gyerekek elköszöntek, csakugyan odavetette még úgy sebtiben, hivatalba készülődve:

- Igaz te! Losonczy Attilával találkoztam ma a Gazdasági Egyesületben. Megismert, ő jött oda hozzám. „Ki az a gyönyörű szép asszony, akit vagy kétszer láttam veletek Kuglernél meg színházban? Özvegy? - azt mondja. - Remek alakja van. Mért nem jártok gyakrabban ide-oda? Az ura öngyilkos lett?... Ó, szomorú dolog! Szórakoztatni kellene, egy ilyen pompás, fiatal nőt. A jégre nem jártok soha? Most lesz a nagy korcsolyabál, nézd, adok egy meghívót. A gyász? Sötét posztóruhákban mennek oda. Szeretnék bemutatkozni - azt mondja - feleséged őnagyságának is. Ott lesztek, mi? Viszontlátásra!"... Így nagyban tegezett most; pedig azelőtt úgy kikerülgette a megszólítást, mert tudja jól, hogy valami házasságos atyafiságban vagyunk. Az ilyen fertálymágnás gőgösebb a valódi arisztokratánál. Igen, hát itt az a meghívó! Beszéljétek meg Marival!

Napokon át beszéltünk, izgultunk, tanakodtunk Marikával, hogy megvegyek-e százötven forintért egy gyönyörű kis prémkucsmát, hozzá való gallérral és pici, divatos karmantyúval? A néném sokallta a pénzt, feddett, sopánkodott; de ha lemondtam, ő kezdte emlegetni újra. Végre utolsó délelőtt kiszaladtam nélküle, és hazahoztam. Felségesen állt.

Mikor a százszoros lámpafényt tükröző jégmezőt megláttam és táncos léptű párok ringását a cigánymuzsika ismerős dallamaira; egyszerre elfogott az ijedt röstelkedés meg lelki vád. Hiszen ez mégiscsak tánc, és nekem alig múlt fél éve, hogy elhalt a jó uram! - Nem - gondoltam -, nem fogok korcsolyázni mégse! Csak nézem.

Losonczy Attilát megismertem a tömegben, és vártam, hogy észrevegyen. Felütötte ideges, száraz fejét, mint a jófajta paripa, és a szeme felcsillant. Köszöntötte Gidát, és jó nevelésűen várva egy-két percet, felénk tartott. Már korcsolya volt a lábán. A megszokott biztonságommal nyújtottam kezet. Ó, mikor tudtam, hogy tetszem egy férfinak, akkor már otthon voltam a dolgomban én világéletemben!... És egyszerre láttam, hogy mindenki rám figyel, hogy apró csoportok összesúgva néznek arra, találgatnak, csodálnak, irigyelnek; ez, ez volt az én igazi levegőm. Félóra múlva a szánkóján ültem, és repült velem suhanva, ezerszeres fények, ringó, táncos árnyékok, zúzmarás gallyak mesebeli ragyogása közt, muzsikában, önfeledtségben. Megint egy régifajta mámoros, gyönyörű óra. - Így megfázik, nem lehet! Fel kell kötni a korcsolyát! - Tudtam, hogy gyönyörűen csinálom ezt, mint minden lábbal való táncforma, muzsikás sportot. Nem lehetett ellenállni. A karjába fűződve repültem aztán, és felragyogott körültem és bennem annyi idő után megint egyszer egy diadalmas este, egy nekem való élmény.

Nekem a lelki egészségemhez kellett a hódítás, ünneplés, sok szem előtt szereplés. Úgy kellett, mint a kenyér; csak addig volt élet az életem, amíg ilyenből kijutott néha... Úgy máskülönben egészen hidegen hagyott engem, jól emlékszem, ez a tőlem idegen életű, sokasszonyos, rövides beszédű nagyúr. Nem is tudom, miről beszéltünk akkor egész este!

- Mikor jönnek Kuglerhez? Hol láthatom? Egész késő tavaszig Pesten marad, ugye?...

Gidának feltűnően kedvére volt ez a dolog; és engem valahogy bántott ezzel. Egyszer, hogy Marika nem jöhetett, ő maga kísért el a jégre, hogy el ne maradjak. Február végén olvadó, csepergős idő járt; de Kuglerhez hetenként kétszer elmentünk mindig. És már bosszankodtam, ha késett Losonczy. Sorra köszöngette az ismerőseit, az apró asztalokhoz le-letelepült kissé a hölgyek mellé, azután hozzánk ült, velem foglalkozott, és a kocsiján kísért haza. Néha eszembe jutott: helyes ez vajon? Rendin van ez így? De hisz itt a nagynéném, férfi rokonom; ők bizton tudják a fővárosi élet formáit, kivételességeit; engem már egészen összezavart ez a sokféle gyors változás az életemben. Gida mondta egyszer, hogy Losonczy megint beszélgetett vele, és ő elmondta röviden a viszonyaim s a színészséget mint kész tervet. Rosszul érintett ez, bár nem tudtam világosan, hogy miért, és egyszerre ráemlékezni véltem, hogy az utolsó találkozásokkor valahogy másképpen, megváltozott hangon beszélt velem. Furcsa, túl merész sürgetéssel kérdezgette, hogy sohase járok-e egyedül, Marika nélkül a városba. És hogy nekünk komoly, rám vonatkozó megbeszéléseink lesznek; nem tudja, meglátogathat-e a lakásomon, hogy nem kellene-e másképp intézni ezt a dolgot?... Ilyenkor elhallgatott, félig zavartan, és egy-egy pillanatig furcsa csodálkozással nézett rám. És attól, hogy a Marika kopott zöld plüss-szalonjában fogadjam, magam is féltem, valahogy kezdett halasztódni, idétlenedni a dolog. A szemében nagyon is jól láttam sokszor türelmetlen, haragos, szinte gyűlölködő kívánást, amit úgy ismerek férfiakon; amit szeretnének lerázni, fel sem venni, de nem hagyja békén őket. „Mondja, miért okoskodik... okoskodunk mi, ennyit? Ilyen asszony, mint maga! Mit akar! Van valakije? Vallja be, hogy van odalentről még!"

Így folyt ez, amíg együtt sétáltunk már a Hatvani utca korzóján, langyosodó, szeles, tavaszos estéken, meg-megállva egy-egy kirakat előtt. Marika, a legpéldásabban szemet hunyó gardedám oldalától el-elmaradozva. De én kelletlenül, hűvös és idegenkedő érzésekkel mentem haza. Nem, énrám csak a képzeletemen keresztül lehetett hatni, soha így! És sértett ez a kurta, furcsa mód. Ma már, egy végigélt élet tapasztalatával meg tudom fejteni a férfi hangulatát is. Az ő hozzám való illúziói egy szép, finom, előkelő vidéki úriasszonyhoz kapcsolódtak, és egyszerre kiderül, hogy egy leendő színinövendék, aki a szépségéből élni jött Pestre nyilván, és tőle pártfogást akar. Csalódott, de már nem volt kedve abbahagyni, inkább egyszerűsíteni szerette volna.

És aztán amilyen suta volt ez az egész dolog, úgy is végződött. Egy este, hazamenve, váratlanul ott találtam a Hiripy nagybátyámat, a Piroska tánt urát, a volt képviselőt, aki valami politikai spekuláció dolgában járt fenn. Úgy látszik, a lápszabályozás mégiscsak mozdul egy kicsit odalenn! Csakhogy már nekem semmi közöm hozzá!

Kicsit hűvös volt velem; majd vacsora után apás szigorúsággal elővett, hogy mit végeztem hát magam felől, és mi a szándékom. Felzaklatott, elrémített, megríkatott; de mégiscsak jólesett valahogy mindez. Még az is (pedig görcsös szenvedélyes zokogás szaggatott az üldözöttség és boldogtalanság keservében), hogy végre kimondja; igen, az itt élő jogász fiától hallotta, azt beszélik már, hogy fizetett szeretője vagyok a híres asszonymesternek; Pest pletykája szájra vett, ismernek, egymásnak mutogatnak az emberek az utcán... istenem, hát ilyen kis fészek ez a borzasztó nagy város!

Teli voltam csömörrel megint, ürességgel, réveteg, gyámoltalan zavarral. Hát mi vagyok én már? Ilyen gyorsan... ennyire! Mi a helyes, kire kell hallgatnom? Gidáék sunyin magamra hagynak most, nem védenek. Úgy látszik, nem csináltam elég ügyesen!... Pfuj! De nem, én nem akartam semmit, nem igaz! Mit tudom én az ilyet? Otthon, ha megvádoltak is rossz nyelvek, csak szerelemről, romantikás játékról volt szó, de így! Milyen ocsmány minden dolognak a másik oldala! De hát hogy is vagyok én ezen a világon, se kint, se bent; a hasznos és védő rendszerből kiszakadtam, és szabadsággal nem tudok igazán élni, gyáva és finnyás vagyok, nem merek, nem bírom el a felelősséget magamért. Most elmúlt a tél, jó sok pénz elment, és nem vagyok előbbre semmivel. Újra itt valami ijedelmes mélység szélén, amitől görcsösen rettegek; mert régi, családombeli vagy szinyéri ítéletek csengenek bennem, még gyermekkoromból, a rossz, közönséges cédákról, pénzért kitartottakról, akikkel csak „úgy bánnak!"... Ó, istenem!

Másnap azt mondta egyszerűen és kurtán Hiripy bácsi:

- Holnapután elutazom; gyere velem, te Magda, jobb lesz, annyit mondok! Nálunk is ellehetsz a nyáron, valamit csak kilelünk; bizonyosan jobban, mint amit ebben a Szodomában csinálhatsz. Hacsak nem szoktad meg még nagyon!

Nyakába borultam, sírtam, csomagoltam; mintha nem is én jöttem volna fel nagy, végső elszánással egypár hónappal ezelőtt. Semmi se történt, és most egyszerre eltávolodtam hirtelen ez alig ízlelt élettől. Ez volt a sorsa az életemnek; az énszántamból sohasem történt velem nagy válságos dolog; csak ha véletlenül. És nem mertem. Engem visszahítt a kisvárosom, az ismerős házak figyelő ablakszemei, falusi porták, lapos vizek romantikája, szoros kötöttségek, sokszavú, álmodozó szerelmek szép bolondsága. Siettem vissza!

17

A régi jegenyefasor sudarai meztelen, szégyellős-nyurgán meredeztek a sáros, fekete út két oldalán, mint néma, szigorú felkiáltójelek rendje, és a gyászosra ázott, kora tavaszi földek barázdái közt még hócsíkok fehérlettek itt-ott. A kis futókocsi tengelyig ragadt a sárba; a falu nádfedeles, kékre mázolt ablakú, szentképes oláh viskói félszeg jámborsággal féloldalt billenve tüsténtették a bárgyú türelmet és földhözragadt, félállati szegénységet. Az udvarház is vedlettnek látszott most téltől dohos, állott pipafüstszagú szobáival, a búbos kályha fülleteg melegével s az avítt rongyszőnyegekkel. Piroska néném szegényke, milyen csigázott, lehervadt és elhanyagolt volt a pesti nővéréhez, sőt anyámhoz képest is még; pedig hármuk közt a legmódosabb volt, a legnagyobb „szerencsét" csinálta, igazi, földjén maradt dzsentrihez ment volt férjhez. Húsz év alatt tizenöt gyereket hozott a világra, megszámlálhatatlan üveg befőttet és évente öt véka aszalt gyümölcsöt tett el, fölös számú tyúkot ültetett, harminc tucat sávos oláh szőtt kendőt szövetett (konyharuhának a kislányai számára majd), és huszonnyolc dagadó párnát gyűjtött maga szedette tollúval tömötten. Közben a háza állandó tanyája volt famíliaszerte boldognak, boldogtalannak, hónapok során át rostokolhatott náluk háborítatlanul mindenki, aki bajban volt,

124

előtte vagy utána valami életválságnak; itt még nem éreztette csúnya, számító, garasos és önző szellemét a változó idő. Itt csak az asszony őrlődött meg az egyhangú, terhes életrobotban, mert őrajta, az igavonó türelmén ment keresztül minden e húsz év alatt; s a legnagyobb jogász fiának már küldözte kéthetenként pesti postával az elemózsiás ládákat; mint ahogy az urának, annak idején, képviselő korában. Ő nemigen mozdult ki; egy-egy drága selyemruhája a szekrényben avasodott; mikorra kalapot hozatott hozzá, már kesztyűje nem volt vagy cipője hibázott. Észre sem vette az életét; s az élet elment.

Mintha fölöttem is megállt volna itt az idő. Annyi robajos, nagy változás, elszánás, nekikészülés, visszarettenés, tévelygő bizonytalanság után most csendes, egyszerű falusi napok és valami olyan hűhótlan, természetes és közömbös jóakarat körültem; mintha akár életfogytig is meg lehetne maradni így. Nem is igen beszéltek rólam s az életem szünetlen, zaklató problémájáról, ami fél esztendeje minden ember tekintetében kérdőn felém szegült; hogy mi is lesz hát velem? Hiripy bácsinak perc súgta jószívű ötlete volt, hogy azt mondja: „Jöjj le hozzánk!" Piroska szó nélkül belenyugodott megszokásból, kényelemből, és egy hét múlva napirendre tértek fölöttem. Itt voltam, senki egy pillantással, célzással meg nem bántott, és nem volt semmi dolgom. A házigazda a szántásnál járt vagy az *Üstököst* olvasta, Piroska melegágyakat csinált, és a vetemény alá ásatott.

Jött a Horváth Dénes levele. Furcsa, fáradt hangú eltökélésből íródott sorok; vagy csak én éreztem így! A csupa szavakból táplálkozó szerelem csődbe jut időnként, egyre önmagán kérődzik, és kínlódva keresi a megfrissülést. Vannak felhangolt, lüktető, ekstázisos órák és az édes, kínos epedések becses percei; de ezeket a csúcsokat csak valami görcsös egységet kereső szándék köti össze és a sokszor nagyon fárasztó elhatározás, hogy: „Ma is úgy, mint tegnap!" De én kiéreztem ezt: és magamon is, bár nem akartam beismerni. Ilyenkor jönnek a szerelmes szemrehányások... Bántotta, hogy Hiripre jövet nem időztem Szinyéren, és nem értesítettem őt. Én okot találtam valami ráfogott pletykában, amit Ilkával hoztam összefüggésbe. Koholt dolog volt, csak úgy kitaláltam, de éreztem, hogy nem járok messze az igazságtól. Bizonyos, hogy nem szakított vele végleg; hiszen asszony mégiscsak kell, és az ott van közelében; alázatos, türelmes, kevéssel beérő. Én afféle ünnepnap lehetek neki, tiszteltebb és nagyobb igényű; az öregedő régi szerető kényelmes, otthonias, mindennapi jószág, akivel szemben nem kell összeszedni a hangulatait, szavait, humorizálhat, zsörtölődhet vele, vagy kegyesen jó hozzá egy-egy kicsit; annak ennyi is elég. Világért sem kívántam volna az ő helyzetét magaménak, de azért fölháborított a gondolat, hogy ő is van. Neki is csak mondja néha ezt: „Szeretem!", és van-e külön hangja, szava, nézése az én számomra? Más szájjal csókol-e engem, mint őt?

Egy ilyen ellentmondásos, zagyva percben rövid, hideg szakítólevelet írtam. Vagy-vagy!... gondoltam; ha elmúltak már a nagy, erős, teljes érzések, kiéltük mindennek a legigazát, szépségét, teliét, legyen is egészen vége! Gyűlöletes és megalázó lehet érezni a hanyatlásomat valaki szemében, látni a fanyalgó kíméleteskedést, ahogy ezt rejteni akarja. Mi tán el is mondtunk már egymásnak minden elmondhatót. Nem szabad elközönségeskedni hagynunk ezt a dolgot; legyen vége! Igazában pedig nem tudtam volna megmondani, miért csináltam az egészet. Csupa idegeskedésből-e vagy helyes ösztönöm súgta? Néhány napig vártam a választ, a következő héten háromszor is átsétáltam szeles, tavaszi délutánokon a szomszéd Inácskóra a postáért. Nem jött semmi! „Így most már jól van!" - gondoltam akkor éles, de csudálatosan kielégülő fájdalommal. „Én akartam így, és lám, volt erőm megtenni! Most már tovább megyek, most már csakugyan egyedül vagyok; történhet velem akármi!"

És a dacnak e különös lendülete érthetetlenül belevitt valamibe, amihez egyébként nem lett volna elég erőm, amitől visszarémültem volna a szokott, eddigi magaméreztében. Nem tudom már, mi adhatta az első gondolatot; valószínűleg a levélvárás napjaiban szóba álltam egyszer-kétszer az inácskói postamesternével, akiről hallottam, hogy a híres Tomanóczy famíliából való, elszegényedett úrilány. Erős termetű, kerek vállú, szép, nagy fekete nő volt, a szemöldöke szinte összeért, és eleven, formás szájából ragyogva harsantak elő a fogak. Gyönyörű sötét szeme volt, erős nézésű, tüzes; de a vonásai szétmentek, elközönségesedtek már; fűzetlenül, bőráncú, piros parkettrékliben,[47] berlinerkendőben a vállán, fásult unalmú arccal gunnyasztott az üvegretesz mögött. „Lám, hát ez is él! Élni mindenhogy lehet!" - gondoltam fázós, kegyetlen érzéssel. Hiszen ez is asszony, és szép, és legföljebb velem egyidős lehet! Mi jussom

---

[47] parget: egyik oldalán bolyhos pamutszövet; a barhent szó régies alakja (arab - német)

nekem többre?... Azért, hogy kevés híján alispánné lettem egyszer? Az már volt, nincs. Most már mindennek vége, és egészen ki kell innom az életem poharát.

Igen, postásné leszek én is valami ilyen nyomorult sárfészekben, és ülök nemsokára így, fakón, rezignáltan utalványkönyvek és egyéb rubrikák fölött. Petyhüdt lesz az arcom és mogorva, unatkozó a tekintetem... De semmi! Ez az élet! Vagy ez az öngyilkosság... mindegy! Megmutatom, hogy képes vagyok rá!...

Hiripen egykedvű derűvel fogadták, mikor egy ebédnél megmondtam, hogy a postát akarom tanulni Inácskón. „Meg lehet próbálni!" - mondta a bácsi, és Piroska tánt magas sárcipőket ajánlott, ha csakugyan gyalog akarok járni.

Szelíden, észrevétlenül zsendült ki a tavasz; langyosultak a szelek; hamvas barkák az útszéli bokrokon, sok kékség a levegőben; friss napfény, rügyezés halovány árnyaló zöldje. De korán esteledett még, és a postahivatal nyitott ablakán alkonyi neszek szálltak be, és csendesen zsongták körül a mi két szegény, csüggeteg asszonyfejünket.

- Lámpát gyújtok - mondta Tomanóczy Anna az ő rekedtes, fáradt hangján -, van itt egy ajánlott levél a papnak, ezt megmutatom, hogy kell csinálni. Mert ritkán gyön ide ajánlott! - De várt még egy kicsit, úgy ment a gyújtóért. - Ez ilyen hatsoros vonalzás, és a szelvénye is másféle!...

Fölé hajoltam kényszeredett fél figyelemmel, fásult arcom a tenyerembe támasztva. A pitvarajtó nyílott, és csizmás lépések zaja a küszöb felé tartott csendes-vonakodón.

- Maga van ott, Tráján? - kérdezett ki a postásné vissza se nézve. - Kerüljön előre, Tráján; oda a lócára, mindjárt készen leszek!...

Érettem átküldték, félórányira, Hiripről a kisbéres feleségét, mert a csillag is feljött már. A parasztfiú ott gunnyasztott a padkán súlyos, mogorva némaságban; alig mozdult fel, hogy köszönjön.

Egyszer csak virágban állt, rózsaszínellett a gyümölcsös, nekibolondultak a fák, pompázott, pillangózott, virult a mező. Sietni kellett, futni, ha az allén átmentem, mert úgy teli lettem ezzel a nagy, oktalan tavasszal, az összevissza virulással. A postaház kertjében is parádéztak a szép, terebély kis szilvafák, kerti gyep sarjadt zsengén, és esteli harangszó hintált fölötte. A hajunkat is borzolta. Akkor mondta lassan, fáradtan szegény Tomanóczy Anna.

- Hát már holnap hirdetnek először. Két hétre meg esküszök.

- Férjhez megy? - ámultam rá kérdve. - Hát ezt most mondja?

Kisasszony! De hát kihez?

- Bizony a Trájánnal megesküszök!

Nem tudtam szólni, és tovább kérdeni se mertem. „Mi van emögött?" - tűnődtem hirtelen, és megzavarodva, kelletlenül hallgattam. Romantikus regény ez?

Hogy jobban beárnyolódtunk a szürkületbe, magától elkezdett beszélni, bár látszott, nehezére van. Mintha tartozna vele.

Most tűnt fel, milyen nehézkes, paraszti néha a szavajárása, egész viselete.

- Mondja, nagy dolog az? Hogy egy paraszthoz mék, mi van azon? Bíró fia, földje van, háza, telke. És nagyba néz engem... meg az apja-anyja is... rangos vagyok a szemükben, meg a megspórolt kis kétezer forintom is vagyon nékik. Valami rongyos dászkál⁴⁸ vagy jegyző is elvett vóna azér... meglehet... de hát az jobb, azt hiszi? Különben is itt körül mind házas, vén.

- De mégis!... Hogy lehet ez?... Hát nem jobb magának így, ahogy van?

- Ne mondja! - mondta hirtelen gúnyos élességgel, és kurta, keserű kacajt lihegett el a végén. Szinte rám förmedt. - Csakugyan jó nekem! Na, majd megtudja még, ne féljen!... Nyolc esztendeje vagyok így. Ó, akkor még én is beillettem volna akármilyen városi, finom életbe, szép ruhába, divatos szokásokba. Szép és eleven, kedvén tölt leány, magánosan, fiatalon, egy éppen ilyen piszkos faluban. A pap kezdte, majd mindig az kezdi, aztán a földesúr. De a fia is akart, tejfelesszájú rüpők; hogy nem ment, elárult az anyjának, akkor nagy hecc lett, piszkoskodtak, jó még, hogy csak áthelyeztek. Annak már három éve. Itt senki sincs, csak a parasz-tok. Elolvastam lopva a Hiripyék újságjait mindig, és visszaragasztottam a papírszalagot. De mi az, amikor az ember hónapokig szót se vált kaputos valakivel? Hiripyék, tudja, nem érintkeznek velem... Ez a legény... nem is tudom, hogy kezdte. Emlékszem, hogy előbb csak a pitvarajtóban köszönt be szépen erre menőben, hogy jó estét, aszmondja; sokáig így. Azután megállt egy-egy kicsit, beszólt valamit egész tisztességgel. Hát feleltem rá, elnevettem magam néha. Már meg is állt a pitvar közepén, én itt benn az asztalnál; úgy beszélgettünk. Csinos legény, rendes életű. Ha parasztlagziba híttak, mindig a bíróékkal kerültem egy asztalhoz. Azok a borzasztó téli esték jöttek, az a pokoli csend, véghetetlen magányosság. Már lestem, erre jön-e, s

---

⁴⁸ román falusi kántortanító

128

azt mondtam: „Üljön le a ládára!" Attúl már csak kicsi kellett, hogy bévül kerüljön. Tanítottam olvasni; tavaszodott, így mint most. Mi kell még? A nyáron éjszakahosszat ott ácsingózott az ablakom alatt, és én már három esztendeje éltem úgy, mint egy apáca, csak a pénzkuporításnak. Szép legény, a szava is elállt előttem; az is valami! Hát most már így van. Mit néz rám? Hát nem gyanította rajtam? Igen, most már mindenképp hozzá kell menni... Persze, most lenézhet engem, amiért megmondtam nyíltan mindent. De nem baj! Majd meglátja még maga is, csak próbálja utánam. Azt kívánom.

- Miért beszél ilyeneket, Anna? Hát bántom én?... De hát, istenem, szeretni tudja? Szeretik egymást?

Felrántotta a vállát, keserűn, közönséges mozdulattal.

- Mit? Már benne vagyok, én nem is bánom. Mit vártam volna; itt megvénülni egy buga[49] fővel? Akkor nyár volt, olyan nagy bolond nyár, aratási idő: nagyon tud szeretni egy ilyen próbálatlan fiú, káromkodva, fogvicsorgatva is majd megveszekedni egy asszonyért. Most persze... ilyenkor mindegyik úgy tesz, mintha nagy kegyelem volna, hogy elvesz feleségül. Köszönjem meg! Még jó szerencse, hogy az a kis pénzem van.

Siettem, siettem a tavaszi allén; a jó szagú sudárfák karcsú sora nézett le rám a magasból, és éreztem, hogy mögöttem összecsukódnak. A sarlós hold csillogott a világos lomb közt. Itt, itt akart megcsókolni egyszer Tabódy Endre régen; de rég!... Lihegve szívtam be ezt a nagy, bolondító, sokféle jó szagot. Ó, csak a fiatalság, csak az ne múlna el soha... Igen, nekem még van egy kicsi, hova tegyem? Borzasztó ez a szegény Anna! Nem öregebb, mint én!... Úristen! Most már kezd úgy lenni, hogy néha számlálgatnom kell az időt! Néha kijönnek Hiripre fiatal fiúk, környékbeli házasulandók, katonatisztek; mert a nagyobbik kisleány már tizenhat múlt, eleven barna fruska. Néniz engem, konfidenskedik[50] a gavallérokkal; még minden jól áll neki. Tán irkált is már szerelmes évődéseket a vén kuglizóasztalra? Én, a szép özvegy rokon néni gardírozom őt. De énnekem is van jussom még, kell! Ilyen nagy összevissza tavasz!

A cselédház megett, mikor elmentem, két vaskos árnyék surrant, és szakadt kétfelé a holdsütötte falon, és a törpe birsalmák gallya zuhogott, recsegett. Megálltam alatta; még hullt rám a virág, ahogy

---

[49] ostoba (tájszó)
[50] bizalmaskodik (latin)

meghorzsolták. Megismertem. A kamasz gimnazista úrfi volt, a húsvéti vakációs diák meg a kis buksi Domnyika szolgáló, akit Piroska örökbe tartott kiskorától.

18

Egy pokolian forró, senyvedt és tétlen nyár jött; Hiripen néha fél napokig ültünk a jégverem gádorában az egész vendégcsapattal; Piroska néni hozatott egy fagylaltcsináló gépet, annak a csudájára járt le mindenki, azután ott hűseltünk alkonyatig, pokrócokat terítve a szalmára. Különben hihetetlen sok dinnye termett abban az évben; ebédhez néha tizenöt turkesztánt is felvágtak, és a nem tökéletes aromájút lehajigálták a teraszról a cselédségnek.

Sok vendég jött-ment; legtöbben egészen fiatal fiúk, a húgocskám udvarlói; jogászok Pestről, a környéken nyaraló rokon legények, tisztek, városiak. Milyen másféle volt már ez a generáció, mint az én leánykorombeliek! Komolytalanok, nyeglék, nagyzolók; kíméletlenül élceskedők. A leányokkal is így beszéltek, valami különösen támadó és csipkedő modorban, furcsa orrhangon vagy közömbösséget színlelve. Hiába, modernség így-úgy; tíz évvel ezelőtt szebb módi járta!

Vagy hogy én maradtam kívül már lassanként az érdeklődésen, a számbavevésen; kijjebb tolódtam, és tán ez fájt titokban! „Nem igaz, nem öregszem még! - tűnődtem tusakodva. - Ilyesmi nem mehet olyan gyorsan, egykettőre! Csak ilyen csirkék közt látszom már »néni«-nek, és ezek a kamaszok szólni sem mernek hozzám!" Nyilván igazam is volt... de hogy akkor már meg-megrettentem néha ilyeneken! És egyszer, augusztus végén volt már, valami nagyon csillagos, jánosbogaras, őrülten fűillatos és meleg estén addig barangoltam egyedül a kertet, a szilvást, egyre lázasabb rohanással a fehér utakat a vaníliák meg tubarózsák közt... míg felrohantam hirtelen a szobámba, és Horváthnak írtam. Több mint két hónapi hallgatás után én írtam először! Csak úgy, asszonyos ravaszul, pár kerülgető és távoli mondatot, mintha már réges-rég, visszavonhatatlanul vége volna mindennek köztünk, és erről már mint múltról lehetne beszélni! Valami fél füllel hallott pletyka ürügyét használtam; hogy mondtak valamit rólam és róla Szinyéren, és hogy ő egy kevés tapintattal és jóindulattal elháríthatja utólag is azt a fecsegést, hogy meg legyen őrizve néhány becses emlékünk... stb. stb. Holtbizonyosra tudtam, hogy biztatás és folytatás ez; és hogy ő is annak érti. Egy percre eszembe jutott szegény nagyanyám sokszori mondása: „Soha, sohase szabad visszahívni a férfit; nem ér az semmit! Akármit inkább... egy kis nyavalyatörésbe még egy asszony se holt bele!..." De én nem bírtam szót fogadni a régi bölcsességnek, türelmetlen voltam, megijedtem, hogy máris minden elveszett a számomra. Én hívtam vissza!

Éppen másnapra hozott a véletlen eset az én számomra is egy levelet, ami újra fordított egyet váratlanul az én akkori, ide-oda vetődő bizonytalan sorsomon. Tudtam félig-meddig, hogy őszre „lesz valami" velem megint; itt hónapok óta céltalanul éltem, a postaság kényszeredett eszméje magától kallódott el, minthogy szegény Tomanóczy Anna, az inácskói parasztbíró menye úgysem taníthatott; már le is betegedett közben. De még mindig olyanfélét éreztem akkoriban, hogy védelmező és felelős közösségben, a családomban vagyok; földemen, rokonaim, véreim közt, akik itt is, ott is, ha összejönnek, megtárgyalják a soromat, és idejére kitalálnak valamit, nem hagynak magamra olyan szívtelen ridegséggel, mint a mostohám szeretné. Lám, nem is csalódtam! - gondoltam igazi, hálás örömmel, mikor Hiripy bátyám megmutatta a Pórtelky Ábris bácsi levelét, amiben számomra is volt üzenet. Azt írta, hogyha volna kedvem őhozzá elmenni, nem ideiglenesen, hanem végleg nála lakni, amíg kedvem tartja... ő szeretettel ajánlja fel a házát, az egyetlen, elhalt öccse gyermekének. Hogy ő mindig is kedvelt engem, sokszor csudálta és megbecsülte a háztartásomban a rendet és csinos tisztaságot; most sem kegyelemből akar tartani, hanem inkább nézzem úgy, hogy őneki van szüksége rám; az ő magános özvegyi házába kell egy okos és kitűnő asszonyi vezetés. És hogy akármikor mehetek, szeptemberben vagy október elején elvár... Egészen meghatott ez a szíves és jóságos hang ettől az embertől, akit mindenki rideg, magának való öregnek tartott; és aki különben is évekig neheztelt ránk, grószira, anyámra, amiért kikosarazta; rám is eleinte, amiért egy Vodicskához mentem... Lám, mégis van szíve, és nem szavakkal, jó tanáccsal segít, mint a pestiek és a többi, hanem tettel, egy csapásra eligazítja az életemet. Nagy fellendülő kedvet éreztem ehhez a dologhoz. Igen, ez való nekem, minden hivatal közül, mert ehhez értek, ebben nevelődtem, a háztartás; az otthoni, asszonyi munka. Úrnő lenni a saját édes nagybátyám portáján, rendbe szedni a cselédséget, összefogni és kicsinosítani a házat, szabad kezet kapni mindenhez, dolgozni, sürögni; meglepni és meghatni őt a sok kedves változtatással, és... be-bejárni a fogatán Szinyérre, amikor csak akarom!... Mert tudtam, hogy e nyáron kiépítették a megyei utat elvezetett vagy eltömött vízerek, ingoványok helyén, és azóta Pórtelek nincs az Isten háta megett; három óra járás mindössze a várostól.

Azt is hallottam, hogy építkezni akar jövő esztendőre az öreg; lám, így újít, ezért kell neki asszony a házhoz, rend, csinosság, reprezentálás; most részt akar tán jobban venni a megyei életben. Hiszen a most folyó lápi kérdések senkit se érintenek olyan közelről, mint őt. Igen, csakugyan úgy éreztem már, hogy én vagyok az, akire szüksége van a másiknak kettőnk közül.

Szeptemberre pedig bementem Szinyérre, hogy ott töltsem ezt a szép őszi hónapot. A Horváth levele siettetett, bár ezt magamnak sem vallottam be; a válasza olyan volt, amilyent éppen vártam, és előre képzeltem: gyöngéd, elfojtott szerelmet és fájdalmat sejtető, néhol meghatott; szóval elértő és folytató levél. „Milyen rég nem voltam a városomban, a rossz, nyomorult, kedves fészkemben, szinte egy éve már!" - gondoltam türelmetlenül. Olyan semmilyenül röppent el ez az év! Csak ott van élet énnekem, hiába, ahol minden kő az utcajárdán, és minden ház és minden ablak beszélni tud.

Péter mostohámnak szó nélkül, de rejtett megvetéssel fizettem ki mindjárt egyhavi kosztpénzt, hogy ne beszélhessen, és ne zavarjon. Jól láttam pedig, hogy ez a különc nem arra a pár forintra áhítozik éppen, hanem az „elveit" akarta keresztülvinni ebben is. Egész életében az volt a bolondja, hogy minden nyomtatásban olvasott újságot vagy rendszert meg akart próbálni a valóságban is. Most a nőemancipáción lovagolt, így, hogy fizettem, megvolt velem békén, és egész elégedetten, dúló-fúló természetével Csaba öcsém ellen fordult, aki szinte otthon volt most vagy két hónapja. Zavarok voltak az életében. Ott a Délvidéken, ahol állomásozott, megszerette egy nagyon gazdag szerb földbirtokosnak a leányát; a lány is belebolondult a nyalka huszárba; hát a szülők kénytelen-kelletlen megtartották a kézfogót. De kívánták, hogy lépjen ki, és menjen hozzájuk, amúgy szerbesen, „házhoz álljon", és dolgozzék majd az apósával a gazdaságban, mert a kaucióval ők nem okoskodnak, az egyetlen szem lányukat se adják el hazulról... A fiú nem kérdett senkit, hirtelenében tartalékba ment, és hazajött civilben és jegygyűrűvel. Bizony! A huszár főhadnagyi ruha jobban festett szegényen! És most holmi anyámhoz írt levelekből meg az egész dologból olyasmi érződött ki, hogy ő vagyonos fiúnak hitette ott el magát!... Szerencsétlen gyerek! A sok huszárcsínyje meg... a szegény Vodicska holta utáni zavarok alig hagytak valamit a pár ezrecskéjéből, azt a keveset verte itt most bújában éjszakáról éjszakára. Ebben tán igaza volt Péternek; nagyon ivott, és csúnyán, akárki fiával összeállva, sárga földig is néha. Istenem, tán nem is tehetett róla szegény... De a menyasszonya egészen vad, nekibolondult, nem is lányosan szenvedélyes szerelmes leveleket írt neki... Rossz volt itt látni; ezt a zülleni induló, összezavarodó fiatal életet; anyám sírdogál néha a másik boldogtalanért is, néha a gyerekemre gondoltam; hát abból mi lesz? De Horváth jött, és vigasztalt, sétálni vitt, becézett jobban, gyöngédebb és odaadóbb szerelemmel, mint valaha. Szinte parádézott most ezzel! Sokszor elkísért látogatásokra is, rokonokhoz; és egyszer csak nyájaskodva kezdték kérdezni az emberek, hogy igazán jegyesek vagyunk-e? Mások egyenesen gratuláltak, vagy gonoszkodva, kacagva suttogták el, hogy Zimán Ilka mint jár most ájuldozó fájdalommal, könnyek patakfolyásával házról házra kávézni az ismerősökhöz, és vigasztaltatja magát... Rosszul érintett mindez, és valahogy szégyenkeztem; éreztem, hogy nem lehet mit felelni. Nem vagyok jegyben! Nem is akarok férjhez menni? Hát akkor mit akarok Horváthtal? Titkos sértődéssel kerültem ki gondolatban is a teljes igazat; hogy hiszen nem rajtam fordul ez. Hogy hiszen, én nem is tudom, hogy miért nem. Persze, ő összevissza adósodott ember és negyvenéves, agglegénységhez szokott, könnyen élő; nem is termett házasságra. „Ejh, bánom is én! - gondoltam bosszankodva megint, ezen a kis időn (egy hét már mindössze) nem hagyom zavarni magam, sem szétválasztani attól, aki önzetlenül szeret!" Szándékkal engedtem magam szép álmodozásoknak, forró kézszorítások, hallgatag és félénken vágyó egybekarolások fülleteg és fárasztón édes gyötrelmének, lágy csókoknak egy-egy néma és fojtott perc reszketésében. Csak október közepén mentem ki Pórtelekre, a pusztára.

19

És megláttam újra a nagy, szérűs udvart a szárazmalommal, ahol valamikor, nagyon kicsi gyerek koromban még én is játszottam a béresek fiai, pendelyes lánykái közt az apai nagyszülőim életében. Zavarosan, mint valami álomra emlékeztem mindig az ősi házra, ahonnét nevem szerinti véreim elszármaztak; de későbbi álmaimban mindig téresebbnek tetszett az udvar; súlyosabbnak, hatalmasabbnak a kőcifrás, szürke ház csúcsos ereszű homlokzata, a reves lépcsők, s az ámbitus nagy, tömzsi oszlopai. Bizony, mintha minden megkicsinyült, megkopott volna! De mégis ez az; a régi, régi ház, ahol szorongva, idegenül settenkedtem át a szobákon, és kicsi kezemet magasra nyújtottam a nagy, cifra kovácsoltvas ajtókilincsek után. Emlékszem az igen-igen tágas ebédlőre, aminek a pádimentumát nyolc asszony súrolta hamuval hófehérre, és nádszecskát szórtak rá vizesen, hogy fel ne járódjék; és csak harmadnap, szárazon seperték össze. És tudtam, hogy meg fogom találni azt a kiugró ablakú kerti szobát, ahol Pórtelky nagyanyám, a szelíd nagyasszony kerekes rokkája állt... Régi, régi itt minden, tán több száz esztendős; az idők bizonytalan messzeségében itt regnált, ellenszegült, nyakaskodott ez a kemény, kis úri nemzetség. Mondják, sohasem mentek oda, ahol rangot, elgazdátlanodott földeket, idegenes csínt és magas összeköttetéseket osztogatott a régi versengő királyok, új udvart ülő fejedelmek csalogató kegye. Itthon maradtak, körülbástyázottan vadvizek, zsombékos erek, náderdők gyűrűjétől a lápvidék e dús, kicsiny félszigetén, ami örökük volt; kiskirályok voltak, és féltették úr voltuk e szuverén érzését; ezért váltak sokszor különc vagy zárkózott, mérhetetlen és lobbanó gőgű figurákká, akiknek furcsa dolgairól legendák szálltak ott beljebb a megyében. Volt egy régi Szaniszló, a Gutkeledek és Balog-Semjének osztályosa, aki valami asszonyért levágta a kisujját, hogy gyűrűstül vethesse elébe; mert egyszer megfogadta volt neki, hogy ott lesz a gyűrű örökre az ujján.

Egy másik bolond magánosan élt itt, és egész életében sose váltott szót paraszttal, csak a kutyakorbácsot suhogtatta köztük; de a nagy kolera világban minden haldoklónak maga fogta le a szemét. „Minden Pórtelky fuzsitos!"[51] ez közmondásképp járta messzi földön. Negyvennyolc után egy távolabbi, Tyukodra átszármazott ág báróságot kapott, jól meggazdagodott; de a valódi lápi Pórtelkyek rebellis nemzetes urai még sokáig erőlködtek, hogy megtagadják, lenézzék, semmibe vegyék az elpártolt, „áruló" rokonhadat. De a világ tovább folyt, feledett; a rang és több vagyon pedig megtette a magáét. Lám, Melanie bárónő főispánné ma!... Az ittmaradtak közt pedig lassan oszlott, osztályodott az ősi drága jó, gazdag föld. Testvéreket kellett kielégíteni, lányokat férjhez adni; már zsidó kézen is volt egy szép telek a gencsi oldalon. Az én apám volt az első, aki elszakadt hazulról, Patakra ment jogásznak, és

---

[51] hóbortos (román)

ügyvédségbe fogott. Bizony, hallottam suttogni itt-ott, hogy nemigen ismert irgalmat; nyúzta, akit lehetett; holmi boldogtalan asszonynépek, tán kofák, egyszer letérdepeltek a porba a szinyéri piacon a kocsija előtt, és úgy átkozták meg, égnek emelt öklüket rázva, még a maradékát is... Istenem, ez így volt! A hármunk kis jussát meg az anyámét pár esztendő alatt szedte jóformán össze; akkor érte utol az ital mániája, tán csak éjszakai ébrenléthez, munkához erősítette magát a szesszel eleinte... Rákapott, nem bírta, esztendőre vége volt... Ábris bátya meg azalatt elvett igen messzi földről valami gazdag és csúnya lókupeclányt, azzal visszaváltották, összevásároltak, rendbe hoztak itt mindent; de senki sem látott a kártyájába egészen. Elözvegyült rég, az egyetlen leánya Pest megyében volt férjnél. Ő meg az utolsó esztendőkben már zsombék fedte, víz alatti földeket is vásárolt bolond olcsón. „Vén huncut az!" - mondogatták észbe kapva az emberek, mikor egy időben sűrűn kezdett bejárni a megyebizottságba, és a szegény uramat hirtelen pálfordulással „kedves öcsém"-ezte, látogatta az alispánjelöltsége idején. Most, mondják, Melanie-val atyafiskodik nagyon; és lám, a nyáron már vízimérnököket szállásolt hozzá a vármegye, és kiépült a szekérút Szinyér felé az eltisztított mély réteken át. Harmadfél órát mentem mindössze kocsin; szinte hihetetlen volt ez! Piciny koromban emlékeztem, hajnaltól délutánig rázódtunk, és kétszer kellett átkelni kompon; akkor még megkerülte az egész Szamosközt, aki Pórtelekre igyekezett.

Ábris bácsi az ámbituson csibukolt, amikor megérkeztem; egy szolgáló aludttejet hozott fel nagy cserépbögrékben, mázas tányérokat és fakanalakat.

- Van ezüst is néhány pár, majd előkeresheted, bár Júlia jóformán mind elhordta már, ami az anyjáé volt. Én meg nemigen vásárlok, tudod, azelőtt tíz esztendeig is alig húztam ki a lábam innét. Most vót egy kis sűrvités, igaz, míg a földigazítást kijártam; itt kezdik legelébb, a grófi uradalommal meg a Kendyekével egyszerre!... Na, azért nem csődítem ide éppen a Sisera hadját! Majd előszeded, majd meglátod, mi hol van! Nekem bizony így esik jól az aludttéj!... Csuhaj, húgám! Az mind a te motyód? Láda, kettő-három kosár! Mi az istennyila van abba' mindbe'? Csupa krinolin? Holtig se viselhetsz itt el annyit! Kertbe, mezőbe bokorugrós kékfestő szoknya kell!

Elcsudálkozva néztem rá. Hiszen ő volt vagy kétszer az én házamnál Szinyéren, látta, hogy élek, hogy öltözöm. Tréfál most vajon?

Elkezdődtek sorjában a napok; hirtelen, sáros, esős ősz, pállott, nehéz ködök a vizes tájak felől, hosszabbodó esték, csend, és körültem csupa idegen ember. Csupa mord és bizalmatlan paraszt, rideg és buta arcok, megrögzött, kedélytelen szokások ez özvegyes házban. S a nagy, rosszul fűlő szobák esti némaságában, füstös olajlámpák alatt vastag szőrpamutból harisnyákat kötöttem, csizmába valókat az öregúrnak. Szemben ült velem, a csibukját szívta; a szopókával néha kétfelé törülte a nagy fehér bajuszát, és messzire köpött a padlóra. Néha beszélt is valamit, régi dolgokat, meg hogy ki, hogy s mint atyafia a másiknak; ehhez néha előkereste a polcról a bőrbe kötött, nyűttes Nagy Ivánt,[52] abból böngészte a családfákat. Ha én beszéltem, nemigen figyelt rám, abba is hagytam rendesen. De így, hallgatva néha magamon éreztem az erős sötét szeme tekintetét. Lopva megnéztem ilyenkor az arcát, borzas szemöldökét, göbös, de szép vonalú, kemény sasorrát; nagy, dús fehér szakállát. Mennyi idős? Lehet vagy hatvanöt; de miért gondolok erre? A szél zörgette a pusztai kastély ablakát, a szabad kéményen beszállalt a tőzeg finom pernyéje, zsongott, zizegett a csend, kinn a kutyák ugattak... Néha lopva szöktem le egy negyedórára a cselédházba, ahol a béresasszonyok fontak, danoltak, és egy-egy bevetődött kóbor cigányasszony rongyos viganókért[53] kártyát hányt nekik. Faggyas, bagószagú, furcsa ábrás képes kártyából mondta a csíziót; nekem is olyankor. „Olyan írat tudok, ha megeteti avval, akit szeret, soha többet, míg a világ, meg nem menekedik a keze közül, ha elveri is visszajön; meg is csalhatja, kutyája lesz. Én csak főzök, főzök valamit, mikor zubog, itt terem az, akit a szíve kíván, pántos ajtón, ablakon, beesik akár a kéményen is!..." Súgva lihegte a tarka hazugságokat, és kiforgatott szeme fehérébe világított a piros tűzparázs.

- Ábris bácsi - mondtam fojtottan, szinte félve -, holnap be kell menni nekem Szinyérre!

- Minek megint? Két hete voltál!

- Az rég volt. Fűszer kell, mosdószappan, kávé, meg nekem is kötőpamut, apróság. És hát a kocsisnak úgysincs dolga!

---

[52] Nagy Iván (1824-1898) történész, genealógus. Fő műve: *Magyarország családai címerekkel és nemzedéki táblákkal* (1857-1865)

[53] S. Vigano olasz táncosnő nevéből eredő szó: hosszú női felsőruha

- Mit tudhatod te azt? Nincs dó'ga! Adhatok én neki dógot! Mire az a sok furikálás? Rend az? Nem jó az itthon főtt szappan? Elrontja a szépséget, ugyi? Szagos mosdókkal kentefitélni magad! Meg kávé... káávéé... mintha a jó kifejt tej nem is volna jó! Hát csak eriggy, ha mán nem férsz a bőrödbe!... Héjnye, az akasztófáravaló istenit annak a dögnek, hogy vonít! Nem oldták el?... Héj, az apátok hétfánfütyülő!... Na, megájjatok!

De másnap benn voltam, és kipanaszkodtam magam, és megpihentem a vállán valakinek, aki még mindig úgy tudott megcsókolni és megsimogatni, mint valami drága, szomorúan becézett, törékeny kincses jószágot.

Úristen, csak tavaszodna, tavaszodna már! Sose lesz vége ennek a borzasztó télnek! Szakad a hó, és kavarog, porzik a puszta világra, betemeti az utakat, elvág, megszakít mindent. Ez a nagy, halottas vakfehérség! Valami, ami mozog, és nem ad hangot, néma nesztelen, ijedelmes! És idebenn ugyanaz a csend, füstös lángok kormoznak, csak a kötőtűm zörög, és egy havas szakállú, tűzkőszemű öreg egyre néz mereven engem... Vajon ébren vagyok-e én most? Hátha csak álomkép mindez? Azt hiszem, borzasztóan ideges lehettem akkoriban.

Március elején engedett az idő, megdagadtak a messze vizek, és egy darabig a sár miatt nem lehetett mozdulni. De legalább valami készülődés kezdődött, a faluból leveleket hozott ki a posta: pallérokkal alkudozott, levelezett a bácsi, mert tatarozni készült a házat; és Júliát, a leányát is várta a nyárra két gyerekével.

Mintha jobb kedvű lett volna ő is, izgett-mozgott, szaporábban káromkodott.

- Sebesen, hé, a teremtésit a kis bokátoknak, úgy jó a fehérszemély, ha mozgolódik!

És a kis szolgálók megriszálták a ráncos szoknyás derekukat, arcukba húzták a keszkenőt, de kuncogva vihogtak össze, és a kerek válluk vonaglott a csiklandós jókedvtől.

- Na né! Mennyi csillag van már, milyen tiszta az ég! Gyere csak, Magdi, nézd el! Ne bújj mán mindig a kucikba, mint egy beteg macska! Na ládd-é, lehet énmellém is húzódni egy kicsit! Gyere idébb, na! Lelkem, be jó kis...

- Pfuj!... Utálatos, undok vén!... Rögtön kiáltok!

- Ne bolondulj, hisz csak!...

- Pusztuljon, alávaló! Eresszen!... Nem szégyelli magát?

- Jaj, de kényes vagy, galambom! Na jó, hogy tudom mégis, hogy nem mindenkivel ilyen rátartós a menyecske!

Undorodva, reszketve, nyomorultul ültem a szobámban, és sírtam. Mi lesz már most? Mit fog szólni reggel? Borzasztó! Én nem tudtam, hogy az ilyen korú férfiak is... Semmit sem szólt, mintha semmi sem történt volna. Egyébről beszélt, parancsolgatott, ahogy szokta, nyersen, kereken. Pár nap múlva aztán odalökte egyszerre az ebédnél.

- Na, jövő héten jönnek a pallérok. Hát itt a nagyházba csak három szoba lesz olyan, amit nem bolygatnak, az nekem kell meg a lányoméknak a nyáron. Hanem a gazdáék régi háza üres most - azok a juhászokkal mennek együvé -, hát azt lakhatod, ha tetszik. Egypár bútort levitethetsz. Nem rossz hely az, soknak olyan sincsen!

Keményen, kitartóan nézett rám, várta, hogy felcsattanok, hogy sírok és panaszkodom, és akkor megtörhet, megalázhat. „Nem - gondoltam -, egy szót sem! Jöjjön, amit akar! Valahogy csak vége lesz egyszer."

Szinte keserű, dacos örömem telt a szenvedésben, a nyomorúságban már. Földes cselédházban kellett laknom, és a régi, szép, tükrös és selyempárnás szalonomra gondoltam, a virágokra és a zongorára. A nagy tavaszi esőkben az ágyamig csurgott éjszakán a víz, és egyszer befolyt az alacsony küszöb felett a zápor, zavaros, szennyes víz úszott a tapasztott padlón, és felvetette az ócska asztalt, kimustrált székeket.

De szép, ragyogó húsvéti idő jött, száraz, napos napok, frissen kalandozó, jó szagú szelek megint, és a faluból harangszó hallatszott kék egű, üde délelőttökön. Nagy sétákra indultam a határba, és a keresztútnál a Horváth bérkocsija várt... Nem volt semmim, senkim rajta kívül abban az időben.

Májusban megérkezett Júlia a két kamaszos, pajkos gyerekével.

Nem volt hozzám szeretettel; éreztem, hogy nincs kedvére az ottlétem, és hogy már messziről gyanakodott, félt, istenem, a vagyon miatt!... Hogy én majd úgy megkedveltetem magam az öreggel, hogy egyszer talán még osztoznia kell!... Ó, isten ments, gondoltam, csak azt ne higgye, hogy erre pályázom. Ezentúl még hidegebb és tartózkodóbb voltam; és most már lassanként kihúzódott a kezemből a házi kormányzat is. Júlia felülvizsgált, szóvá tett mindent, én pedig nem intézkedtem többé olyasmiben, amibe ő beleártotta magát. Nem akartam veszekedni, de két úrnő nem rendelkezhetik - gondoltam, és úgyis látható, hogy ez a szándékuk, és hogy megbeszélik ezt ketten ellenem. Már egészen fölbiztatta az öreget. Jó, magamtól nem megyek, nem szólok, nehogy elhíreszteljenek, majd csak megérik ez magától. Lássuk, mit tudnak! Már alig beszéltem velük; de nagyon keserves, lelkemig zaklató, idegesítő állapot volt ez. A cselédeket is ellenem hangolták. És magam voltam egy ilyen szövetséggel szemben.

Sokszor bolyongtam egyedül a réteket, és ha találkára indultam hosszú, szép szürke köpenyemben, ernyős csipkés pongyola-kalapban,[54] megfrissültnek, összeszedettnek, városinak éreztem magam újra. Nem, lehetetlen volna még egy ilyen borzasztó telet tölteni itt!... Már zsendült a fiatal búza. Messziről sokszor láttam felcsapó füstfelhőket, s az alkonyatban szinte naponta felpiroslott az ég alja, és lángcsóvák szikráztak szét a távolban. Tanya égett vagy csárda, vagy a nádas gyulladt ki egy-egy végében. Csendőrök kerülték a határt: gyújtogattak valahol.

- Rossz idők, jaj, nehéz idők! - sopánkodott a csárdásasszony a keresztútnál, ahol megszálltunk néha Horváthtal, és túlfizettük a kis szalonnát, rossz bort a kocsisnak. - Zajlik a vidék, uraim, nagy dolgok lesznek itt. Tyukodon szörnyet ellett egy tehén, kérem! Haj, a föld népe, a szegénység, amelyik a nádas után élt eddig, kosarat font, csíkászott, halászott; mi lesz most azzal, hova menjen? A lápföldhöz való jussukat meg, egész falura valót megvette száz forinton Ábris tekintetes úr... még három esztendeje, mikor hírét se vették szegények, hogy mi készül. Jaj, nagy a keserűség, hallani kéne csak, mikor beboroznak egy kicsit, hogy beszélnek. Azt mondják, messziről jött emberek is járnak köztük, biztatják őket. Azt beszélik, hogy a király fia nem halt meg, csak a képmását temették el; az, aki Szinyéren is járt harmadéve, nyugodjék szegény, hogy az itt bujkál a nép közt, és kitanulja a baját. Akkor is hogy azért jött volna, mert látni akart mindent a maga szemével, de az urak kimeszeltették a házak külső falát neki, és felöltöztették a népet, hogy kedvét lelje... Bizony csak meghalt az, kérem, mese-beszéd az ilyen! Hanem ha ezek a népek megbolondulnak, vasvillára kapnak, mi lesz itt! Ki tudja, mire épül a Pórtelky-kastély! Bár a megyei urakra még jobban haragszanak!... Tessék a bor, pünkösdi kalács, kérem!

- Nem tudom, lehet, hogy van valami a dologban! - mondogatta félig súgva, eltűnődve Horváth. - Bár az ilyet felfújják rendesen! Hisz akkor mindig ribillió volna a világon, ha minden igazságtalanságot így lehetne megbosszulni... De ha így van megírva, nem lehet elkerülni semmit.

---

[54] kényelmes, laza

Engem nem nyugtatott meg az ilyen bölcsesség, reszkettem a végsőkig feszített idegességben, féltem kinn maradni a pusztán, legjobban szerettem volna a forrongók közé állni, egy hitet vallani az elnyomottakkal, az elkeseredett, kisemmizett haragvó szegényekkel. És teltek a napok. Egy júliusi délután kegyetlen szél süvöltött át a pusztán. Ruhámba kapaszkodott, hajam tépte, és megint hordta szemembe a pernyét valamerről. A fejem fölött vércse kerengett vijjogva. A csárdásné a kerítésig jött elém, és sápadtan, akadozva kérdezte.

- Tetszik már tudni?
- Mit? Micsodát?

Kézen fogott, átsegített a léckerítésen, némán, reszketve került velem a szekérút felé, és előremutatott a kezével. Messze, messze, fekete sűrű füstoszlop állt, vérvörös, izzó magja villózva sugárzott fel a szürkülő, borús égre. És süvöltött, kavargott a szél.

- Az... az ott?
- Szinyér ég! A város!

Megszédültem, és eltakartam a szemem halálos borzalomban. Nem is gondolkoztam, hogy mim is van ott becses vagy veszteni való. Messze, rémesen, véresen kavargott a szörnyű vész, mint valami szodomai ítélet a város... az én városom felett.

Az út megtelt néppel; az új víziművek napszámosai jöttek Gencs felől s az Ábris bátyám kőművesei, mészporos, sarkatlan cipőjük kattogott a lihegő, veszett futásban, lemaradt a lábukról, rohantak lélekszakadva a város felé. Mindenük, mindenkijük ott van.

Végre, végre ott jön a kocsi értem.

- Siessen, drága, hamar! Üljön be, ahogy van! Hajts. Nem, ne reszkessen, mamáéknál semmi baj, a Cifrasor kertes út, a nagypiac és a park védi... de a többi utcák. A maga bútora is, minden holmija. Telekdy, azt mondják, mentett belőle, amit tudott. Ó, már dél óta! Alig kaptam kocsit. Ez a rettentő szél! Némelyek látták, hogy a bolond báró kannát fogott, és öntözött, mikor mindenki elvesztette a fejét. Tűzoltók jönnek este a debreceni vonattal. Mi lesz addig Szinyérből! Hogy terjed! Ne, ne sírjon, édesem, tegye ide a fejét!

Szorosan simultunk össze. Éreztük valami igen nagy, rettenetes és rohamos dolognak a történését magunk előtt, és izgatottságtól kábultan, fél öntudattal, különös erősen éreztük egymást. Átkarolt, és az ujjai forrón reszkettek a fekete csipkefátyol ruhámon át, de szinte mozdulatlanul maradtunk így egész idő alatt.

Füsttel, sűrű, fojtó és rémületes bűzével az eleven, égő dolgoknak, fekete pernyék kavargásával a pokoli szélben; így jött gyorsan az alkonyborulat. A lovak horkanva és ijedezve, alig fékezhetőn rángatták a kocsit. Előttünk izzva fel-felvillanó, borzasztóan mozgalmas, őrületes, lihegő, vérszínű áradat; zsarátnokutcák, lángtornyok, lobogó üstökű tűzkígyók! Mint a láva folyt és vonaglott az egész, és lobot vetett, villámlott körül az égbolt fele. És bódult lárma, távoli összemosódó üvöltözés, zuhanások robaja messze! Körül lihegő, lelkendező alakok rohantak, lélegzetfogyott, kétségbeesett futásban, felsebzett meztelen lábakkal és jajongva, néhányan megfogták a kocsi oldalát, vagy felkapaszkodtak hátul egy pillanatra, de mások letaszították őket, elmaradoztak, az öklüket rázták csak utánunk.

A szőlőskertek közt voltunk már, magas fagyalbokrok sövénye egy ideig elzárta előlünk a szörnyű képet, csak a vérszínű ég villámlott, és a zajongás jött közelebb. Csak lépésben mehettünk, mert tolongva jöttek már menekülő csapatok: asszony, férfi, gyerek.

- Jaj, vége már! Nincs többet a város! - kiáltozták felénk csodálatosan élénk kézmozdulatokkal, mint valami nagy újságot.

- A Börvely utca szabad még? - kérdezte a kocsis visszafordulva, de nem mert megállni a tolongásban.

- Jaj, már átcsapott! A csizmadiaszín ég, nem lehet arra!

- Kálmándi kapu felől mehet a piacnak! A nagypiacon nincs baj!

A temető mellett robogtunk; a tűz világossága oldalvást és mozdulatlanul, szinte nyugodtan feküdt el a sírkövek fehér márványain, a néma mezőn. A kis utcákon alacsony sváb házak szepegtek, a lakók őrt álltak előttük felkészülten, összeszedett butyrokkal a karjukon, egybeverődve, összedugott fejekkel, mint a rémült csorda. Az állataik elkötve szabadon lézengtek utcán és udvaron. Végre láttuk a víztorony bevilágított sivár négyszögét s a cédulaházat a piac közepén. Ott leszálltunk.

A messze, óriás térségen feketén nyüzsgő emberraj és zümmögő, szinte lágy sírású panaszhang, asszonyi zokogás, mélyen megviselt lelkek rezignált és tompa hangja, amint szinte idegenül figyelték már találgatva és tájékozódva a vész útját, lejáratát. A szél csakugyan szűnt, észrevehető rohamossággal, ahogy támadt. Az egész térség teli volt hordva idegen, százféle bútorokkal, edény és egyéb holmi hevert szanaszét; tolvaj, ha akad is, nem tudta volna hová rejteni őket. Idegen csoportok ismerősként beszéltek és zokogtak idegen díványok, székek és asztalok tetején megtelepülve, összekeveredve; minden különködés megszűnt a veszteségek szinte lelkes és érdeklődő testvériségében. De elmosódtak egyéb közösségek, szokott összetartozások szálai; emlékszem, hogy jó ideig bolyongtunk már, és haladó csapatok árja előre-hátra hajtott; és még nem jutottunk el az anyámék lakta házig. A Cifrasor kiskertes, formás udvarai csakugyan védettek voltak és sötétek; és szemben a grófi park fekete lombsűrűje sötét tömegben rajzolta ki a fák kemény árnyékát a rózsaszínellő ég hátterébe. A rács mögül éles és különös, szinte emberi kiáltozások hallatszottak; a felébresztett pávák rikoltoztak rémülten ott, és valami el nem felejthető vérfagyasztó volt a hangokban.

- Hol kezdődött, jóemberek? Mit tudnak? Mi égett le?
- Jaj istenem! Hát most jöttek? Minden... majd szinte... hát látja! A Papszertől a Hétsastoll utcáig a kis Hajdúváros, az Árokpart és azon túl már minden! A szegények városa, a nádfedeles házak! Ott legelébb végigszaladt. Ott már minden üszök!
- A gazdák fertálya is, a mesterrész is! A Kisvíz utcáig, a cigányvégig minden! Még ebéd után!
- Emberhalál? Jaj, ki tudhatja azt most? A népek kisereglettek a mezőkre, a faluk felé. Meglelte-e minden asszony a gyerekit?

Odább néhány paraszt állt egy csoportban a cédulaház oszlopának támasztva fürtös gubába takart, vaskos alakjukat, mely feketén, egy tömegben mozgott a rőt félhomályban. Az egyik kar felnyúlt, és ököllel fenyegette meg a kastélyt.

- De bezzeg annak meg nem árt, a cudarnak! Az égbe sincs igazság!
- A keserves istenit! - zúdult a másik. - Az vót a barom, aki nem ott kezdte, ha mán belefogott. Így kin áll bosszút? Bánják is azok a várost!

Egyikük észrevett minket a közelben, és én ijedten karjába akaszkodva húztam odább Horváthot a pillantásuk dühe elől. Megint sopánkodó asszonycsapatba keveredtünk.

- A Megye utca csak feléig égett! Jaj, csuda, nem hiszi, hogy csuda! A Könyök utcán a régi kis összezsúfolt zsidó házak közt felszaladt; de a Megyeház tűzfalát hajdúk meg zsandárok első perctől kezdve fecskendőzték. Csak a porkoláblakások égtek a kertben. És ott balra szaladt.
- A Zimán-ház is?
- Igen, bizony. Az eleje! De a templomtól tízháznyira megállt... Eltérült a promenád mellett, és a boltok során ment végig. Jaj, az ott, borzasztó! Arra, nézze, még most is lángol. A kastélybeli tóból mind kihordták a vizet! A Templom utca is villódzik még. Ha! Mi

az!

- A tűzoltók! A debreceniek!

Egy lélegzésre szakadt fel a megkönnyebbülés, és nyüzsgő morajlás szaladt végig a téren.

- Menjünk! - mondta Horváth, és erősen fogta a kezem. - A Megye utca templom felőli oldala ép. Ott lakom én is. Elnézünk arra?

Lassan és reszketve haladtunk a Várkert aljáig. Eszembe jutott hirtelen, hogy ott, a templom közelségében van a Zimán Ilka háza is.

- Nem bírok tovább most. Pihenjünk! - mondtam a kis *Promenád* akácfái alatt, és hirtelen egy padra ültem. Ez a kis tér csudálatosan néptelen volt most; innét mindenki a piac felé húzódott. A templom gyönyörű kupolája nyugodtan, érintetlenül domborult szemben, és a merev kőszentek kísértetiesen álltak sorba a cifra ormokon. A piciny tér fáin túl még tolongtak az embercsapatok, aztán zenés tülköléssel jött vágtatva a tűzoltók kocsisora. A boltok irányába tért el.

Csudálatosan egyedül, magunkra hagyva ültünk ott. Lestünk étlen-szomjan az éjszakában, láttuk a rémes színjáték egész folyását, lezajlását; és nem mozdultunk fel, hogy mi is részt vegyünk benne... Miért? Mintha az ő fatalizmusa átragadt volna rám. Menni és tolongni tovább és hajszolódni, hogy hamarabb tudjam meg pár órával, hány darab széket vagy szekrényt rángattak ki az égő házból az enyimek közül. Ejh! Úgyis csak terhemre volt az a sok lom, bár mind ott veszett volna már! Csudálatos nagy szabadságot, könnyűséget éreztem ennél a gondolatnál!... Mindegy! Koldusok vagyunk mi ketten, nincs nekünk mit félteni! Így, itt együtt vagyunk legalább!... Elszunnyadtam egy-egy rövid időre a vállára hajtott fejjel, majd fázva riadtam fel a szürkület hidegében; de ő takargatott a köpenyével, és vigyázva melengetett. Hideg harmat volt minden; de a nyirkos fapadok feketére festették a tenyerünket a rájuk szállt sűrű korommal. Dermedezve álltunk fel, és kimerülten, átázva, idegesen és végtelenül levert, züllött érzésekkel indultunk meg a hajnali, elüszkösödött, fekete utcákon át.

Ezek az emlékeim abból az országraszólón szörnyűséges éjszakából. Nem is tudom, miért vésődött mindez olyan élesen belém, hol függött össze oly erősen az életemmel. Hisz nem volt nekem Szinyéren házam, sem fekvő vagyonom... semmim! A bútoraimból is kihúzgált egyet-mást a kocsisával Telekdy mostohám; megmentettek vagy két szobára való limlomot, hogy velem maradjanak, és átkísérjenek az életen. Körültem van ma is még néhány viharvert darab. Ami bennégett, a ripszselyem, amorettes garnitúra, a láda szőnyeg, a szép zongora; mindennek fejében busásan osztatott nekem a Széchy alispán tüntető jóakarata az egész országból küldött segélypénzekből; szinte hasznom volt még a káron... És épülni kezdett az én elpusztult, régi városom szinte hetek múlva már; új házak, cseréptetővel és vasrolós ablakokkal; új, üvegkirakatos boltok; új, cifra vasrácsok és fedett kapuk; egy év alatt megfrissült, kiszépült, nekilendült minden itt! De az emberek élete mintha elvágódott volna az emlékeiktől, a gyerekkoruktól, különös színes hagyományoktól, amelyek jelölik és megkülönböztetik a maguktól lett, eleven dolgokat. Mesterséges és mondvacsinált város készült itt nemsokára, szép, egyenes utcákkal és egyforma, takaros házakkal; végül a jólét meg forgalom meg minden csak nyert e csapással; de annyi sok régi, meg sem nevezhető szépség és különösség nincsen itt azóta. És ma is legjobban szeretek azokon a girbegörbe, régi utcákon végigjárni, melyek a tűz előtt épültek még, és megmaradtak a régiben. Hogy is volt aztán?...

Anyámék közelében, a Cifrasoron vettem ki egy kis kétszobás udvari lakást, és odaköltöztem a megmaradt bútorommal. Pórtelky bátyámhoz bizony nem volt kedvem visszamenni, de nem is lehetett volna már. Az öreg elhíresztelte itt Melanie meg néhány más ismerős által, hogy én a tűz előtti nap titkon, búcsúzás nélkül megszöktem tőle Horváthtal. Hogy előre kitervezett dolog volt ez. „Szökés"!... igen, így kell csak nevezni az eltávozást, és különösen érdekes, veszedelmes, foglalkoztató és romantikus színt kap az emberek ítéletében a dolog. A megindult szóbeszéd e zavaros hetekben is ráért lezuhogni szegény fejemre.

- Mit szóljak? - éleskedett anyám. - Ide, énhozzám hajnalban jöttél... ki tudja, hol jártatok reggelig; ki tudja, hány ismerős látott éjszaka barangolni. Nem is szólhatok a beszédek ellen. Oltalmazzon meg ő már most, ha olyan nagy lovagod!...

Megint éreztem, hogy szorosabbra fogódnak rajtam a sors hálószemei. Megint rabja voltam; én szegény asszonyéletem!... megint kiszolgáltatva egy férfinak, mert tőle kell várnom védelmet, helytállást, helyrehozást, becsületet. Mit tehettem volna mást, mint hogy teljes, asszonyi szívóssággal, ravasz, palástolt akarattal, egész erőmből ezt akarjam tőle.

Igen, itt laktam már, és semmi egyéb tervem, célom vagy lehetőségem nem volt. Itt laktam, hogy ő naponta járhasson hozzám szabadon, és csak annak éltem, hogy élesszem és ébren tartsam a vágyait és szerelmét. Láttam és tudtam, hogy ő is belebonyolódik lassan, és egyéb kiút nem marad számára. Mert a közvélemény kegyesen már eleinte is fordult. Az emberek látták ki-be járni nálam; észrevettem, hogy rendszeresen lesnek az ablakomra idegen, alig ismerős sétálók is, és közbeszéd tárgya vagyunk megint. Az utcán tisztelettel, kíváncsisággal és ijedten néztek rám, mint valami bélyegesre.

Nem is volt okuk pedig!... Bizonyára... nem történt meg közöttünk minden, ami asszony és férfi között megtörténhet; bár én ma már sejtem, hogy a határok nem annyira élesek itt, mint általában hiszik. Sokszor, ha védekeztem a vágya ellen, feltámadt bennem valami szilaj, keserű elszántság hazárd szenvedélye, és azt gondoltam: „Ejh! Ki kellene fizetni, elébe dobni mindent egy dacos és büszke mozdulattal, és elbocsátani, hadd menjen! Kegyes lenni és ajándékosztó! Menjen békén, ne érezze megalázottnak magát, és ne higgye, hogy kis szatócs módjára őrizgetem magam tőle, és fontossá teszem magam és becsessé így, hogy becsaljam valamibe, amihez bizonnyal nincs szándéka vagy hajlandósága..." Sohase tanított senki erre a gondolatra, de éreztem, hogy ez úgy szebb, büszkébb, emberebb és úribb volna... De én nem tehettem úgy! Az én életem zsákutcába került. Minden, amit a magam emberi erejével próbáltam, összedőlt, sikertelen volt. Lehet, hogy az én hibámból jószerint; úgy látszik, nem voltam küzdésre és függetlenségre alkalmas! De más révén, egy *férfi révén* tudtam akarni erősen, mindig. Igen, a feleségévé kell lennem; újra férjes asszonnyá, úrnővé; eltartott, védett élethez jutni, magam háztartását vezetni, és itt, itthon, Szinyéren megint. Szinte a régi életem visszatérését vártam ebben. Hogy Horváth másféle ember... hogy az anyagiak... ejh, majd csak lesz valahogy! Az különben sem az én dolgom!... Most csak védekezni, megállni tisztán, szívósan és számítva; és önzőn és éberen vigyázni, nehogy valami szörnyű kényszerhelyzetbe kerüljek; a szegény leigázott és megalázott asszony, a vigyázatlan, könnyelmű postamesternéhez hasonlóba. Nem, nem akartam.

A másikat akartam! És láttam és vártam, mint habozott, küzdött; néha elodázta a könnyelmű és lágy emberek gesztusával, néha váratlanul csaknem a végső elhatározásig hajszolta magát, hogy másnap újra késlekedve élvezze a felelőtlen jelent. Végre is úgy lett, ahogy elképzeltem. Valami kívülről jött dologra (a vén Vodicska írt nekem megint dorgáló levelet, a fiamat emlegetve, akire a rossz hírem hárul), az én felháborodott sírásomra hirtelen, gyöngéd felindulással mondta: „Hát most már lesz, ahogy lesz! Ennek így kell történni!"

Az egész városnak izgalmas, nagy szenzáció volt a váratlan egybekelésünk!

És az emberek egyszerre nyájasak, melegek, jók és megbocsátók voltak velem szemben! Mintha csakugyan helyrehoztam volna valami hibát, kiengeszteltem volna őket valamiért, és ők jólesőkegyesen visszafogadtak volna engem. Minden elsimult egy időre! Furcsa egy cirkusz ez a világ!

20

Évek, évszakok, egymásba göngyölődő napok számlálatlan serege! Milyen keveset jelent így a távolság szitaszövetén át az idő szorgos mértéke, a kalendáriumi változások, és hogy hányszor reggeledett és alkonyodott a nap felettünk, hányszor váltott a természet, és tért vissza a holdújulás, vízár, hó, eső s az évszak virágai és gyümölcsei! A mi emberéltünk más osztódással igazodik, és a sorsunk - mint valami mappán - kényére kirajzolja a gránicokat.[55] Ha elgondolom, hogy a második házasságomtól számítva mostanig mennyi idő telt; bizony majd a fél életem. De így egészben néha oly egyszövésűnek tetszik ez a nagy halom esztendő; szinte elcsudálkozom; hát annyi tömérdek nap minden reggelén külön felkészültem az életre, öltöztem, beszéltem, gondoskodtam és küszködtem, és annyi éven át mindannyiszor mondtam néha nyüzsgő bajokból, gondokból eszmélve egy-egy pillanatra: „Bizony, hull a levél, hidegedik! Nemsokára fűtünk!" Vagy sóhajtottam nehéz közönnyel az égre: „Haj, esős nyár van! Tavaly szebben nyílt a leander!" Vagy ezt: „Itt van megint a karácsony; ez is, az is kellene!"... Összemosódó, nehéz és szívós, elsötétült színű szövete az időnek, egy hosszú, hanyatló, tompán nehezülő életszakasz; de mennyi alattomos, keserves küzdésekkel, mennyi buta, említeni is bajos, regényietlen, senyvesztő és lekoptató nyomorúságok csatározásaival átlyuggatott, szétrongyolt! Megőröltek, elnyűttek engem az évek! De vajon finom és csinos, halk és szépen nyugodalmas életben nem öregedtem volna-e meg szintúgy? Ott volnék, ahol vagyok! Most már nem is tűnődöm rajta, hogy hol hibáztam el. Tán mindenkinek

---

[55] határ (német - szláv)

az élete a természete szerint fejlődik; vagy a lénye alakul hozzá a körülményeihez. Én már el nem tudom képzelni önmagamat másféle múlttal és jelennel, mint ami így a részemmé vált, ilyenné formált.

A harmincadik évembe fordultam; és férjes asszony voltam megint, az én akaratommal, ahogy ezt kiszándékoltam, kierősködtem magamnak, zülleni indult életem megtámasztására, az ellenségeim bosszújára, vagy a szerelemért, mit tudom azt már - mindenért!

Mintha látszatra visszatért volna egy régi-régi korszak! Megint volt kicsiny, háromszobás, páremberek való lakásom a frissen kiépített, új és tiszta utcácskában a Hajdúvároson, beleköltöztem a nagy tűzből kimentett barna ripszgarnitúrával, a megmaradt ebédlőszékekkel, a politúros ágyakkal és szekrényekkel, a ládákból előcsomagoltam a rég használt, erős konyhaedényeimet, és a leanderfákat is elhozattam anyámtól, sorfalat állítottam belőlük a téglás tornác elébe. Megint volt egy cselédem, akinek parancsolhattam, háztartásom, ahol kefélni, törülgetni, csiszolni lehetett kedvemre, a régi szenvedéllyel. Csakhogy a sorsom egyszer előbbre fejlődött volt már; és ennek a visszaesésnek éreztem néha a melankóliáját. Mindegy, ebbe hamar beletörődtem azért!

Nyári, hosszú délutánokon ott ültem a tornácbéli nádszéken, harangszó rezgett, a cseléd danolt a vasaló mellett a konyhán; idegesen, szapora öltésekkel varrtam pici gyerekruhát már, és fáradtan zakatoltak fejemben a nehéz, asszonyi gondok, a szokott, lázadó szorongás a kérlelhetetlenül biztos, elodázhatatlan rossz előtt. Néha oly kínosan ült rajtam a magány, úgy megörültem, ha (mint régen) egy-egy ismerős bejáróasszony nyikorgatta meg óvatos alázattal a kapukilincset, és hátibutyrával hálálkodón vagy aprókat sóhajtva topogott fel a három garádicson. „Jaj, tekintetes asszonyom!"

- Lelkem egy tekintetes asszony, hát igazán így van? Istenkém, de hamar! De hát ez a sorja annak. Jobb is a', kézit csókolom, ha akar, legyen egykettőre; hogy még örömit érhesse a kedves idesapja is. Mert bizony nem mai gyerek. Meg tán itthon ülőbb is lesz, meg tetszen látni, ha apróság csúszkál majd körülötte. De lássa, így nem is kell a rossz szóra hallgatni! Ha én azt akkor elmondtam vóna!

- Micsodát, Trézsi?

- Jaj, kézit csókolom, nem is illik bizony, de mán csak ne tessen

147

haragudni, megmondom. Úgy volt, hogy ócska ruhát vittem akkor télen; úriasszonyoktul való selyemszoknyákat meg használt báli ruhákat szoktam vinni, kézit csókolom, oda a Rozmaring utcába... a lyányokhoz, megkövetem... mert azok is egy szál szoknyával maradtak a nagy tűz után. Osztán elkérdeznek olyankor mindent, ami a városon hírlik. „Jaj, azt mondja egy nagydarab szőke, aki azelőtt kasszíros volt a Kispipában, Trézsi, azt mondja, igaz-i, hogy az a drága szép gyönyörűség, az az özvegyasszony hozzámegy ahó a nagy, esett, szőke fiskálishó? Jaj, de le kéne azt beszélni rulla! Iszen az már... semmi se... csak a fő'd több vele! Vén élhetetlen, egy nulla - aszt mondgya." Hát ugyi, milyenek az ilyen ronda szájúak? Persze, én egy világért nem mertem vóna a számon kiejteni!

- Jobb volna, ha befogná most is, vén csacsi! - förmedtem rá félig erőszakolt haraggal, mert a bosszús szégyenkezésem csak most lett úrrá a kíváncsiságom felett. Megijedt, könyörgött, cigánykodott, hát előhozattam mégis a kávéját, mint nagyanyám hajdanában és anyám és én is azelőtt, megitattam vele, azután elébe raktam az eladó ócskát.

- Jaj, tekintetes asszony, mér adja el ezt? Úgyse tudom én az árát megadni! Drága színházi keszkenő, fekete csipkeköpenyeg, csipkés fésülködő! Fiatal még ahó a tekintetes asszony, hogy ezeket ne viselhetné!

- Csak ne okoskodjék, Trézsi! Beszéljen, mit ad érte?

- Jaj, vagy úgy? Istenkém! Nem is merek ígérni. Mennyit tetszene?

Máskor Spach Náni jött a nagy hátizsákkal, széthízott teste zihált, recsegett alatta a kis kerti nádszék. Előrakta az alkalomszerű pólyakötőket, apró vánkoscihát, kötött csipkeréklit a kék szalagcsokorral. Kifizettem neki a színházi sálakért, gyöngymantillákért kapott forintocskákat. Igen, így kellett gondoskodnom... hiába! A kávécskát kavargatva ő is elsorjázta, mit tudott innen, onnan. Suttogásba halkult a szava néhol.

- Bizony, nagyon beszélik, hogy Zimán Ilka tekintetes asszony még most is halálba szereti a tekintetes urat. Hogy megátkozta vóna - így beszélik, én csak aszerint mondom - az egész hóttig való életüket egymással; és hogy valami babonaságot is tudna (igaz-i nem tudom; meg nem esküszök!), valami titkos mesterséget... ráolvas, vagy mit csinál!... Csak tudom, benne van az is, hogy kilenc kedden ráböjtöl, meg Pócsra is megy tán búcsúra; hogy ne legyen jó élet köztük. De azér csak ne tessen hinni az ilyen bolond beszédnek; jár a világ szája, mint a... Nem igaz abbul egy szó se, azt mondom...

Ha egyedül voltam, mégis rosszabb volt sokkal. Ha esteledett, nyugtalan lettem, vártam Dénest, hazajön-e? Pedig, ha elmaradt vacsorától, mindig udvariasan idejében megüzente a kaszinófiúval, hogy ne várjam. Olyan sok, sok éven át megszokta, hogy ott maradjon veszteg, ahol éppen jól érzi magát, amikor véletlenül jól verődött össze a férfikompánia, vagy folytatni akarták a ferblit, kalábriászt. Csakhogy én most... így! Ó, hogy őrzött, dédelgetett, vigasztalt szegény Vodicska Jenő engem ebben az állapotban!... Most magamnak kellett viselni az egész lelki terhét is... És hozzá még minden háztartási gondot: olyat is, mint a lakbérnegyed, tűzifavásárlás, kert, téli beszerzések, amitől az első uram gyöngéd és aprólékos gondja elszoktatott.

Hiába, Dénes nem volt az ilyenekre való! Ha néha megkértem valamire, túl finomat, drágát, alkalmatlant vásárolt, és elkedvetlenedett, ha bosszankodtam ezért. Másnap azután féltréfás, tűnődő arccal mutatta kiürült pénztárcáját. „Máma csináljon valamit, kedves! Nincs! Valamelyik nap bejön egy sváb Vállajról, az majd hoz!"

Nem tudtam mire vélni eleinte ezt a különös, könnyed és mosolygó felelőtlenséget. A természete ilyen? De hát így nem maradhat... hiába... most már férj, és apa lesz nemsokára. Meg kell próbálni gondoltam -, szépen, jó szóval megértetni és elfogadtatni vele ezt. Hisz egy-egy kaszinói vacsora költségéből egy hétig is főzhetnénk itthon. És meg lehetne élni abból az irodából egészen jól, még ha az adósságait fizetgetnők is, egy kis beosztással. De hogy mennyi az adóssága voltaképp; és mi hol van, ezt sehogy se tudtam kivenni belőle; úgy látszott, maga sincs vele egészen tisztában, és kellemetlen neki rágondolni, hát nem is hajlandó. „Eddig is megvoltam én azzal, kedves!" - mondta szelíden vállat vonva, és a pipatórium harminchárom díszpéldánya közül derűs elgyönyörködéssel választotta ki a legszebben kiszívott tajték-csibukot. „Eddig!"... de hisz végre is... feleségül vett. Kényszeríteni ilyenre csakugyan nem lehet... hiszen férfi!

Hirtelen ellenséges méltatlankodás lobbant fel bennem; és mindjárt utána keserű szégyenkezés. Hogy ezt... nem vághatom a szemébe! Mert mégis... bizony, *nekem* nem volt más utam. Mikor már nagyon körülem csavarodtak a bajok, mikor a világ megvetett igaztalanul, a pénzem fogytán volt, és a vén Vodicska is beleártotta magát; tudom, hogy mondtam is olyasmit szorongatásomban, hogy én gyufát iszom, ha nem igazodik helyre az elrontott életem!... De ha igazán jó, igazán finom és nemes volna Dénes...

ilyennek eszébe sem szabadna jutni most már. Igaz, hogy szó szót követ, és én akkor az állapotommal nagyon ideges voltam. De hát nem az ő gyermekét viseltem-e, és nem őmiatta voltak szenvedéseim?

Egy-egy felhangolt percben, vagy ha valami eszébe juttatta, még tudott meghatóan kedves és gyöngéd is lenni; de ez nem volt állandó odaadás nála. A színesebb, érdekesebb fajtájú emberekhez tartozott, akik időnként gyönyörűen fel tudják húzni magukat, mint egy mestermívű órát - valami finom és tiszta dallamú hangulatra, érzésre -, de időnként feledik, kényelmesen önmagukba esnek, megpihennek mindentől a kikapcsolódásban. Istenem! Mennyire más típusú ember az udvarlónak való meg a jó férjnek alkalmas! Dénest a vajszívű és kedvesen könnyelmű ember rokonszenves típusául ismerték - és ilyen is volt nyilván -, de váratlanul makacs, néha nyers is tudott lenni, ha a lelki és testi kényelmét bolygatták. Ilyenkor néha kiütközött belőle az az otthoni egyszerűbb városi polgárcsalád kicsiségekbe akaszkodó gőgje, primitív önzése és goromba kifejezésmódja. Igaz, hogy hamar békült, és kellő móddal, jól eltalált ravaszkodással mindenre rá lehetett venni; és ha volt pénze, könnyen és számlálatlan adott akármennyit is. Lehet, hogy ezekben az első időkben már az volt a legfőbb bajom, hogy úgy éreztem: nem szeret már eléggé. Mintha nem volnék már nélkülözhetetlen se testének, se lelkének! De tán sose is voltam! Ha elmentem, hagyott; ha szakítottam, megnyugodott; ha visszahívtam, jött... így volt a múltban is bizony! És közben más asszonya is volt. Puha ember, nagyon gyönge vagy nagyon erős, mert semmi sem nagyon fontos neki, és kiforgatni nem engedi magát.

És mintha ezért a házasságért csakugyan engem illetne minden felelősség, magam is így éreztem. „Én belementem, ha csak ez kellett; ám lássad, hogy illek bele!" - ezt látszott mondani minden gesztusa, változatlanul agglegényes szokásai és konok emancipálódása a megszokott családfői formák és gondok alól. Igen; hiába... a férfiaknak meg kell adni a küzdés és nagy áron elérés illúzióját; az asszonynak valami versenypózna tetején mozdulatlan veszteglő nyereménytárgyként kell várni és őrzöttséggel, gardírozással, tettetett nemakarással és passzivitással kell az értékét felfokozni. Tudtam volna én is ezt, de nagyon is szegény és elhagyott voltam!... Most már ki voltam szolgáltatva, és ezt kegyetlen, görcsös és fojtott sértődéssel éreztem tehetetlenül. Sokszor ki is tört már belőlem egy-egy sértő és elvakult szó, éles, haragos vád; de ő ijedt elámulással odázta el a szóvitát, a gyűlölt háborúságot. De ilyenkor annál inkább elment embereket keresni; társaságban, víg arcok közt vacsorázni, érezni, hogy ő azért is szabad ember. És sokszor rendetlenül adta a konyhapénzt; úgyhogy az én pici vagyonkám most már egészen elfogyott. Végre öltözködnöm is csak kellett valahogy, bár nagyon kisebbedett igényekkel.

Tavaszra megszületett az első leánygyermekem.

21

Két-három esztendő siklott el, most úgy tetszik; csudálatos gyorsasággal. Nem úgy, mint az álom; mint valami nehéz, bután vívódó, öntudatlan és mégis halálosan fárasztó aluvás. Az életet éltem, a siralmasan kicsiny, nyikorgós kerekű, tompa és kemény, őrlő életet. Morzsolódtam, verődtem, magam is érdessé váltam benne. Én nem voltam abból a fajtából, akiket jobbá, finomabbá nevel az alázat és a szenvedés. Inkább megátalkodottá tett mindig, és sohasem hitt rosszaságokat hozott ki belőlem.

Abban az időben szinte folytonos otthon ülésre, elvonulásra kényszerített a gyereket váró állapotom. Alighogy szoptattam a másodikat, el kellett választanom a harmadik miatt, aki már útban volt. És megint leány, mind a három leány!

Kiszívták a vérem, elették, felhabzsolták a fiatalságom!

Hát jó, ez rendén van! Az enyéim, testük a testem, drága kis nyomorult békáim! Szépek, egészségesek, mint az élet! Lám, az én viruló, teli gazdagságú fajtám, az én elkésett termékenységem érett fakadása; a másik hanyatló gerezd mellől is dúsan kihajtott. De hát kellett-e azért így leromlani nekem? Tehettem-e én az életemről; vagy ha igen, hát lehetett-e másképp? Hát már minden, minden csak énrajtam megy keresztül?

...Már nem szopott. Kemény, életrevaló, követelő kis szája csücsörítve maradt, parányi öklei szorosan összecsukva édes aludtában. Lám, hisz olyan drága egy ilyen csepp... el lehetne így nézni soká. De a másik kettő bömbölve rugdossa odaát a gyerekszoba tapétás ajtaját:

- Anyu, kávét! Mimi-mama, kivi-kávé!

Most már kacagnak, a kicsi utánamondja a nagyobbiknak, „Mimi-mama!" Jaj, felköltik ezt a parányit!... Lesz csend odabenn? Ejnye, garázda kölykek, ha bemegyek a seprűnyéllel!...

Egy percnyi csend, halk pusmogás. - Tévé!

De hol az a pesztra, a nyomorult oláh bornyú? Nem bír velük, vagy kiszökött pletykálni a konyhaszolgálóval! Puff... Jaj, most odavágta magát valahová Zsuzska, a kicsi! Úristen, meg kell bolondulni itt!...
- Te, te alávaló féreg, hát hol jársz te? Itt kell hagyni a két gyereket magára, az égő lámpa a falon? Mit hebegsz? Hol jártál? Kitépem azt a piszkos csepűkontyodat, te! Jaj... hát vérzik az orra! Oda nézz! Vizet hozz, ökör! A lelkeden megyek keresztül. Na, ide tartsd! Te meg ne ordíts úgy, jaj, istenem, 'isz nem tört csontod! Na, hisz semmi baj már!

Halkítom a hangom félig elröstelkedve, ahogy percek alatt higgad az idegrohamszerű, magamból kikelt dühöm, amiben az életem minden nyűgözöttsége, csigázott, elégedetlen, legyűrt és keserű asszonylétem lázong fel így néha kiszámíthatatlanul, csúnyán, betegen. A másik szobában, hallom, Dénes jár-kél, tapogat ügyetlenkedve a pipaasztalon.

- Jaj, ott lámpa se ég! Indulj hát, itthon az úr!... A tűzre is tegyél, osztán teríts! De ragyogjon az a pohár, annyit mondok!

Ó, mennyi bajjal, küszködéssel lehet elérni, fenntartani a régi csínt, a megszokott, ragyogóan fényűző tisztaságot egy ilyen sokgyerekes, kevés szobás háztartásban; olcsó szolgálóval, tizenhárom esztendős, bamba kis pesztrával és ilyen férj mellett, aki minden kényelmet szultáni természetességgel megkíván, de maga hajszálnyit nem lendít; tán egy kihullott szeget se tudna falba verni a hűdéses ujjaival... Csak ül és pipál; elgondolkodva merőn maga elé, nagy kék szeme el-elmered szinte a csibuk füstjébe. „Hiába, már ennek így kellett történni, így volt elrendelve!"...Szinte látom, hogy ilyesmit, mindig ilyenfélét gondol. És én valaha szellemesnek, érdekesnek, eredetinek láttam ezt az embert!... De másforma is volt akkor még; tán őt is, mint engem, eltompította, közönségessé, fásulttá tette ez a mindennapos törődés, bajok, nyűgök. Igen, de ő nincs benne úgy, mint én! Az irodája külön van, onnét kaszinóba megy, kártyázik, emberek közt van, híreket hall a város minden dolgáról; ami elevenség, kellem, gondolat van benne, azt idegenek közt adja ki. Itthon csak eszik, alszik, és kiszolgáltatja magát a naponta leolvasott konyhapénz fejében, olyan módra, mint akit semmi sem köt, mintha egy napról a másra felelősség nélkül odább állhatna innét egyszer. Sehol semmi biztonság! Úgy éreztem, a levegőben lóg az egész életem ezzel a három poronttyal együtt; az agyvelőmben zakatolt, hajszolt és gyötrött ez a talajtalanság. Minden hajlamom arra való volt, hogy egy máshoz, férfihoz kapcsolódva, általa legyek, tegyek és akarjak;

de ez elsiklott az ujjam közt, és nem lehetett beléfogódzni. És hirtelen gonosz keserűséggel eszembe jutott az Ábris nagybátyám halálhíre, amit aznap vettem. A félparaszt gazdasszonyának, akivel szerelmeskedett is, hagyott tízezer forintot. Lám, hamar elhalt - nem is kellett volna soká szenvedni, ha én akkor... bírok okosabb lenni... Pfuj!...

A kicsik elcsendesültek, álmukban szipogva a sírás után; mi némán ültünk a vacsoránál, és dúlt bennem a fojtott harag, mikor elnéztem, hogy forgatja kelletlenül a villát a pecsenyés tálban.

- Megeheti - szóltam rá végre, tán rekedten az indulattól -, jó az! Néhanapján leereszkedhetik efféle granszenyőr is a mi szegény házi konyhánkhoz.

- Mit akar megint, Magda? - kérdezte rám meredve, határozatlanul, és reszketeg kezében megállt a villa.

- Semmit! Csak az a megjegyzésem, hogy tízszeres pénzére se evett sokkal különbet a tegnapi pezsgős vacsorán, ahol ilyen jól elrontotta az étvágyát.

- Mi baja velem, kérem? Hát már a falatot se nyelhetem le itthon gáncsolódás nélkül? Vétettem magának?

- Nekem? Dehogy! Semmi közöm hozzá! A maga pénzét költi; no, mondja hát, a maga kifizetetlen legénykori számlái fedezetét, a maga adóhátralékját, az ügyvédi kamara tagsági díját, amiért ma is jött, láttam, figyelmeztetés; és mindent, a parasztok bélyegköltségét is; ezeknek a boldogtalan kis férgeknek a ruhára, iskolára valóját...

- Meg a maga domíniumát is... miért nem mondja! A tőzeguradalmakat, sulyomerdőket, csíkcsordákat, holdbeli szőlőskerteket? Igen, én már ilyen gazember, haramia, másokon élősdi vagyok! És ezt maga mondja nekem, Magda! Meri mondani?

- Más nem is mondhatja. A drága eszem-iszom cimborák, a boroskancsók, a megyegyűlésező falusi jófélék nem is mondják bizonyosan.

- Mit beszél ostobákat? Különben is a maga rokonai azok egytől egyig. Becses fajtája, mit kisebbíti?

- Már az igaz, nagyon a kegyükbe esett. Persze, tud velük inni bőven, a kasszírnékat is maga szerzi nekik, még hegedül is a rossz kezével, ha egyet szólnak, a Bankó cigány mesterségébe ártja magát.

- Hm! Barátnéjától, az ócskásasszonytól így értesült?

- Akárkitől! Azt hiszi, nem tud róla a fél város; amiért ki sem mozdulhatok, nem hallom meg a viselt dolgait. Szegény! Maga a

153

pojácájuk talán... Bezzeg nem szerették szegény Jenőt, mert különb volt náluk. Magát felkapták, pedig azt se tudják, honnan való, ki-mi volt a nagyapja még. De lezüllöttek ők is azóta, végüket járják, most már akármiféle ember jó nekik. Hol a régi gőg? Tíz évvel ezelőtt rá se néztek volna egy jöttmentre.

- Amilyen én vagyok. De hallja, most már vége legyen! Elnézek, amit lehet, de ha százszor szoptat is, az istenit, aki bolond, menjen, csukassa be magát, van ott egynéhány atyafia...

- Pfuj. Szégyellje! *Ezt* hánytorgatni!

- Maga kezdte. Azt mondta, potyafráter vagyok; tán a maga rokonai fizették a vacsorámat. Na, tudja, ha én egy kortyot is lenyeltem más jóvoltából...

- Az a baj éppen. Tudom, elég bolond ahhoz. Kártyán is mindig veszít. Elég alávalók, hogy leülnek magával, és elnyerik a pénzét egy ilyen koldus, tehetetlennek; mikor tudják, hogy a szegény családja nyomorogja ki otthon. Esztendőszámra ki nem mozdulhatok, nincs egy tisztességes rongyom.

- Miért nincs? Én ittam el azt is? Hol vannak hamar azok a domíniumok?

- Így csak egy olyan kötelességtelen léha gondolkozhat... egy ilyen züllött muzsikus... nem is férfi. Három gyermeke van, elfelejti? Hát miért dolgozom én itt véres verítékkel, ha még testi ruhát se érdemlek?

- Amit énrám dolgozik, egy jó cseléd olcsóbban és panasztalanul tudná. A három gyerekit meg én akartam?

- Hát talán én? Jaj, ne kísértse az Istent, elvetemült! Bár el is venné szegényeket! De bezzeg, mikor Marcsinak sarlachja volt, szaladt ám lóhalálba egyik doktortól a másikhoz. Most meg így beszél.

- Bizony, szánom is szegény jószágokat. Maga fogja nevelni.

- Ó, szerencsétlen. Bárcsak eszébe jutna egyszer Jakobi doktort kifizetni, aki Marcsit gyógyította. Jobb volna a pezsgős, kasszírnős vacsorák helyett.

- Már megint a kasszírnék!... Ezt is ócskás Trézsi mondta? Héj, haj! De nagy legény is lettem én már. Hiába na! Megifjított!

- Meg biz az a vén csoroszlya, a drága Ilkája. Azt hiszi, nem tudom, hogy el-ellátogat néha. Együtt bagóznak. Tizenöt szivart füstöl el a vén fogatlan napjára. Úgy kacagják együtt a világot; meg engem is, a jó bolondot, aki itt öli magát. Hja, *alte Liebe!* Neki a könnyebb rész jutott.

- Ha úgy volna is! Ha kacag velem, meg szivaroz velem, csak kellemesebb, mintha hárpiáskodnék. Különben az is a maga rokona. Elég szégyen, hogy haragoskodik vele nyíltan, világ csúfjára, ilyen ostoba féltékenység meg cigánynépletyka miatt.

- Féltékeny magára az ördög! Hanem az igaz, hogy jól kikereste az embereit a rokonaim közül is.

- Ne mondja! Talán a félszemű mostohaapjával barátkozzam inkább, aki halomra gyűjti a világirodalom színét-salakját, összehabzsolja, míg megzabál az esze belé. Most valami bolond szélhámos német pap könyvéből tanulja az egészséget, és a nagypiac gyűl oda reggelenként bámulni a rácskerítéshez, mikor mezítláb sétál a tízlépésnyi kiskert füvében, a hetes meg mögötte jár a vizeskannával, és rá-rálöttyint a lábikrájára. Ezt kéne nekem is, ugye? Vagy a híres Csaba öccsével tartani a barátságot, a rúgott katonatiszttel, akinek kardja, csákója zálogban volt, amikor be kellett volna rukkolnia. És akit most már a harmadik jegyző mellől csaptak el, mert még annak se jó, jegyzősegédnek, ha leissza magát, az árokszéleken szedik össze másnap. Szép koszorú a közelijei, az igaz!

- Hagyja békében őket! Van azok közt tekintélyes, tisztességes ember is, józan, szorgalmas, de az olyan nem is néz magára.

- Persze... István, a kitűnő István, a közjegyző úr. Ez már csak szépen kisemmizte a három testvérét; miért is ne? Ha annyi eszük se volt, mint a tyúknak; mert az is kapar magának. Persze, István nem néz rám; de magára vajon néz-e meg az anyjára? Ő most nagyurakkal cimborál. A felesége a főispánné belső komornája lett, kedves frajja, akivel őrült ruhaszámlákat csináltat, magával hurcolja utazni, fürdőzni. Az a kis félszeg libaasszony majd elrepül, a nyelve is megoldózott már, a szeme is kinyílt, az a „derék, józan" ura meg fizet, mint a köles. Így már csak elérhet az ember egyet-mást a világban, mi?

- Ó, de nagy sor! A báróné édes unokatestvérem; nekem és nem Kallós Ágnesnek. Míg Vodicskáné voltam, mondhatom, inkább ő járt énutánam, mint megfordítva. De most bizony; hiába: az asszonyt az ura után becsülik.

- Hát hiába no! Én már ilyen megvetni való, semmiházi, kivetett fráter vagyok, aki lefokoztam, magamhoz rántottam magát. Csak azt csodálom, hogy elfogadja még tőlem egyelőre ezt a fedelet és az én léha és tökfilkó mivoltom, potyázó munkám egyéb apró járandóságait, amiket reggelenként, míg alszom, szorgalmasan kiszeddeget néha az éjjeliszekrényem fiókjából, a pénztárcám minden zegét-zugát megvetéssel, de buzgó szarka módra átkutatva.

- Legalább azt mentem meg a Rozmaring utcától.
- De tájékozott! Bravó!
- Miből vennék tejet néha a három ártatlan gyerekének; hogy fizetném a cseléd bérét, a tűzifát? Abból, amit naponta odalök?
- Na! Hadd próbálom hát meg, szerezhetek-e reggelig egy kis potyát valamelyik jeles rokona jóvoltából. Ha már én ilyen vagyok...

Már előbb menni készült, kiverte a pipáját, lassan, módosan kereste össze a felöltőt, botot. Ez a frázis csak formás átmenet és gunyoros, lenéző, könnyed befejezés akart lenni. De azért lassan pakolódzott, mint aki félig öntudatlanul vagy valami régi szokásból arra vár, hogy marasztgassák, békítsék. „Csak menne már, csak sietne, pusztulna hát, ha már úgyis..." - gondoltam konokul, mert nem is tudva, tán én is féltem, hogy marasztalni fogom mégis, vagy visszahívni egy békítő mozdulattal; vagy látszatra nyújtani még a hosszú és ízetlen szóvitát, de egyre enyhébb ellenvetésekkel, lassan lehiggasztva, panaszkodásba, kérlelésbe hangolva őt; vagy elsírni magam hirtelen, szenvedélyes, vergődve felszakadó zokogással, hogy visszalépjen az ajtóból, megálljon fölöttem némán, tehetetlenül, megbánón vagy engesztelve, és a fejemre tegye, majd lejjebb a derekamig csúsztatva simogató kezét; vagy egyszerűen elébe állni a küszöbön, a perlekedéstől kipirulva, ideges, csillogó szemekkel, lihegő orrlyukakkal, de már kifújva magam, felkacagva, belékarolva... mert mind, mindezeket a módokat kipróbáltam már, ezeken a stádiumokon túl voltunk. Négyévi házasság volt mögöttünk. Elfásultam; bizonyosan ő is! „Azért se! Most már csak menjen!"

De hogy egyedül maradtam, fojtogatott a keserű sírás! Ez az én életem! Ő talál kárpótlást, de én itt fogok vergődni idegesen a forró párnákon, és nyávogni fog az a kis féreg egész éjszaka az izgalomtól felzavart ártó, ideges tejet szíva. És neki becsesebb egy festett képű rongy; vagy az a vén, fogatlan nőstény róka is, a régi szeretője, akihez tán énrám, a házasságára panaszkodni jár... És nekem nem lehet bosszút állni, visszaadni, mozdulni se lehet ettől a három kolonctól. De el is látott az élet, de meg is vezekeltél! De hát miért is, ugyan miért?... Jól lehervadtam hirtelen az utolsó évek alatt; az alakom szétment a sok gyerektől, ellomposodtam az örök szoptatásban... Hát már nekem semmi se jön, hiába! Csak lélekszakadtig munka, ösztökés kötelesség.

Mi minden vár rám, míg ezek felnőnek! És még lehetne több is... ó,

Isten őrizz! Ha most marasztom, visszatartom... igen, így még mindig tudok hatni rá. De több gyerek: nem, azt már nem bírnám. Inkább meghalok! Már nagyon megelégeltem.

Ilyen ember mellett, ilyen apától! „Én akartam őket?" - ezt kérdezte az imént is. Mikor útban voltak is, úgy bánt velem, úgy viselkedett, mintha én magam volnék csak az oka, hogy lettek. Milyen más volt a szegény első uram szinte bocsánatkérő, hálás, felelős és meghatott gyöngédsége ebben az időszakban. Jenő, az egy szent volt. Egész, igaz, komoly érzésű, lelkiismeretes ember, aki meg tudott halni, mikor egyszer elvesztett egy játszmát az élettel szemben. Ő az életet „vagy-vagy" formában vette és élte, nagyon komolyan, és a végső konzekvenciáig. Ez a lágy lelkű, könnyű köd-ember itt inkább az „így is, amúgy is" módján bódorog át a világon, mindenbe véletlenül jut, mindennek csak fölötte vagy kívüle lebeg, nincs igazán benne semmi komoly emberi dologban. Mi néki a család, asszony, hivatal, munka, rang? Csakhogy itt is, ott is jól érezze magát; és ez mai napig is sikerül neki. Milyen ember!

És én mégis ezt szerettem. Vajon igaz szerelem volt az?... De hisz most is foglalkoztat, meggyötör, lázít, bánt; kell, hogy bántsam, kell, hogy gyűlöljem. Fontos nekem. És hiába; őtőle vannak egészséges, telivér, gyönyörű gyermekeim.

Ott szuszognak bent édesen a kis meleg, fehér vackukon, szép, piros, pufók képük, szőke, puha hajuk (mint az apjuké), meleg, jó szagú kis testük ott liheg az ernyős éjjeli lámpás lankatag félhomályában. Hát ezek, ezek az enyimek az életből. Asszonyok lesznek valaha, mint én. De nem akarom, hogy a sorsuk legkevésbé is hasonlítson az enyémre. Majd teszek róla! Erre még jó lesz az én életem!

22

Megint évek... évek!
Ezekből az időkből alig maradt bennem egyéb emlék, mint hogy minden évszakra három pár új gyermekcipő kellett meg valami ruhácska is mindegyik iskolásnak; mert mindenáron... mindenáron csinosan, rendesen akartam járatni őket. És hogy micsoda vesződségbe, harcba, vérrel-bottal kizsarolásba került, míg az apjukon mindezt meg tudtam venni! Sokszor a tárcájából, a párnák alól lopkodtam ki egy-egy tízest; ha éjszakán odamulatott, és mélyen, horkoló, nehéz álomban aludt késő reggel. Ilyenkor legjobban lehetett; mert ha észrevette is, nem volt biztos, nem

valami kasszírnőnek, cigánynak vagy egyébnek adta-e oda éjszaka. Meg érezte is a lelki vádat, szégyellte magát a kijózanodás kelletlen perceiben, és csak a foga közt káromkodott a mosdónál, gargarizálás, prüszkölés között, míg körülte lóhalálban folyt már a reggeli takarítás, lelkendező, loholó sietség, csiszolás, cselédhajszolás. „Jaj, a keserves úristenit! A rabló fajzatának! A haramiabandának!... Hova jutottam? Mivé lettem, amióta a karmai közé kaparított. Az áspiskígyó... az!"

Ez mind én voltam; mert így ment már és még úgyabbul is miközöttünk!... Hogy fejlődött ez, hogy juthattunk idáig? - kérdem önmagamtól most a csendesült, zavartalan magányban, az öregség szelídülésében. Istenem, fokonként, lassan süllyedt az egymással bánásunk, a viszonyunk; és tulajdonképp csak *szavak,* egyre nyersebb, komiszabb, fékezetlenebb, csúnyább szavak jelezték ezt az utat a lejtőn. De mi is történhet két együtt élő ember közt egyéb, mi lehet fontosabb: mint az, ahogyan időnként egymással beszélnek. Jöhetnek közbe békülések, még heves szerelempercek is; de egyetlen szó sem hangzik el nyom nélkül. A gyűlölködés egy-egy felcsigázott, pillanatnyi féktelen szikra; vagy a szemrehányó éleskedések gonosz, kegyetlen csapásai, ahogy a lélek vagy a hiúság legfájóbb helyeire találnak, a múlt legkínosabb, legkényesebb vagy legdrágább rejtekeiben öntik szét a profánság vagy szertelen gúny epemérgét; ahogy végre már csak azért kiáltanak egymás felé becsmérlő szidásokat, alaptalan, képtelen, lázító vádakat, zagyván szenvedélyes, lihegő, szinte csudálatos kitalálásait a rosszaságnak, hogy a másiknak fájjon, még-még fájjon; és kiáradjon, utat leljen belőlünk a fojtogató bosszú, megalázottság vagy lenyűgözöttség kínja, ó, ezek mind *csak szavak* igaz, de rettentőn visszahatnak az érzésekre, és mindent, mindent összerombolnak. Egy-egy ilyen bomlott, csúnya jelenetre jöhet megcsendesülés, elszégyellés, újra közeledés; de a következő alkalommal csak még pokolibb, még szörnyűbb lesz az ütközet.

A paraszt házaspárok legalább összeverekednek, ellátják egymást, és így, testileg dühöngik ki magukból az ingerültség szinte testien kínos, ideges feszüléseit; de magunkfajtánál ez sem lehet. A nevelésük vagy más elfogultság ettől e végső percben visszatartja a férfiakat, és a düh benn maradt fullánkja ártóbb, mint a ki nem tombolt szerelemvágy.

Melyikünk volt a rosszabb, én-e vagy ő? Most, messziről, tisztán látom, hogy az idegességtől, testi és lelki túlfeszítettségtől én szinte félőrült voltam egy idő tájban. Gazdag emberek utazásra, gyógyfürdőre, mostanság szanatóriumba mennek ilyen állapotban; nekem húzni kellett az életigát megszakadásig.

Asszonyéveim virágjában, nyaram delelőjén itt voltam; meglepve gondtól, gyerektől; társasághoz szokott, valaha ünnepléssel körülvett külsőm ápolatlan, elhanyagolt, asszonyhiúságom és minden érzésem mellőzéssel sértve. Tudom, hogy vadul féltékeny is voltam arra az emberre; leszóltam szemtől szembe, lihegve a gyűlölettől szórtam felé a sértéseket; de eszeveszett izgalommal vártam este, ha megkésett, és meggyanúsítottam asszonyokkal a legképtelenebb módon. Ilka, a fogatlan vén sárkány, a régi kedves... ez volt az állandó hóbortom; és ha néha (tán csak hogy ingereljen) védelmébe vette a szavaim ellen, akkor nem bírtam magammal többé. Pedig éreztem akkor is már, hogy ezek az őrültségek okozzák, hogy alulra kerültem a kettőnk viszonyában. Milyen képtelenség is volt! Egy ilyen rokkant, ötven felé járó, életével tehetetlen embert... Ha hazaizent, hogy ne várjuk vacsorára, mindig cédulát írtam én is, és visszaküldtem a fiúval; szidás, fenyegetés, gyanú és sértés volt a ceruzával firkált kusza sorokban; az asztaltársaság észrevette már, és mosolyogva bosszantotta őt: „Dénes, jön az ordré! Meddig kaptál kimenőt? Kukoricán térdepelsz te holnap!" - Hajnaltájt, mikor ittasan hazajött, emiatt forrt még benne a méreg, bár homályos volt már minden a fejében; de ilyenkor dúltan járt-kelt még döngő, nehéz lépteivel, borszagtól gőzölve, keresztül-kasul a három szobán; s én estétől le se hunyt, száraz szemekkel, mély alvást tettetőn, de sípoló orrlikakkal, végsőkig feszült idegekkel türtőztettem még magam; de robbanva tört ki belőlem egy elviselhetetlen pillanatban minden.

- Aljas, részeg nyomorult! Mit jár itt, miért nem megy az odvába! Még látni is utálat, a közelsége is förtelmes!

- De kényes!... Héj-haj, milyen fentről beszél! Csak azt csudálom, hogy hét esztendeje eszi már egy ilyen nyomorultnak a kenyerit, felszíja a keserves verítékit... kígyó... az életén rág, mint a pióca, hogy le nem rázhatom... mint a köszvény, amitől nincs menekvés, a pestis...

- Ó, az Isten... az Isten verje meg a gaz lelkét! Nekem hánytorgatja azt a falat keserves kenyeret? Idegen helyen fizetést, megbecsülést adnának, ha annyit dolgoznám, mint itt.

- Nekem dolgozik? Átkozott minden lépése! Láttuk, mire ment „idegen helyen"... azért fanyalodott rám, azért nyergelt meg, gonosz boszorkány! Arra kellettem! Miért nem megy innét, ha

159

ennyire megvet; a Pórtelky-ősök megfordulnak a sírjukban, hogy egy ilyen egyszerű, szegény cívis kegyelemkenyerére szorult a drágalátos unokájuk. Láttuk, egy harapást se tudott megkeresni magának. Aki élősdi, legalább húzza meg magát.

- Pfuj! Nem szégyelli magát, mondja?... Nem ég ki a szeme! Az ártatlan gyerekei előtt! Hát hova vigyem őket? Itt hagyhatnám... egy ilyen állatemberrel, mint maga? Hogy majd azok neveljék, akiktől most jön... undok!

- Még úgy is jobb kézben lesznek, mint a magáéban; a szerencsétlenek! Ki tudja, melyiknek ki volt az apja? A világ... az egész világ!

- Elhallgasson most már... most már - rikácsoltam elfulladva, felugrottam, és felé indultam begörbült ujjakkal. - Maga... maga, igen... ha megkapott volna!... Azt akarta persze... úgy, ingyen... azt kellett volna, más nincs ilyen... ilyen gaz!...

Eszeveszett dühömben felé rohantam; egy széket kapott fel, hogy ellenem tartsa, vagy sújtani akart... elvesztette az egyensúlyt, és elzuhant félig a szőnyegen.

- Apa... apácskám, jöjjön... beviszem szépen... jó kis meleg ágyba, csak jöjjön!...

A kis Marcsi állt mellette, fázva kis fehér ingében; korán érett, komoly, anyás kis arcával fölé hajolva, kínnal húzgálva ki alóla bénult kezét, ahogy ráesett. A két kicsi ott sírt, reszketett már fenn kuporogva az én ágyamon... Feltápászkodott félig, csókolta a gyereket, és becézte a részegek síró érzékenységével, kézen vezette, amíg betámolygott, drága kis tündérjének mondta, mikor apró, ügyes kezével vetkőzni segített neki! Aztán, hogy csend lett, fázva és szepegve hozzám bújt az is.

- Drága anyucim! Csak tudnál úgy tenni, hogy ne szóljál! Mintha aludnál, úgy tedd magad; ugyi, Klári nagymama is azt mondta. Akkor lefeküdne szegény magától...

Milyen csodálatosan okosak, jók, tisztaszívűek tudtak maradni ezek a szegény kis jószágok ebben a szörnyű életben! Ki tanította őket arra a különös, egyszerű gyerekbölcsességre, hogy ilyen órákban valahogyan betegnek lássanak mind a kettőnket, és elszigeteljék az ilyen jeleneteket a rendes életfolyástól, mint valami vissza-visszatérő rossz álmot. És hogy egyformán szeressenek bennünket!... Az apjuk sokszor hetekig nem törődött velük, mintha nem is lennének; egy jó félórában aztán magával vitte, parádézott velük, felesleges holmit, játékot összevásárolt nekik. Hazahozták; és másnap visszacseréltük a boltosnál köténykékért, harisnyáért... Én néha elvertem őket kicsi okért; elemi csapásnak vették ezt is, kisiklottak, ha tehették, vagy megnyugodtak benne; de érezték, hogy minden csepp véremmel ragaszkodom hozzájuk, hogy görcsös és állandó akaraterővel dolgozom értük, és az egyetlen vagyok, aki gondjukat viseli, akire mindig számíthatnak. És az ilyen éjszakák másnapján és maguk közt vagy az iskolában, egészséges, vidám, lármás, igazi gyerekek voltak, akik egyszerűen napirendre tértek fölöttünk. Igen, az apjuk könnyelműségéből is került beléjük egy adag; de nagyon szerencsés keverék volt ez bennük így. Egészségesek, okosak, életrevalók voltak bizony. Ők sikerültek a mi együttlétünkben! Istenem... hát erre kellettünk mi ketten a természetnek, az életnek vagy minek... ezeket célozta velünk a sors, őértük kellett összenyomorodnunk egymással!

Nagyon megzúzódtunk! Ő is bizony, szegény! Most már, sok belégondolás után, át tudom érezni az ő igazát is.

Valami kényszerhelyzetben, akaratlan kelepcében érezte mindig magát; látta, hogy bogozódnak körülte az élet súlyos láncszemei, és összébb-összébbhúzódik rajta a gúzs; jótehetetlen volt ellene, de bűnbakot keresett, és itt voltam én. Igen... hisz ő agglegénykorában csakugyan jól, könnyen, szépen élt az adósságai ellenére is; és ilyen csúnya, durva nyerseségek, közönségességek is, hiszem, csak a házassága idején merültek felszínre, a természete elfeledett rejtekeiből. Úgy érezte, hogy én tettem rosszá; eldurvítottam, megkötöttem az életét, szívom a vérét, kellemetlen munkája verítékét. Hisz igen, a szegénység volt a fő baj bizony!

Egyre nehezültek a viszonyok. Minden drágult. A gyerekekre, hogy nőttek, egyre több kellett. Néhány új ügyvéd került a városba, frissek, doktorok, stréberek; pedig ez a pálya se ontotta már olyan könnyen a pénzt, mint hajdanában. A láp-osztálypörök lassan elintéződtek, a lecsapolás dolga közel volt a befejezéshez; most már Scherer Imre, a fiatalabbik gróf kedveltje kezén volt az egész, és az (meg kell adni) ügyesen, ravaszdin és gyorsan vitte; a Szinyér mentiek előnyöket kaptak, legtöbb zavar elsimult szépen; csak a károsult parasztok maradtak jótehetetlen; de azok nem kerestették már ügyvéddel a két-háromszáz forintnyi elsikkadt jussukat; inkább kimentek Amerikába, mind többen; itt hagytak csapot-papot. Hát így, az ügyvédek sorsa nehezült; Dénes néha hónapokig se csinált kis tyúkpöröknél egyebet, vagy ha István nagybátyám, a közjegyző, juttatott valami formalitásszerű szereplést, ami hozott pár forintot. De nekünk itthon néha nem volt miből élni, és féltük a fűszerest, hentest, ahol tartoztunk; s a nyelves szolgáló szemembe vágta, ha összeszidtam: fizessük meg inkább a bérét. Ha aztán akadt valahonnét egy kis bővebben eresztő ügy, és neszét vettem: siettem elcsalni Dénestől - kizsarolni, ellopkodni, a gyerekekkel elkunyoráltatni -, amennyit csak lehetett: ruhára, cipőre és szobapadlólakkra, olcsó és zagyva, de mutatós, festői szobadíszekre (isten bocsá'!) virágra, színes paraszthímzésre; mert végsőkig ragaszkodtam (mindmái napig) ehhez a szegény, könnyelmű, kedves kis életszépséghez; tiszta, jó szagú, jóleső szobákhoz, szép fehéren és pedánsul terített asztalhoz az ezüstfényesre csiszolt alpakkavillákkal és makulátlanra törült poharakkal. És hiába, Dénest is ez kötötte még valamennyire az itthonához, ez a jóleső rend, amit akaratlanul megszokott mellettem, a friss ágyhuzatok, a formás tálalás, a rendben tartott pipatórium, a naponta friss homokkal öntött, papírcifrás köpőláda... és a jó konyha, a keservesen is kikerített, kiverekedett bőséges és kitűnő kosztom. Tudtam ezt is, és nem sajnáltam nagyon elszedni, elkölteni a pénzét, ha volt. „Ő úgyis rosszabb helyre tenné!" Ki gondolhatott volna nálunk takarékosságra, félretevésre. Örültünk, ha nem jött végrehajtó, nem fizettünk még perköltséget is, mikor (mindig a végső percben) a föld alól is kerített mégis pénzt, és megint volt egyheti nyugalom, szélcsend. Nem tudtam, mennyit keres, hol és mennyi adóssága van, mennyi pénzt titkol el tőlem, hogy elmulassa... hogy lehettem volna szolidáris vele ilyenekben.

Csak úgy, szinte magától adódott, hogy egyszer mégis jártam, kértem, korteskedtem helyette. Akkor már nagyon nyomorultul ment minden, és azt hittem, valahogyan egykettőre vége lesz, valahogy megoldódik; így nem maradhat, nem húzhatjuk egy életen át. Valami ilyen ideiglenes érzés volt az egész hosszú házaséletemben Dénessel. Az emberek akkor már inkább az én pártomon voltak: szántak a sok szenvedésemért, a kegyetlen küszködésért; dicsértek, hogy lám mégis hogy ki tudom teremteni a nagy, szívós akaratommal a gyerekek rendes nevelését, ruháját, házicsínt, mindent. Úgy látszik, a világ elégnek találta már a vezeklésemet. És másoknak, idegeneknek jutott eszébe a gondolat: tisztújítás jön, üresedett az alügyészség, be kellene hozni ezt a szerencsétlen embert! Hogy legalább valami kis biztosa legyen. És a vidéki barátai, akiknek tíz esztendeje segít már pusztulni szépen, dáridósan; akiket sokszor megríkatott hegedűvel csonka, balos kezében, akik egy ideje már szánva és feszélyezve ültek le kártyázni vele, és féltek elnyerni az utolsó forintját: most mégis kitették magukat érte. A választása szép, meghatott, egyhangú felkiáltás volt; olyan, mint egy temetési tisztességadás. Szegény, szegény! Mindenkihez szeretetre méltó, kedves, könnyed tudott ő maradni a nyomorúsága, lehanyatlása idején is; csak a családjának volt rossz, csak azt vitte süllyedésbe. Nem volt arra teremtve.

Vittem anyámhoz a hírt. Hát megyei asszony lettem mégiscsak, szegény fejem! Az élet szatírája!... Egy másik választás járt az eszemben, régi álmok, remények... hát nem mindegy volna az is már. Szinte idegen volt már nekem a város, ilyen rég nem jártam kinn a házból... A tűz után újjáépült utcák, boltok; a régi épen maradt házak sora a vén, görcsös akácokkal, itt lám, ahol utolszor laktunk az első urammal. Hogy felnőttek azok a fák; ő ültette még a fáskamra elé. Lassan mentem a rácsos kapu előtt. Ott a Várkert alja; a vasrács mögött a régi, hatalmas fák sűrűje, az erdei csend, az egyforma, változatlan, előkelő és zárkózott nyugalom, amit nem érint az élet! Mennyi történt énvelem, hogy megváltoztam azóta, hogy réges-régen itt járkáltam; Dénes karján, illúziókba szándékolva, nagy szerelembe ringatva magam. S a Cifrasor kiskertjei a színes üveggolyókkal mind a régiek, a cédulaház, a víztorony és arra, a gyepes árokszélen túl a temető, ahol szegény Vodicska sírja meghorpadt már, és bókol a márvány sírkereszt aranyos betűivel: „Emlékül vigasztalan édesapja!"

Mennyi minden, ami nem változott, amihez közöm volt valaha, amit más szemmel néztem hajdan. Ej, mindegy már, úgyis elmúlt volna! Most már csak felnevelni Marcsát, Zsuzsit, Klárit, hogy ők ne folytassák a süllyedést, hogy talpra álljon, helyet harcoljon magának az ivadékom legalább a világban.

- Most meg van engedve, hogy gimnáziumba menjenek lányok is. Azt akarom velük, nem bánom, ha addig élek is! Menjenek doktornak, tanárnak, legyen olyan dolguk, mint a férfiaknak.

Telekdy Péter sárgult, összeaszott arca fanyar mosolyával nézett rám a betegágyból.

- Bolondéria az! Tudatlanok mániája, minden alap nélkül való. Mindig inferióris[56] marad az asszonyi állat, nem is lehet másképpen. Hisz az életideje kétharmad részét elfoglalják a fajfenntartással járó öntudatlan, állati gondok, kötöttségek, s az értelmét ösztönök igazítják. Ha ezek alól felszabadítja magát,

---

[56] alsóbbrendű (latin)

iránytalan, korcs, helyét nem lelő figura lesz, idétlen és boldogtalan. Az asszony vak eszköze a természet céljainak, öntudatra nem jutott, félig még gyökérző, növényéletű lény, kinek minden értéke az akaratlan báj és szépség, mely olyan, mint a virágoké, s a magvak hallgatag, igénytelen, váró termékenysége. Mind a bölcsészek, Platón, Spinoza, Kant, Schopenhauer, Nietzsche megegyeznek ebben. Csak a mai beteges mívelődés játszik erőlködve azzal, hogy komolyan számba vegye a nőt.

Így beszélt most, és nyilván eszébe sem jutott, milyen más volt a hitvallása ebben valamikor. Szegény fantaszta! Könyvekkel körülbástyázva, sárgán puffadt, beteg arcával, gennyes, csúnya sebeivel így feküdt már két esztendeje. A baját egészségmániája közben szerezte; akkoriban kneipolt,[57] tornászott, vérjavító gazok teáit és frissen kifejt nyers tejet ivott, kataszteri hivatalos járásaiban is, falvakon át menve. S a betegség gombáit, amik hevenyén pusztítva csíráztak fel a korhadt, fajtájahanyatló, romló és kevert vérű szegény testében, a doktorok csak egy száz évben egyszer találják emberi szervezetben. Szarvasmarhakórság az, a forralatlan tejjel jutott hozzá.

Anyám csendesen, valami szinte egykedvű, derűs türelemmel járt körülötte. Megszokta, hogy így feküdt, kevés baj volt vele, kegydíjból, évjáradékból, adósságból csendben eltengődtek; olvasott, és néha magyarázgatott mamának, aki elbóbiskolt rajta; majd kuruzslásra mindig hajlamos, született javasasszonyösztönnel kötözte, tisztogatta, doktorozta a megfakadó sebeit, vagy főzött neki aprózó kedvteléssel összetett, régi magyar ételeket, vagy könnyű, finom, százízű ínyencségeket, amiket ő diktált neki régi, bolond, francia szakácskönyvek recipéje szerint. „Hadd teljék öröme szegénynek, hisz csak a nyelve kívánja, megemészteni se tudja már, szegény!"... Bámultam anyámat sokszor; még a kedélye, a régi humora sem veszett el. Ő sohasem vette túlságosan komolyan az életet. Mennyi csapás érte pedig. Az egyik fia az őrültekházában, nem is tud róla; a másik beállít néha, de ebben sincs köszönet. Csaba végleg elzüllött. Néha faluról falura jár országutakon kéregetve, néha az árokban lelik meg delíriumos álomban, félig fagyva, valami kórházban, akkor kiápolják a ronda betegségeiből, megfürdetik, felhizlalják, egy-egy ambiciózus doktor akkor (megtudva, ki volt, mi volt) elkezd

---

[57] vízkúrán vesz részt, melynek első alkalmazója S. Kneipp orvos volt

kísérletezni rajta alkoholellenes kúráival, ócska ruháit ráadja, s a jó modoráért, szép kézírásáért még ottfogják, alkalmazzák is néha, biztatják, becézik. Egy-két hónapig megy, akkor rájön az ital őrülete, megszökik, az utolsó lebujokban önti magába a szeszt, elveszik ingét, kabátját, mikor fizetni nem tud már, és itthon terem aztán rongyos télikabáttal a szennyes, meztelen testén, atkákkal és piszkossággal teli. Ó, micsoda nehéz nyomás volt a lelkemen ez is. Kínzott, elrémített, meggyötört a szánalommal vegyes utálat iránta, rémes álmaimban megéreztem hetekkel előre, hogy itt terem újra, és nézni kell, etetni, tűrni egy ideig, míg a vándorösztön újra elő nem veszi. Sírt, esedezett ilyenkor, máskor hencegve, keserűen vádolt mindenkit, vagy bután, gyerek módra játszott a kislányaimmal, és farkasétvággyal evett. Egyszer az a hír jött, hogy valami oláhcigány-karavánnal jár, és beleházasodott a törzsbe, elvette valamelyik Dilinát köztük. „Bravó, mondta anyám jóízűt nevetve, csak már meglátogatna egyszer menyemasszony! Egy-két klárist, keszkenőt nem szánnék tőle." Ő így tudott beszélni erről; elfásult-e vagy a könnyű természete segített rajta?

„Kislányaim, lelkeim, csak ti tanuljatok! Mindenáron, mindenáron! Ne csináljatok ti semmit a ház körül; majd főzök, seprek, takarítok én, az én kidolgozott kezemnek, szétment, elhanyagolt testemnek már úgyis mindegy. Ti csak készüljetek szebb, diadalmaskodó, független életre; magatok ura lenni, férfi előtt meg nem alázkodni, kiszolgáltatott mosogató cselédje, rugdosott kutyája egynek se lenni. Csak tanuljatok, mindent; ha az utolsó párnám is adom érte!"

Kosztot adtam ingyen egy kitűnő szegény diáknak, hogy gimnáziumra tanítsa őket. Marcsi meg Zsuzsa vizsgázgattak is már. Klári az apja muzsikaösztönét örökölte; szereztem neki ötforintos havi részletre valami zörgős, köhögős vén zongorát, és órákat adattam neki. És én dolgoztam, most már egy cseléddel megint, lihegve, erőlködve, megszakadásig. De enni jól és bőven ettünk. Dénes ezt kikövetelte, és erre még legjobban adott, egyre fontosabb lett előtte a gyomra. Hízott, ült, csibukozott, most már itthon is borozgatott, szinte kék volt néha a kidülledt arca, vérrel futott a szeme, lepittyedt szája; a karszéken aludt el sokszor, úgy vetkőztették, fektették le a leányai.

„Már nem is érdemes veszekedni vele!" - gondoltam akkoriban már néha, és hagytam a szerencsétlent. Néha heteken át alig szóltunk egymáshoz.

23

Az idő telését, évek, évszakok múltát csak a gyerekeim fejlődésén mértem azután. Hogy a Marcsi harangszoknyája cipőszárig hull le már karcsú dereka, szép növendéklány-csípői felett; hogy a fiatal diáktanító homlokáig veresedik, ha a Zsuzska gyönyörű szeme soká csügg huncutkás álfigyelemmel az arcán, míg az ejtegetéssel vesződik; hogy a tizenkét esztendős Klári néha már haloványan, ernyedt kezekkel ül a zongora előtt, és azt mondja: „Olyanon szeretnék játszani, mint az Ágnes néni lányai. Milyen más hangja van, és mennyi drága kottát kapnak! De azok botfülűek!"

Ők nőnek, nőnek; ki törődik eközben az én szürkülő hajammal, árkos szemeim gödreiben a seprűs redőkkel s a mély ráncokkal ajkam körül. Olyan régen nem vártam én már az élettől semmi olyast, amit fiatalos kinézésért, tartóssá ápolt szépségért lehet kapni; senkinek se tűnt fel az én észrevétlen megöregedésem.

Pedig bizony nekem már nagy, embernyi jogász fiam van Pesten! - gondoltam néha, szinte elcsudálkozva és zavartan. Bizony, az én István fiam, akit a nagyszülői neveltek, már onnét írogatott évente két-három illedelmes köszöntő és tudósító levelet; pontosan újévre, névnapra, meg a vizsgái után. Éppen, mint kisgyerek korában, attól fogva, hogy írni tanították, és a mostani levelek csak fejlettebb stílusgyakorlatok voltak azoknál, de sem közvetlenebbek, sem emberien melegebbek. De hát honnét is, miért kívánhatom-e? Sok esztendeje a nagyapja egymaga nevelte már egyetlen unokáját és örökösét, az öreg Vodicska, a maga aggastyáni, konok elfogultságaiban bizonnyal; és nevelhette-e szeretetre irántam, ismeretlen anyja iránt, nem kellett-e szándéktalanul is elidegenítenie tőlem, kit ő maga mindig gyűlölt. Én is úgy éreztem: életem rossz szelleme volt ez az öregember, s a gyermekemet mégis átengedtem neki. Tudom, nem tehettem másképp akkor, és a gyermeknek is jobb így; a nagyapja meg- mondta, hogy csak akkor gondoskodik róla, és hagyja rá a vagyonát, ha beleszólásom nélkül, kedve szerint nevelheti, fiaként elveszett fia helyett. Hát útját állhattam-e ennek, idehozhattam-e erőszakkal ebbe a nyomorúságba, mostohafiúnak, bizonytalan sorsra? „Csakhogy az anyaszívvel nem lehet ám alkudni, okoskodni!" - mondanák a patetikusak, érzékeny könyvekből szedett világnézetükkel... Hát igen, én végig merem gondolni most, amire egy élet tanított, cifrázatlan, kuszált, nyers és kemény igazságait. Igen, az anyaság sem csupa ösztön; hisz nem vagyunk egészen állatok. Félig társadalmi érzés is, elszántság, kötelesség; aztán meg a gyerek lényétől is sok függ; hisz egy idegennel lépünk házasságra, s a gyermekünk az ő vére is, lénye és öröksége... Egy ízben, szegény Vodicska anyósom halálakor (átutazóban, mikor operálni vitték Pestre), beadták hozzám a kisfiút, és itt volt akkor vagy tíz napig látogatóba. Tizenkét éves lehetett... a leányok egészen kicsikék még. Emlékszem, milyen keresve, várva néztem eltávozott, már-már elfeledett gyerekarcába akkor, hogy hajszoltam, kutattam magamban a fájdalmas, nagy, tragikus anyai ragaszkodást; de csak csudálkozással és hűvös tisztelettel néztem a korrekt kis idegent, a mintaszerűen szoktatott gyermek helyes és valahogy mindig szándékoltan jókodó tevés-vevését, ami (hiába küzdtem az ellen) régi, ösztönös és lenyűgözött idegenkedéseimre emlékeztetett, méltán rossz, de természetes ellenérzéseimre bizonyos percekben a szegény apja iránt... igen, igen, az apjára hasonlított és a nagyapjára leginkább. Sírva búcsúztam tőle megint; az iránta való szeretetillúziómat sirattam, amit a távolság érintetlenül hagyott odáig. De a lelkemben fellélegzettem, szinte, mikor megint egyedül maradtam, az *enyimekkel:* a lányokkal, akikhez már emberül, asszonyul, anyává érett koromban, megszenvedett lélekkel és rezignált testtel jutottam, magam szántából, nem véletlenül; akik élettartalom, kötelesség, becsület és a sorsomhoz való kapocs voltak számomra már akkor is és később, mindvégig. Nagyra nőttek... mellettem nőttek nagyra, gondom, verítékem és akaratom rájuk ment mind; és az én büszkeségem, az én sikerem voltak.

Akkor, hogy serdültek, még egyszer össze kellett szednem minden energiám, számító okosságom, hogy elrendezhessem számukra a jövőt. Mert az apjuk rohamosan hanyatlott, napról napra senkibb lett. Esett, zajos múlttól elgyengített, észben is megfogyatkozott, szánalmas, totyogós öregember. Néma és megátalkodott gyűlöletben járkáltunk egymás mellett; a megvetés fojtott dühe csak egy-egy összeharapott szónkban sziszegett néha egymás felé. De egy asztalnál ettünk, és kettőnk gyerekei vettek körül bennünket egyszerű, vidám és elnéző szeretetükkel.

A hivatal természetesen szinekúra[58] volt neki; hisz senki sem várta tőle, hogy másképp legyen. Eltopogott déltájban a vármegyeházáig, szót váltott az urakkal; néha diktált valamit, tessék-lássék Kricsák úrnak, az öreg írnoknak, aki úgyis jobban

---

[58] kevés munkával járó, jól jövedelmező állás (latin)

tudta nála, és csendesen, türelmesen, pontosan dolgozott helyette. Kricsák úrnak akkor már nemes Képíró Zsuzsanna volt a felesége, az én valamikori szakácsném. Kvártélyosa volt éveken át a derék asszonynak, az mosott rá, főzött neki; most öreg fővel hát megjutalmazta hűségét, és ténsasszonnyá tette. És Zsuzsi eljárt néha hozzám, mint régen, bejáróasszony korában, tisztelkedni és alázattal szót váltani. De ahogy elősorolta az életüket az urával, bizony leckéztetésszámba ment az. - Én kérem, alássan, elsején mindig magamhó veszem az egész ötven forintot. A levonáson kívül még kettőötvenet hagyok nála költőpénznek; marad negyvenhat. Abból tizenötöt mindjárt félreteszek fertálypénznek házbérre, marad harmincegy... - Fényes, lapított arcán végighúz-gálta tömzsi tenyerét, szipákolt, és tudákosan, célzatos büszkén nézett felém Képíró Zsuzsanna. - De nincs is egy krajcár adósságunk, isten ne is adja, a szemem sülne ki. Mióta vele vagyok, kétszáz forint ment a takarékba! - Lám, lám - gondoltam szomorkás mosollyal -, én akarva se gazdálkodhatnám így, a Dénes fizetése a megengedett határig évtizedekre le van foglalva. Hogy egy kis biztos jövedelme lett, mindig nekiestek a hitelezői.

Így voltunk. S a lányok már nem sokáig tanulhattak itthon, Pesten kellett folytatniuk; kosztpénzt, drága tandíjakat honnét kerítem ki, uramistenem... Akkor olyan munkába fogtam, aminek minden porcikám ellentmondott; kérőleveleket írtam Jolsvaynak, a volt főispánnak, aki akkor már excellenciás volt odafenn, és a miniszterséget várta, a Hiripy bátyám tanácsos fiának; még egypár távolabbi atyámfiának, akikről mind kitudakoltam, kikerestem, hogy mik lettek, kivel vannak nexusban, rokonságban, hova házasodtak, kik függnek tőlük, vagy vannak nekik lekötelezve. És kínos-alázatosan emlékükbe hoztam magam, kitártam a helyzetem, szívrehatóan panaszkodtam; és kétszer-háromszor elolvastam, elég tiszteletteljes, elég szerény és mégis önérzetes-e? Milyen nagy dolog volt, hányszor összetéptem, újrakezdtem! A Klári dolgában - micsoda ötlet! - Peténytnek írtam, az öreg hegedűművésznek, akivel Dénes együtt kószált hajdan külföldön. Az most a Zeneakadémiában a fő-fő igazgató.

Akkor valaki azt mondta, hogy a másik kettő ösztöndíja egy szíves sorába kerülne az öreg Szinyéry grófnénak, ha a miniszternek írna. Hát jó, megtettem, elmentem a grófnőhöz.

Kinyílt előttem a park kapuja, és életemben másodszor áthaladtam a nagy bükkfák sűrűje, merev, komoly fenyők sötétzöld csapatai mellett. Erdei csend volt itt, és a lábam alatt suhogott, zizegett a sok aranyszínű száraz falevél; az ősz méla napfénye mozdulatlanul, langyosan pihent a fehér utak testén. Vagy huszonöt évvel ezelőtt jártam itt, mikor szegény Jenő kénytelen-kelletlen bemutató vizitre hozott. Milyen nehéz ez - kérni, panaszkodni, alázkodni -, milyen keserű pohár! Az uradalmiak mind tudni fogják, hogy odamentem könyörögni az ő asszonyukhoz!

Elébem jött; szelíden, öregesen mosolygott, és bólingatott felém reszketeg, ősz hajú fejével. Azt mondta, hogy várt; és megörvendett a levelemnek, amelyben kihallgatást kértem. Maga mellé ültetett a kis aranylábú kanapéra, éreztem halványszürke selymei diszkrét illatát; gondozott, kicsi kezét az én érdes tenyerembe tette.

- Milyen rég nem láttam! Hogy van? Mit csinál kedves férjeura? Ó, őt nagyon kedveli Lajos fiam, szolgálatait rendkívül megbecsüli. Vagy hogy... ó, igaz, bocsásson meg. Igen, ez második férje. A szegénység, bizony, bizony! Nem szabad zokon vennie... én összecserélgetem a dolgokat, neveket néha. Nyolcvanéves vagyok - gondolja meg -, az sok, nemde?... Igen, igaza van, a gyerekek, már csak azok fontosak nekünk! Nekünk?... Ne mondja így! Az olyan fiatalnak még, mint magácska! De később elmennek ők is, messzire mennek a szívünktől! És akkor csak a vallás marad, az égben bízhatunk. Jár-e templomba? Lássa, egyébből, ami szép volt, nem adnak már nekünk, öregeknek, de ez megmarad még és olyan szép! Az új kis káplán a piaristáknál igazi aranyszájú, ugye? Mindig neki gyónjék; én már csak nála tudok!... A levelet... ó, hogyne, magam írom meg az érdekében ma még! Mi is a neve a tisztelt új férjének? Horváth! Nemes, ugye?

Fölengedtem, meghatva ballagtam a nagy rácsos kapu felé; a kertészházig a lakáj jött mögöttem némán, hogy el ne tévedjek a csavargós ösvényen, a fák közt, amiknek buja lombját, öles törzsökét vagy havas, zúzmarás koronáit életem annyi-annyi napján néztem a rácson kívülről. Milyen szelídek, gyengéd, harmatos szívűek tudnak maradni ezek a nagyurak egy életen át! A jóságukkal kérnek bocsánatot Istentől a nagy gazdagságukért, és hogy az élet nyers, komisz, országúti nyomorúságai sohasem értek hozzájuk. De vajon meg tudják-e érteni ezek a földi életet s az embert?...

Anyámék felé mentem; szegény Telekdy Péter nagyon utolsókon volt hetek óta már. „Jakobi azt mondja, egy-két napról lehet szó!" súgta anyám a tornácon. Nem sírt. Egykedvű, halk szomorúsággal, puhán jött-ment a lágy őszi délutánban, kávét csinált, és megittuk az eperfa alatt. A kerti abroszra lassan hullottak elébünk a hervadt levelek. „Menjünk be szegényhez egy kicsit!" - mondta akkor, és lerázta kötőjéről a morzsát.

Rézsűt esett a betegágyra a gyönge vörhenyes alkonyatfény; az őszi, halovány sugarak nem táncoltak a fehér párnán; mozdulatlanul koszorúzták kiaszott vállát a petyhüdt ingben és szinte ökölnyi, vázszerű öreg fejét. A borotvált arca sárga volt és mozdulatlan, a térdei gúzsba felhúzva, hogy a nyűtt paplan hegykúpot ábrázolt felette; úgy feküdt ott hanyatt, összehullva, szelíden és ártatlanul, mint szegény kisgyerek. Csaknem négy éve feküdt már így.

Csendesen ültünk az ablaknál, azt hittük, alszik. Anyámtól tudtam, hogy napok óta ilyen hallgatag már, azelőtt mindent elmondott, elrendezett, és sokszor ismételte utolsó akaratát. Hogy fakoporsót akar, hadd vegye át hamarább testét a csendes enyészet, a föld; de mégis óhajtja, hogy a telegdi református pap mondja felette a búcsúztatót, régi tanulócimborája, társa a külföldi egyetemeken. És hogy ne legyen a sírján koszorú, se virág, ne állítsanak fölébe márványjelet; haza, a családi kriptába meg éppenséggel ne vigyék. Szinte kedvtelve foglalkozott ezekkel; egyéb már nemigen érdekelte a világon. Négy esztendeje nézi ugyanazokat a plafoncirádákat, és az összes filozófiát, minden nagyszerű emberi gondolatot végigolvasott és végigélt azalatt.

Egyszer kinyújtotta viaszfehér kezét; láttuk, hogy tétován lebeg, mint a kísértetmadár a homályban, keresőn a dohányzóasztalka felett. Mama halkan odament hozzá, meggyújtott egy cigarettát, kezébe adta, és az ágy fejéhez ült szótlan. Láttam, hogy küszködve fel-felparázslik a tört szemű, kicsi tűzfény a mind sűrűbb szürkületben... „Gyújts rá te is, lelkem!" - hallatszott akkor a szomorú, halk és megadó gyöngédségű nyöszörgés. Most már ketten dohányoztak, de láttam, hogy anyám csak színből és erősen odafigyel a betegágyra.

A párna, a takaró álmodó, lágy fehérséggel vált ki a szoba estjéből, mint egy különös felhő. És nagy csend volt.

Aztán anyám egyszer felállt, hozzálépett, és keze szelíden, puhán simult el az arcán, szemén. Pillanatokig maradt így, majd megfordult, és lassan felém jött az ablakig: „Már hideg!" - mondta súgva, lehajtotta a fejét, és láttam, hogy a szeméből már régóta peregnek a könnyek. Lecsüngő kezében a félig szívott cigarettacsutkát tartotta, amit a dermedő ujjak közül kivett.

Nagyon vigyázva, gondosan tette be egy kicsi íróasztalfiókba, hogy majd őrizgesse becses, bús emlékül egész életében.

Kívánsága szerint temették; sokan kikísérték a városbeli ismerősök közül, és csendes könnyek hullottak a koporsónál. Hisz mindnyájan olyan rég megszoktuk, hogy Telekdy Péter nincsen. Nem volt már fiatal, a volt hivataltársai szinte feledték a nyugdíjazása óta; mamáról mindenki tudta, hogy a kis évjáradékkal biztosítva van az éhenhalás ellen. Dicsérték hűségét, türelmét, szívből kívántak neki egy kis nyugodt pihenést, megkönnyebbülést mármost. „Így sort vesz rajtunk - mormogta maga elé este Dénes, reszketeg ujjal tömködve a pipáját. - Már sokan elmentek. Ott már békében vannak! Hiába!... Be kell azt várni szépen, eljön, ahogy kirendelődött!..."

De ő még jóízűen szortyogtatta a csibukját, élvezte, nyelvével csettingetve a kellemes asztali borokat; ha kis perköltség, italmérésengedély-ügy fejében hozzájutott egy-egy hordócskához, ünnepi kedvvel éldelte, a lámpa elé emelgetve a poharat, hogy átnézegessen aránylő színén; és néha bámultam a pecsenye- meg főtt tészta-porciókon, amit vacsorára behomlított.[59] Szinte beteges már ez a farkasétvágy! - gondoltam, elnézegetve kékesvörös arcát, duzzadó vastag nyakát... Ha megint szűkölködőbb hetek jöttek, hogy alig adhatott konyháravalót: egyszer csak nem jött haza estére; megint ott maradt. „Vajon kinél potyázik; hisz egy fél forintja sincs!" - gondoltam fásultan.

És egy ilyen nap reggelén egyszer csak cigánybandaszót hallok az utcaajtónk előtt. „Ó, az isten verje meg a dolgát, hát még mit nem!" - fakadtam ki mérgesen, és sebbel-lobbal indultam, hogy szétkergetem őket. Fényes reggel volt, a szolgáló már elindult, hogy húst hozzon hitelben; én takarítóruhában, rongyos vászonkötő előttem, poros szürke kendőbe kötve a fejem. „Anyukám, ki ne menj úgy!" - kiabált vissza Marcsi az ablakból, ahogy kilesett. De már nem hallottam, mit mond. Ahogy kilépek, rázendíti a fiatalabbik Bankó az én régi-régi nótám:

> Kékeres a szőlőlevél!...

amit az apjával húzattam hajdanában. - Sok boldog névnapreggeleket! - rikkant bele az egyik kontrás, és megcifrázza. Uram Jézus, kinek jutott eszébe, hogy ma nevem napja van? Megbolondult ez a Dénes?

> Mióta felcseperedtem!...

---

[59] befalt (tájszó)

- dúdol mögöttük valami ismerősnek rémlő, kellemes, rekedtes férfihang. Oldalt a kapubálványnak támaszkodva, az uram mellett ott állt Tabódy Endre...

Volt tíz esztendeje is, hogy utolszor láttam; akkor is futólag, megyegyűlés napján, vagy a kis sárga bricskáján gunnyasztva, ha elrobogott mellettem az utcán; így szemtől szembe tán azóta se álltam vele; haj, ki tudja, mióta! Most rám emeli vérrel futott, italtól mámoros szemét, a kezemért nyúl, és csókolja (jaj, érdes a tenyerem, gondozatlan a körmöm!) - és danolja borízű, rekedtes, kedves hangján a régi-régi nótám:

Mióta felcseperedtem!...
mindig az asszonyt szerettem!

Mennyi ránc van a barna arcán, mennyi barázda... milyen borostás, tüskés az álla... megritkult a foga!...

A három leány künt van egyszeriben, körülfogják, betessékelik őket. A banda utánuk. Nosza, tetszik az ügy az én kis gonosz fehércselédeimnek; nóta, muzsika és az anyu régi udvarlója, ez lesz a jó világ! Marcsi terít, terít a tornác előtt, a két akácfa alatt. Hát Zsuzska, mit nem csinál, borért szalajtja a leányt, és látom, hogy pénz fejébe valami papirosba csavartat surrant bele a piaci kosárba. Hát nem a kis kék kövű gyűrűjét küldi át a zálogoshoz?... Klári kicsit affektálni szokott a cigánymuzsika miatt, hogy nem állhatja, de most ő is nekicsábul, főzi a feketekávét a boros embereknek a nyitott konyhán. Beszaladtam valamit magamra kapkodni, meg egy kis régi rizspormaradékot leltem a tükörfiókban egy skatulya fenekén. Mire kijöttem, már ott ittak a friss őszies reggelben a sárguló akácok alatt. A lányok is közénk ültek, én is odatartottam a poharam Dénesnek, hogy töltsön belé, és koccintottam Tabódyval.

- Asszonyom, asszonyom! - mondogatta italos melankóliával, és lelkes-szomorúan nézett a szemembe, két öklére támasztva az arcát. - Igaz-e ez, mondja? Mink vagyunk-e most ketten itt, egymással szemközt?

- Vagy tán az nem volt igaz, Endre, hogy valaha láttuk egymást, így legalább sohase, ilyen... nagy, reggeli világításnál.

- Lássa... mond valamit! Hm, Magda! Furcsa is ez! Pedig tán ez lett volna az igazi.

- Isten őrizz!

- Ki tudhatná azt, Magda?

Dénes a boros üveg után nyúlt, és bizonytalan kezével mellécsordított az Endre poharának. - Na, csak hadd évődjenek a fiatalok... igaz-e Marcsi, Zsuzska? Ne háborgassátok most anyátokat! - És kedélyeskedő, jóízű, alattomos kujonmosolygás terjedt szét a piros, csattanós-fényes képén.

- Könnyű neked mégis, hékás! - hangoskodott felé a vendég. - Hiszen megvénültünk mind, ez szent igaz, de te itt ülsz a három szép, jó gyereked között. Ebből, ládd-e, nem jutott ki nekem! Mióta két esztendeje elholt szegény asszony mellőlem, úgy élek, istenszámába, mint a vad a pusztán. Micsoda „terülj, asztalom" van itt, milyen kedves, otthonos háztájék!... Hej, ebben csak a régi maga, Magda. Szép, tiszta, kellemetes minden körülötte; udvar, kert, tornác. Csak ahogy azok az ócska vadásztrófeák el vannak rendezve a tornácajtó felett a falon, ahogy ez a leanderkád zöldre, ez a kertilóca meg pirosra van mázolva. Még a virág is szebben virít, mint máshol!... Hej, micsoda egy asszony! Nincs párja, igaz-e, pajtás! Te, ha még ezt se tudod megbecsülni, ha egy szavad is lehet rá...

- Nanana! Hát iszen csak elvagyunk jóba-rosszba! - bólingatott Dénes, és ebben a percben tán így is érezte.

- Ilyen asszony mellett töltötted el az életed javát! - késztette bele magát a mámor felhangoltságával Endre a búbánatos lelkesedésbe. És ilyen három szép jószág, uramisten - a legkisebb is anyányi már! De ez, ez a középső leginkább az anyja... a fehér cigányképével! Haj, istenem! Na, igyál, Dini!

Klárika valami meleg takarót hozott ki az apja köszvényes térdére.

- Jó lenne összébb húzni a vállán azt a köpönyeget, Endre! Hűvös már a reggel! - mondtam csendesen, és én is szorosabbra fogtam a berlinerkendőm. Akkor összenéztünk jól, szépen és csendesen bólintva ingattuk fejünket, mint akik egyet gondoltak, mindent értenek már... de hát nem érdemes keseregni semmin.

Valamikor - tűnődtem magamban - az öregségre gondoltunk, ahogy elváltunk. Hogy csak maradjon így, hogy kincsünk lehessen majd az emlékezet, hogy szépen gondolhassunk majd az egészre vissza. Hát most... itt az emlékezés, itt a szép pillanat; egymásra nézünk a régi szemekkel e két barázdált arcból. És hát... semmi! Érdemes volt ezért vajon?...

A cigányok jóllaktak a korhelylevesből, magukba öntötték a forró feketét, és újult erővel gyürkőztek neki. Tabódy velük zümmögte, és a hangja, a régi, rekedtes, rezgő-meleg férfihang, egyszer csak a lelkembe hasított valami drága, sírhatnámos, elmúlt érzéssel, amilyen csak egyszer volt mégis... Egy percre az arcomra takartam a két kezem, és csak hallgattam, mint valamikor egy bálon, egy áttáncolt, bolond, rózsaszínű éjszaka után.

Kékeres a szőlőlevél,
A szép asszony szép lyányt nevel!...

- Hej, Zsuzsika, szép cseresznyefavirág, bimbó, csudálkozás, minden jó illat!... Fordítsa erre a szép kis boszorkányszemét... így, lássa; ne sajnálja egy öregembertől!

Felemeltem a fejem, és elnevettem magam. Ó, vén bolondja!

- Miért kacag rajtam, asszonyom! Azt hiszi, nem magának vallok szerelmet, ha ezt a szép fiatal gyümölcsét körüláhítom ilyen létániás imádságszókkal? Nem teszek én kárt benne, ne féljen! A maga két rontásos szeme néz ki abból a hamvas virágarcból, magát tükrözi... nem, a hetvenhetedik nagyanyjuk nézése, szédítése, ölelése, tiltása, magakelletése, kegyetlensége, mind-mind benne villámlik abban a két boszorkánytükörben. Olyan a szemük, mint valami mély-mély kút, a világ közepéig leér...

- Hát csak nézzed, Zsuzska fiam, hadd beszéljen még! Nótába fog, megérjük bizony!

- Magda, bizony elment az idő, elhajítódtunk egymástól. Vagy csak úgy véletlenül... miért is?... Úgy látszik, hogy *azt* sem éreztük nagyon fontosnak. És tudja-e, ne nevessen, nem is az a legfőbb, Magda! Lássa, sokszor volt, mikor nem is gondoltam rá, hogy behunytam a szemem, és egész váratlanul a maga két szemét láttam elevenen. Vagy nem is ez... hanem ha ez a szó jutott eszembe „asszony, nő, nő", én mindig, öntudatlanul is magát értettem alatta. Mi ehhez képest az, hogy nem magával voltam egy fedél alatt huszonöt esztendeig? Az élet, egy élet nem olyan nagy dolog, de valahol egyszer vagy többször mi nagyon együtt lehettünk már. Valahány nagyanyjuk minden ölelése benne igéz a lánya két szemében.

- Szép vers ez mind, Endre! De jól teszi, hogy mondja. Ez szép, ez jó! Az élet csakugyan nem nagy dolog, mert egy a vége. Akárhogy lett volna dolgunk, sokkal jobban aligha esik a megvénülés. Isten ments, hogy mi együtt éltünk volna!... De amit így az ember mondhat egymásnak, lássa, már tudom, hogy ez a legtöbb. A legnagyobb emberi ajándék, a szó, a szó!

Felálltam, hogy a házidolgok után nézzek, és a jó konyhatűz melegére vágytam, mert csípős volt a reggel kinn, nyirkos a fű, és talpalatlan a cipőm. Bolond, nagy csárdások frisse hajrázott már, amikor megint kimentem. A nap is felsütött, nekimelegedett. Valahonnét előkerült a két volt diáktanító is: már Pestre beiratkozott fiatal tanárjelöltek, és járták a táncot a fiatalok, taposva a kert dércsípte gyepét a lábuk alatt. Láttam, hogy rendes, szorgalmas népek mennek az utcán, hivatalba, piacra, bebámulnak a rácskerítésen, és megcsóválják a fejüket. A helyi lapban folyton hirdetve volt valami árverés ellenünk; István nagybátyám színleg megvette, és igénypörölte folyton a kis limlomunkat, a boltos mindenkinek elmondta, hogy tartozunk.

- Sebaj, Dénes! Mit is mondott a kabai asszony? Igyál! Ládd, én is iszom! Vedd el hát, Bankó, mit nézel? Az apád nagyobb bankót is zsebre rakott... Hej, ki tudja, meddig?... Azt mondják, Magda, hogy az édesanyja megátkozta Telegdet, mikor kimentek belőle, megátkozta, hogy soha egy gazdája se maradhasson benne holtig, hogy mind tönkremenjen. Na, ha igaz, rajtam betelik nemsokára; végit járom. Baj is az! Majd behoztok ide a megyéhez valaminek. Nincs kiér szánni-bánni. Igyunk, azt a... mindenségit.

Megint felálltam, hogy bemegyek. Igen, féltem, hogy valami szavával el találja rontani ezt a szép, csendes, halottsirató hangulatomat. „Majd aztán, ha malacságokat kezdenek beszélni, akkor bejertek!" - figyelmeztettem Marcsit, a legkomolyabbat.

Súlyos, borús délután jött. A lányok visszaesett kedvvel ültek a könyveiken. Dénes az ebédlődíványon feküdt kikelt arccal, szétnyitott, nedves szájjal, mély horkolásban.

Oly szokatlan kedvben voltam, csak jöttem-mentem rakosgatva, előszedtem meg abbahagytam a foltoznivalót; mintha valaminek következnie kellene rám ma még. És dél óta senkivel, még a szolgálóval se veszekedtem. Mi van velem, én vén bolond!

Sűrűn szürke este hullt le korán, a kis szoba a barna ripszgarnitúrával, az olcsó vázákkal és szövöttes terítőkkel mély, vaksi árnyékba esett; varrni jó ideje nem láttam már. Egyszer csak felálltam, odamentem a zongorához. Szegény, vén szerszám, rám vicsorította sárgás fogsorát. És félve, lopva, szégyellősen végigbillegtem rajta munkától gémberedett, elszokott, durva ujjaimmal. Milyen nehezen ment! Évek óta nem játszottam. De mégis, valami csak lesz, valami eszembe jut lám. Egy ismerős ária, egy különös, méla lengyel táncdarab, valaha játszottam ezt. Mikor is?... Ó, emlékszem, Horváth Dénes hozta nekem azt a kottát, mikor eleinte járni kezdett a házunkhoz; és ő tanított, hogy helyesen játsszam. Akkor buzgón tanultam, tetszeni akartam vele. És lám, csakugyan tudom is még!... (Hallottam féleszmélettel, hogy lassan betotyog a szobába, kiment-e, vagy a díványra ült mögém?) Hallga, tudom a kis lengyel dalt még, itt ez gikszer, újra így, ez az igazi.

Finom, lágy, kedves, mint egy kályha langyos melege, mintha valami reszketős, régi muzsikáló óra cinegné játszi, bús nagyanyás kecsességgel hajporos fejek, selyemcsokros bokák menüettjét; ó, valaha a grószi öreg szekrényében a kotillionordókon láttam ilyen képet... Tiralla!

Egyszer visszanéztem. Csakugyan a díványsarokban ült mögöttem, a szemén tartotta a zsebkendőjét, és halkan, de zokogva sírt... Ó, istenem. Sír... Mi van vele? Hát érezni tudja ez még az ilyeneket, vagy akármit, az élete nyomorúságát? Vagy csak az ital, az öregség, az esettség vizesíti el a szemét?... Szegény!... Talán most oda kellene menni hozzá, végigsimítani a fejét, a kezét... Az ám! Hogy holnap, vagy még ma gyilkos, kegyetlen gúnnyal hánytorgassuk, emlegessük fel egymásnak az elérzékenyülést!... Nem, mi már nem közeledhetünk *szavakon* át. Ezt a bolond, szép percet megéreztük, együtt voltunk benne, bezárjuk, elszigeteljük; és holnap, vagy még ma tovább veszekszünk... Mit is szólnának a gyerekeink, ha mi csudaképp most megpróbálnók az egyetértést. Már így szoktuk meg; ebből már nincs kiút.

Mi két szegény, szerencsétlen ember!

24

Egyszer csak eltűnt mellőlünk minden, ami még áthidaló, egyensúlyozó lehetett, az együttélésünk ürügye és értelme; amiről évtizedeken át hittük, hogy az egyetlen összetartó közöttünk. De akkor már annyira mindegyek voltunk egymásnak, hogy bízvást együtt is maradhattunk. Azelőtt sokszor vagdostuk oda: „Hát váljon!" „Hát menjen!"... Most már szóba se került ez, és általában oly kevés szót váltottunk egymással. De a sok megszokott rossz természetünkké vált; már elképzelni sem tudtuk volna magunkat más életben.

Dénes különben sem volt már az, akivel komoly dolgokról beszélni érdemes lett volna. Napról napra esett, szemmel láthatólag. Már sokszor ült üvegesen elmeredő szemekkel, és nyitva felejtett ajkai közül kiesett a csutora. Én, hogy mindennap láttam, még nem is figyeltem úgy meg ezt a rohamos lehanyatlást, de ha mások, idegenek jöttek, megütődve és fejcsóválgatva mondták: „Hm, veszendőben van ez!" „Az életrugó lazul, már zökkenik, meg-megáll, és összezavarodik a gép!" - magyarázgatta elmélyedve Jakobi bácsi, az ősz fejű, csitító beszédű, kedves kis öreg doktor. Már nemigen gyógyított, csak eljárt mindenüvé, és elmélkedett a betegségeken.

Én pedig néztem ezt az emberi roncsot magam előtt, és egy régóta fészkelődő gond hatalmasodott el rajtam; a magam életének, igen, ez tán nevetség, a jövendőmnek gondja. Megint özvegyen maradni, újra kezdeni a régi, szörnyű emlékű, sikertelen élethajszát, magamért, a mindennapi kenyeremért? Nem igazi vakrémület nyilalt belém erre, rögeszmém; állandó, idegfeszítő kényszergondolatom lett ez. Majdnem két évtizednyi volt a távolság már attól az időtől; a megélhetés azóta csak nehezebb lett, én pedig holtrafáradt, elcsigázott. Mit csinálhatnék? A gyerekek még oly sokára állhatnak a maguk lábán, ha ingyenhellyel, ösztöndíjjal tűrhetően el vannak is látva; de később is, rájuk szorulni?... Vagy rokonokra? Úgy szétesett, elmállott a mi családunkból az a régi, híres összetartás (vagy hogy minden család így van, a kor hozza ezt magával?) - már néhány hónapi vendéglátásra se igen számíthatnék sehol?

Az anyám Telekdy halála után nemsokára Pestre költözött. István nagybátyámék mentek fel előbb, nyugdíjasul, csendesen, és előbb eladták itt Berét. Hisz igaz, hogy a sok gyereket jobban, olcsóbban lehet ott fenn nevelni. Ágnest vonzhatta Melanie is, akit nem is barátsággal, hanem rajongó áhítattal vett körül. De Berét, a földet kiengedni a talpuk alól, azt az alapot, amiért szegény grószi egy életen át küzdött verítékkel, munkával, fondorkodó okossággal! Hisz nem lehetett oly sok adósságuk, bár egy időben csakugyan nagy lábon éltek itt, és városszerte híre volt, hogy Ágnes Karlsbadba ment Melanieval, és hálókocsiban aludtak, étkező-kocsiban ettek az úton. Itt, a bőség hazájában, a dúskáló jólét tradíciói közt nevelt család körében hallatlan volt a fényűzésnek ez a formája... De lehetetlen, hogy Berét ne tudták volna megtartani emellett is, ha nagyon akarják. „Hidd el, nem sajnálom, mondta Ágnes a búcsúzáskor, egy jó emlékem se köt hozzá. Csak gond, vesződség; minden tavaszkor kivonulás az egész siserahaddal a trágyaszagú, fülledt és poros faluba, őrült sok munkával, hajszolódással vegyes tengődésbe. Pár hétig takarítani, meszeltetni, rendezkedni, befőzni, aszalni télre, ha vendég volt, csupa gond és utánajárás, de ha nem dolgozott az ember, az egyhangúság ölte és butította. Szegény anyósom életében folyton elnyomva éltem, gyereket szültem évről évre; később, hogy felszabadult kicsit az életem, nekem is volt egy kis virágzóbb korom, igaz, egy kis öltözködés, bogárzás, bolondéria; nekem később, mint neked, Magda, de minden asszonynak kijut egyszer belőle; hát én bizony a várost szerettem aztán; embereket, életet körültem, és az egész Bere, a kinn nyaralás és falusi idill csak terhemre volt bizony!" Ennyi az egész! És így érez, én látom, sok más is a családunkban, a Hiripy gyerekek is, hallom, megosztoztak az apjuk halála után; nem kötötte már ezeket semmi ahhoz a darab földhöz, ahol felnőttek, vagy amiért az apáik verejtékeztek, csaltak meg pörösködtek élethosszig tartó szenvedéllyel néha. Ezek mind városba vágytak, fel Pestre, zajos utcákba, színházakba, munkátlan háztartásba; lebzselő, olcsó, könnyű koplaló életbe. Még a mama is, lám az öreg fejével, milyen vígan beletalálja magát.

Hidd el - írja egyik levelében -, ez a legnagyszerűbb hely! Az egész ország népe felhúzódik ide, lassan családonként. Aki nyer a lottérián, idejön fényesen elkölteni, aki lekoldusodik, idejön nyomorogni, aki sikkasztott vagy megesett, idejön elrejtőzni. Aki eszével, szépségével, huncutságával vagy akármilyen kis tudományával kereskedni akar, ide kell jönni neki. Itt megélnek virágcsinálásból, újságárulásból, versírásból, férficsábításból; el nem gondolhatod, hogy mi mindenből. Ezzel a kis havi negyven forintommal - Isten áldja meg a szegény anyám eszit haló porában is - egészen jól megvagyok itt, elhidd azt. Kis hónapos szobám van egy családnál, nagyon jó (csak ez a féreg ne volna itt annyi, verje isten), és nappal alig vagyok otthon. Hol egyik rokonnál, hol a másiknál elidőzöm, csak arra ügyelek, hogy ne egyek egynél se, mert az biz számba jön. Ki-kiülünk a ligetbe a kocsikorzót nézni; fiam, itt az ember szeme lakik jól; odalent meg még mindig sokat törődnek a gyomorral. Vasárnap kávéházba megyünk. Ezt se álmodja vidéki asszony, hogy el merjen menni, mint valami kaszinóba, asszonybarátaival egy kávéra, és harminc krajcárért sok habot, divatújságot, villanylámpát, jó meleget kap, három pincér szaladoz körülötte, és üvegablakon nézheti az utcát, ahol folyton-folyton jön-megy a sok ember, és kétszer se látod ugyanazt. Milyen érdekes kis regényeket lehet itt megfigyelni! Hát még mikor az ember otthoni ismerőst lát: megörül, meghálálkodik, kérdi: „Mit csináltok idefenn, lelkem?" - „Itt lakunk már fél esztendeje!" És mindig több-több. Te, a minap elébem áll a kőrút kellős közepén egy hórihorgas, őszes, rongyos ember, a hóna alatt csomó újság: rám néz, elkacagja magát nagy örömmel, aztán ilyen rigmust mond:

Zimán Klári, aranyrózsa,
Fényes orcád hervadóba;
Tündöklésed hébe-hóba,
Elfizetted sors-adóba.
 De meglátszik rosszba, jóba,
Hogy te rólad szól a nóta,
Én is érted, - most tudj róla,
Juhászkutya lettem vóna!

Képzeld csak, ki volt ez a vén bolond; hát Jánoska, a Széchy
valahai inasa, aki a sok kaméliacsokrot hordta nekem ezelőtt
vagy harminc esztendővel. Az öreg itt újságárus, szocialista
meg népköltő, Hazaffy János. Ilyen rigmusokból él; ezt
mindjárt fel is írta nekem, markomba nyomta. Az utolsó öt
forintomból adtam oda egyet, de úgy, mintha még sok vóna.
Hát nézd el, rám ismert!... Ti mit csináltok?... Hogy van a Dini
egészsége? Marcsi meg Zsuzska járt itt tegnap, mondják,
hogy rosszul. Te, csak az a nagy sor, hogy annak már tíz
esztendeje van a megyénél, hát penzionálhatják, ha nem tud
már dolgozni. Mint az én Péteremet. Csakhogy akkor az
asszony nem kap utána semmit, neked pedig nincs, mint
nekem, ez a kicsi biztos. Mit csinálsz akkor, fiam? Csak imád-
kozz, hogy ha már az Isten csakugyan el akarja venni, hát
inkább... bár ilyet vétek leírni, de imádságban ki lehet
magyarázni. Hej, ha egyszer te is feljöhetnél, összeköltöznénk
egy jó kis lakásban, vígan élnénk, két független özvegy!
Megérdemel az asszony is egy kis pihenőt, ha - mint mink -
két férjet kiszolgált. Hát jobb fordulást, ég veled, ölel anyád.

Utóirat. Fiam, te! Azt a hét zsák mindenféle limlom könyvet, a
szegény Péter uram örökségit, amit otthagytam nálatok a
padláson, add oda mégis a piaristák bibliotékájának. Két
forintra mondták zsákját; az is valami! A boltos csak ötven
krajcárt ígért, mert az pakolni venné. Ölellek!

Anyád

Mama ilyen volt. Őt sehová, semmihez nem kötötte valami nagyon
erős, széttéphetetlen szál, azért minden új helyzetbe könnyen és
gyorsan beletalálta magát; a humoros, kedves modoráért, még
mindig jó és úri megjelenéséért, közlékenységéért mindenütt
hamar megszerették. Ó - gondoltam -, én már nem mennék sehova
innét, új életet kezdeni, szokni, alkalmazkodni... nem nekem való
az már. Öregebb vagyok én az anyámnál!... De mit kezdek majd a
szegény maradék életemmel, hova fordulok, ha ez az ember addig

húzza ilyen félholtan, amíg... Istenem, vétek, nagy vétek, hogy ettől kell rettegni, de hát ezen múlik minden. Még egyszer a magamrahagyatottságot, élettel küzdést, mások alá rendeltséget nem bírnám megpróbálni. Dénes mellett mégiscsak magam asszonya voltam a nyomorúságban is, és a házamban egyedül intéző és uralkodó. Ő ugyan semmibe sem avatkozott, szegény, soha. Most meg már mintha nem is lett volna; több mint fél éve hivatalba se járt, csak néha-néha; a karszékben ült, lecsüggedt fejjel, a pipa nem ízlett már mindig, az ételben sem válogatott, hanem a rossz, olcsó, vendéglőből hordatott kosztból habzsolva, dúlásig evett. Abból a havi hatvan forintból éltünk, ami a fizetéséből a letiltások és nyugdíj levonások után megmaradt.

De a házban csend volt, olyan, mint soha eddig életünkben. Se gyerek, se család, se veszekedés. Itt őriztem ezt az élőhalottat, és jártam-keltem körülte, főztem, mostam, takarítottam rá, de már nem a régi haragos, kínos szenvedéllyel, hanem valami új, szelíd, apácás megadással. Egy új ábránd kezdte betölteni az én összezilált, megzaklatott valómat: a vallás, a földöntúli reménység, valami holtra fáradt megtámaszkodás egy felsőbb, szelíd megbocsátó és részvétteli gondviseletben... Igen, ez is eljött!... Az asszonylétem átment a krízises esztendőkön, az idegességem is alábbhagyott, az emberek becsülését, részvétét is éreztem, látogattak, vigasztaltak, és mindez úgy meghatott, elérzékenyített. Már sokat gondolkoztam az életemen, és kezdtem így egészben látni, egy távolságból és mindent letompítva, összemosva kissé. Sok dolognak a jelentősége csak akkor formálódott ki bennem. És akkor ezt láttam: oly sokszor nem én magam éltem, igazítottam, cselekedtem; valami idegen, kiszámíthatatlan, felsőbb hatalom vitt, és egy titokzatos valaki akart, szándékolt valamit velem mindig, csakhogy erre az ember utólag jön rá. Miért nevezzük véletlennek, sorsnak, világrendnek... „Isten", ez is csak szó, de legalább mindig ugyanazt jelenti. És az a fontos, hogy kaphatunk-e valamiből egy kis illúziót még, ha már egyébfajta álmok, izgalmak, jelentőségek elhagytak bennünket. Hogy a halál csak átmenet, álom; az élet nem jelentős, és mikor azt hisszük, hogy minden mögöttünk van, egyszerre megnyílik előttünk a jövő. Ismeretlen, határozatlan, de szép, mesés, finomult, végtelen: a mennyek országa. Feltámadni megifjult testtel, szenvedésben vezekelt, ártatlan, szűz, tökéletes lélekkel és viszontlátni, akiket szerettünk, akiket megbántottunk, akiket meg nem értettünk, vagy akik meggyötörtek; de csupa egységben, feloldottságban, értésben és szeretetben; és valahonnét magasról-messziről mosolyogva, szomorúan és megbocsátón nézni le elmúlt életünkre és a siralom völgyére. A Boldog Egyház megérkezettjeinek szent könnyek csillognak a szemükben a visszaemlékezésre...

Így, így beszélgette nekem néhány nagyon csendes, szép estén, az ő lelkes, halk szuggeráló hangján Rozverics páter, a piaristák híres, fiatal káplánja. Ez a pap meghódította akkor a hitnek az egész kisvárosi úri közönséget. Gyönyörű szónoklását szomjas szívvel hallgatták parfümös miséken az asszonyok; mivel a kegyúri, grófi család gyóntatója volt, a sikkhez tartozott őt fogadni, vele parádézni mindenütt; oltáregyleteket szervezett, aminek az agg grófnő, az én jótevőm lett védőasszonya, ott néha összegyűltek a város katolikus asszonyai, lányai, oltárpárnákat, szószéktakarókat hímeztek, és Rozverics felolvasott vagy beszélt nekik, legendákat Assisi Ferencről, Alexandriai Katalinról, egyiptomi Máriáról, aki hét révésznek adta oda ifjú szűzi testét, hogy átkelhessen a túlsó partra, ahol Jézus tanított. És Jézusról beszélt, ki a liliomok közt legeltet, és neve úgy terjedett el, mint drága kenetek, ki úgy láttatik, mint a hajnal; feljő, mint a nap, szép, mint a hold és rettenetes, mint a zászlós tábor... Emlékszem, hogy abban az időben lelkes, rohamos áhítat szállta meg ezt a várost, mely lám, még mindig a régi, ideges, romantikás, hevületes fészek volt; a beköltözött idegenek is rabul estek a hangulatnak, akkoriban katolikusoknak lenni: előkelőséget, társas szereplést, mindenben jelen voltságot jelentett, divat volt; és a protestáns asszonyok mindenből kimaradva, dúltak-fúltak maguk közt ezért.

És én, a lesüllyedt, elszegényedett, lejárt asszony, belejutottam abba az áramlatba, mely gyöngéd és szent testvériségbe kapcsolt a városom most szereplő nőivel, az egész társaságos élettel. Hihetetlen ez! Viseltes, egyetlen fekete ruhámmal, eldolgozott kezeimmel, szégyenletes, kihíresztelt szegénysorsommal bennfentes személy lettem: az oltáregylet egyik titkárnője.

Rozverics protezsált, ő vitt, lelkesített bele engem is, mint a többieket. A lányaim a piaristák gimnáziumában vizsgáztak, ismerte őket, a jó grófnő is tán figyelmeztette rám, felkeresett, vigasztalt, térített és meghódított. De éreztem, hogy nálam nem divathóbort ez, hanem belső, lelki szükség. „Az Úr hív!" - mondta a pap, és olyan magasztos, örvendetes, fölemelő volt ezt érezni. Az volt a szerencsém, hogy gyermekkoromban nem neveltek vallásosan; s a rítus minden szépsége, fantasztikuma, a szavakkal igézés titokzatossága, a hagyomány poézise s a dogma kristályos észfelettisége, mind, mind újan, meglepőn, kopottság és megszokás unalma nélkül jött rám, és friss ámulatba ejtette az én egyéb utakat járt, elfáradt lelkemet.

Aggodalmaim, rettegtető gondom közepett szabadulás és szépség volt nekem a hit. Jött némely csendes estéken egy összerántott ajkú, komoly, lelkes szemű, halovány, szent, ifjú szerzetes, ki minden világi tudományt, művészetet, irodalmat megismert, és nem vált meg a hittől, sőt fanatikusa volt. És önzetlenül, hivatásból, jézusi szeretetből foglalkozott velem, és fontos volt neki az, hogy én megtérjek és idvezüljek. Érthetetlen, csodás, magasztos és buzdító volt egész lénye előttem, mint a szenteknek egyezsége, a tökéletesülés útja, vagy az ellenségek szeretete. Kiszikkadt, elfakult lelkembe ideálok, költészetek és érzések jöttek, diadalmas harsonaszóval.

- A hit - mondta - bennünk van és nem a dolgok valódiságában. A hit a lélek állapota, a szív szándékos átengedése, alázat és odaadás. Ez a fontos. Ön elhiszi, hogy a föld gömbölyű, és a nap körül kering. Pedig ehhez a hithez nem kell kevesebb tekintélytisztelet és megnyugvás, és ennek elhivése semmi többet nem ajándékoz a léleknek, mintha az ellenkezőjét hinné el. De ha hitünk a hegyeket mozgatná is meg - mondja Szent Pál -, ha szeretetünk nincs, nem érünk semmit... Minek az aggódás az életgondokon, kenyéren, pozíción? Hát fontos mindez, ha lelki életünk független? Az első szent keresztény püspökök rabszolgák vagy kézmívesek voltak társadalmi helyzetükre nézve. Ki ruházza fel a mezők liliomát? Az alázat és igénytelenség sértetlenül átsegít a földi életen, a fölemelt tekintet megszabadít minden szorongástól. Nolite timere[60] - alleluja!

Lehajtottam a fejem bólintva, csodálatos enyhültséggel; a sárga ernyős petróleumlámpa sercegett a csendben a ripszgarnitúrás szobában; odakinn a kis utcán puhán ütődtek a sietők léptei a vastag, friss hóban... Mennyi ilyesféle hangulatú, télies, meleg, meghitt estéje volt már életemnek! - gondoltam hirtelen...

A szomszéd szobából az alvó ember nehéz horkolása hallatszott.

Templomba jártam, gyóntam, áldoztam rendesen. Most nemrég, hogy itthon volt, beszélte Marcsi lányom, hogy most valami újfajta idegorvoslás van, amely kikérdezés, vallatás, beszéltetés által enyhít és gyógyít... Hát azt hiszem, az egyház ezt jóval előbb kitalálta, és olcsóbban, népszerűbben, tökéletesebben míveli.

---

[60] Ne féljetek! (latin)

Odahajtottam fejem a gyónószék viola-bársony könyöklőjére, és áradón, egészen fenntartás nélkül öntöttem ki önmagam az életem: érzéseim, tetteim és zavaraim. És teljesen éreztem ezt: feloldozás, megkönnyebbülés, béke! Milyen okosan, finoman, komolyan ápolgatta, gyógyította a lelkemet az Isten e csodálatos szolgája. Úgy éreztem, hogy rá vagyok szorulva, mint egy orvosra, vezetőre, támaszra az úton. Hátrahajtott fejjel, félig hunyt szemekkel ültem a templom egy hátrább eső padjában, és néztem a tömjénködös félhomályt, a boltívek elnyúló, messzi árnyékait; a smaragd- és rubinszínű ablaküvegeken át a fénysávok pásztás, színes, mennyországias bűvöletét, ha szilánkba törtek a padló kockás mozaikján s a redős ruhájú szenteken. Vagy messze benn, álmatag, fehér csipkékben a nagy oltárt, a mély, fakóarany derengést, a lenge káprázatot. Rozverics járt-kelt ott; nyúlánk alakján, finom vállain az egyház álmatag színű köntösei, sárga és fehér; úgy világított, mint valami lágy fénypalástban, nesztelenül lépdelt, fordult, hajladozott, selymes hangja hipnotizálón zümmögte a változatlan, titokzatos, idegen igéket...

Egy ködös, februári reggel, ahogy kicsit zsibbadtan kiléptem a hótól fehér, profánul világos utcára, moarémantillás anyóka igyekszik előttem, sebbel-lobbal tipegve. De a régi, gyöngydíszes, viharvert kalapjára ráismertem. Beértem, ráköszöntem csendesen: Zimán Ilka volt.

- Jó reggelt, kedves egy lelkem! - nyújtja felém pamutkesztyűs kezét a molyette muffból. - Ó, Magdi, milyen régen láttalak... te, te asszony! Hát, ládd-é, a templomba járók mégiscsak találkoznak!

Bólintottam, és néztem fonnyadt, ezerráncú képét, csapzott, őszes haját, egész pongyola, kapkodó, sopánkodó és köhögős kis öreg valóját. Úristen, de összeesett ez! Hát így elmegy az idő?...

- Hogy vagytok, lelkem egy lyányom! Mi van avval a szegény, szerencsétlen emberrel?

- Nem ember az már, Ilka. Már nem is beszél jól, alig érti a szót. Éppen csak eszik meg lehel. Látogasd meg, tánti, ha érdekel.

- Minek tenném én azt, édes Magdám? Én még másféle voltára is emlékszek, minek látnám úgy! Neked ugyan kijutott, szegény asszony; ápolod, virrasztod; de ládd-é, meg kell szolgálni mindenért elébb vagy utóbb ezen a rongy világon! Ő szegény, sokat élt, sokat kóringyált mindenfelé, elrontotta magát a sokféle jóval, mikor még mi nem is ösmertük. Pedig még élhetett volna! Hatvanegy éves... nem a, hatvankettő! Még élhetett volna szépecskén, igaz-e? Na, áldjon meg az Isten, Magda! Mégis jólesik, látod, hogy egyszer a templomból jövet mink összetalálkoztunk. Vérrel futott, fénytelen szeme vizenyősen úszott a könnyben, vörösre fújta az orrát, szipákolt, köhögött. És megszorítottuk egymás kezét még egyszer... egy télies reggelen a nagytemplomból jövet.

Még eltelt a tél... tavasz is... a nyár jött. „Egy-két hete van legfeljebb!" - mondja végre Jakobi. És valami nagy, súlyos kő esett le a szívemről, fellélegzettem (mégis jó hozzám az Isten), és egyszerre megint megnövekedett készséggel, szánalommal ápoltam és tisztogattam a tehetetlen, béna, szegény emberi tetemet. Hát mégiscsak nem penzionálták, tekintettel voltak rám... és most már elmegy szegény... és mégis őutána leszek ment az éhezéstől a kis hétszáz forint évi penziómmal. Istenem, hát itt a vég! Miért nem lehettünk mi jobbak egymáshoz? Valami engesztelő szó, búcsú, magyarázat, ha lehetne! De már nem beszél, nem is ért...

Egyéb is történt ezen a tavaszon: elkerült Rozverics, a szép szavú káplán. Hirtelen elhelyezték!... Én nem tudom, volt-e valami alapja annak a sok gonosz, ijedt, gyanúsító vagy pártfogó súgás-bugásnak, ami egy nővel hozta összefüggésbe ezt a gyors távozást, egy harmincéves, még mindig szép, tiszta arcú és komoly leánnyal, aki csak az áhítatnak és jótékonyságnak élt; az egylet másik titkárával. Hogy túl sokat ebédelt, vacsorázott náluk, hogy éjfelekig magyarázta naponta az üdvösség útját... hogy (uram bocsásd!) elkísérgette még az utcán is, végig az utcán. „Boltba, miért mentek ők együtt a rőfösboltba szegénygyerek-ruhát venni?" - tudakolta diadalmas gúnnyal a protestáns közvélemény, mely egyszerre felülkerekedett. „Két esztendeje bolondítja itt a várost, megmételyezi a régi egyetértést a felekezetek közt, hóbortossá teszi az asszonyokat, mert egytől egyig bele vannak szeretve, és a Krisztus urunk csak szívbéli kerítő itten!" Így szájaskodtak a Magyar utcában, de nyilván elsimult volna az egész, nyilván diadalmaskodott volna igazával egy tiszta életű ember; de ő nem küzdött, nem állt szembe, sietve áthelyezést kért, s a grófné, hogy le nem beszélhette, sajnálkozva, de elintézte ezt neki. Vajon igazán volt valami érzésbeli alapja, finom, légies, szent kezdete, félelme vagy küzdelme annak, amit piszkos szájjal, de maguk sem híve suttogott félig sejtetőn a mellőzöttek dúló-fúló tábora? Hisz emberek vagyunk! Tán nem lett volna szabad így feladnia a harcot, gyáván menekülni; de ki tudja, mi omlott össze, micsoda néma tragédia játszott e kemény, szigorú és harcos fiatal lélekben. De hogy elment, ez a bolond, ideges, lelkesülő és hirtelen, csúnyán, kajánul kiábránduló város egyszerre lerázta magáról mindazt, amit ő súlyos áhítatpalástul, kötelességterhül ráruházott csodálatos, szívekbe rezdülő szavával. „Mindnyája szerelmes volt bele!" - kacagták egyszerre a férfiak, a lutheránák s a szomszéd város társasága. És ezek megszégyellték, elhallgattak, utóbb maguk is a nevetőkhöz álltak, mint a gyáva tanítványsereg, ki elárulta jézust. Divat volt, hóbort, két unalmas szezon játszódása! Egyszerre a régi lett minden; cinikus beszédek, kétértelmű társalgás, szabadosság, jókedv, hangos együgyűsködés. Nem lehet így átalakítani, megfinomítani, kimélyíteni ennyi idő alatt néhány száz lelket! Most néha sajnálkozva vagy kicsinylőn említik: szégyellik, hogy a hatása alá kerültek, szentesdit játszottak.

Énnálam másként volt a dolog. Akkor magam is riadva és megütődötten gondoltam el: hát valóban lehetséges-e, hogy *ezzel* érte el, hogy a férfiút éreztük zenés szavai és vaskemény, izzó akarata mögött? Lehet, igen... tán én magam is! Már régen-régen túl voltam azon a koron... de nem olyan egyszerű a dolog, nem függ az oly világosan a testiektől, és nem lehet az érzéseknek olyan merész szétválasztással neveket adni. Szerelmek - mosolyogtam néha szomorún -, és az én életem! Ki tudja, melyik volt igazibb, szándéktalanabb szerelmem, épp öntudatlan voltáért mindentől függetlenebb!... Meglehet, hogy én nem is ismertem életemben az igazi nagy szerelmet, a mindenekfelett valót! Szegény Rozverics!... Igen, mióta elment, az én lelki életem is szokottabb, szürkébb, földiesebb mederbe tért. De azért szép idő volt az!... Eljártam a templomba még (eljárok ma is, ennyi megmaradt), de a hitem nem volt többé eleven felhangoltság, emelkedett, lendülő, lázas állapot, leányaim hazajöttek valami szünidőre, beszéltek, megmagyaráztak egyet-mást; Marcsi könyveket küld mostanában is sokszor; sokat olvastam, és rájöttem, hogy a világ egyéb megfejtései érdekesebbek és százfélék, bár szomorún céltalan, de szent, emberi küzdés a tudomány. De a hit és rajongás *szép* volt. Tán kár, hogy meg nem őrizhettem holtig azt a hangulatot; de bizonnyal nem volt bennem elég képzelet és odaadás ehhez; nem gyökérzett mélyen bennem. De a halálom előtt - ezt biztosan érzem - el fogok hívatni egy papot, és meggyónok. Mert ott már nincs mit okoskodni!...

Szegény Dénes!... Mikor Képíró Zsuzsival, ki önként jött el segítségre, nagy nehezen felraktuk súlyos, már-már hidegedő testét a nyoszolyára (feljár, ha nem ágyban hal meg! - intett Zsuzsi asszony), egyet hördült, rám nézett erősen, az ő bamba és kifejezéstelen szemei valami hirtelen visszatért, felcsillanó értelmességével, mintha rám ismert volna; megragadta a kezem, és küszködve, reszketegül és sután erőlködött, hogy ajkához vegye... Csókolni akarta-e, vagy harapni tán, mi volt ez? A hűdött ember félállati, határozatlan, csonka mozdulata, szándéka. De én valami hirtelen, jeges vakrémülettel kaptam vissza a kezem teljes erőmből, a térdeim reszkettek, kifutottam a másik szobába. Már kísérteties idegenség, érthetetlenség volt az élő számára ez a halálra vált ember. Később megnyugodtam, de nem mentem az ágyhoz többé; csak az ajtóküszöbről néztem hunyt, dagadt szemét, leejtett állát, felfújt hasát a takaró alatt; szüntelenül betöltötte a lakást hetek óta már a beteg test szinte tűrhetetlen bűzeivel együtt.

Szép, szelíd őszi reggel volt az is. Csendesen elmerülve jöttem-mentem az enyhe napfényben: be-befordultam kicsit, leültem a ripszdíványomra a tisztaszobában, és imádkoztam pár miatyánkot ölembe hullt kézzel, majd nesztelen lépdelve végigjártam a téglás tornácot, összefogva magamon a piros berlinerkendőt; megterítettem magamnak egy kis reggeli kávéhoz csinosan, tisztán a lakkosra mázolt pici kerti asztalon, elnéztem messze a kékfehér levegőbe. „Hát ma beteljesül!" - gondoltam még, szelíd elcsillapodással. Hova megy, mi lesz vele? Van-e ő most, ebben a percben még? Hogy múlik el, hova jut az ember, mennyi néma titok! De mindez most olyan egyszerűnek, közelfekvőnek tetszett. Hisz nem ma fog meghalni, évek óta naponta hal el valami benne, ki tudja, milyen rég... születésünk óta haldoklunk tán. És hova lesznek a lehervadt virágok... pedig ők is élnek, virulnak, vannak! Felálltam, és lassan, szálanként szedegettem le a papsajtot, csüsibolyát, bazsalit, mályvavirágot, amennyi csak volt; bementem egy konyhakésért, és a leanderfákat is lefosztottam a még ép, rózsaszín virágaiktól ravataldísznek. Közben a rácskapuhoz kellett mennem sokszor, mert majd minden arramenő, ismerősök húsért járó cselédei, falusi tejesasszonyok, kofák, hivatalba menő urak beköszöntek, tudakozódtak a betegről... Mikor tizenegy tájban behívott Zsuzsi, már fel volt kötve az álla egy fehér szalvétával, és a két szemén két súlyos ezüstforint. Zsuzsi tette rá a magáéból, hogy szépen csukódjanak.

Három esztendő is eltelt azóta. Most itt ülök ebben a kicsi sváb házban, enyim az egyetlen utcai szoba, és benne a régi barna garnitúrám és sok régi, harmincesztendős, agyoncsiszolt limlom, ami végigkísért az életen. De itt vannak a leanderek is, még a grószi fáiról dugványozottak és néhány kicsi virágágy is, bazsali, piros mályva, papsajt. Harangszós, nyári délutánokon közöttük üldögélek, olvasgatok, jó kis kávékat csinálok magamnak, és megkínálok vele egy-egy jó bejárós asszonyt. De néha heteken át nem nyitja rám senki az ajtót.

A leányaim rendben vannak. Marcsi kitűnő tanár Pesten a leánygimnáziumban; a hajdani Lipi szenzál (ma gazdag, pesti háziúr) leánya, Szerén is az lett, együtt vannak. Már tanulókorukban kebelbarátnők voltak; akkor még elleneztem, de azóta ez a „Szinyéri Szeréna" híres költőnő lett. Szép, furcsa, szerelmes verseket ír. Mi mindent tud és merhet egy ilyen zsidó lány! - Zsuzsi lányom patikusnak ment (mert azt csak egy férfi mellett lehet? - csúfolódott a nagyobbik néha), és nemrég jegyezte el magát a főnökével egy nagyobb, vidéki városban. Marcsi ad neki kelengyét, engem is ő segítget leginkább, bár nemigen akarom, hiszen nekem elég itt az én kevesem. Klári is végzett, egyelőre jó zongoraleckékből él, de állás van ígérve neki egy pesti iskolánál. Marcsi azt hiszi, hogy szerelmes egy volt tanárjába, valami nagy művészbe. Baj is az! Ő ráér erre a fényűzésre, nem kell férjhez szaladnia a kenyérért... Hát így el vannak látva, jó ideje nincsen már szükségük énrám, a gondjaimra, szeretetemre. Néha írnak, de egyre ritkábban jönnek haza.

Szép, nagy csendesség van, tisztán hallik a harangszó, és én ölembe ejtett kézzel tudok egy helyben ülni, soká, egyedül, és eltűnődni - százféleképp fűzve, magyarázva, felújítva - a messzi, messzi élet dolgain.

1911

Also Available from JiaHu Books

A kőszívű ember fiai
Az arany ember
Szigeti veszedelem
Potop. Tomy 1-3
Przedwiośnie
Chłopy
Ziemia obiecana
Rok 1794. Tomy 1-3
Faraon
Bunt
Ludzie bezdomni
Wampir
Quo vadis?
Pan Taduesz
Na wzgórzu róż
Kariera Nikodema Dyzmy
Utwory wybrane – Maria Konopnicka
Zemsta
Osudy dobrého vojáka Švejka za světové války
Válka s molky
R.U.R.
Hordubal
Krakatit
Továrna na absolutno
Povětroň
Obyčejný život
Babička
Hiša Marije Pomočnice
Judita
Dundo Maroje
Suze sina razmetnoga